O DRIBLE

SÉRGIO RODRIGUES

O DRIBLE

ROMANCE

Apresentação

Fernanda Torres

Posfácios

Fábio de Souza Andrade

Sérgio Rodrigues

Edição comemorativa 10 anos

Companhia Das Letras

Grafia atualizada segundo o Acordo Ortográfico da Língua Portuguesa de 1990, que entrou em vigor no Brasil em 2009.

Capa
Alceu Chiesorin Nunes

Imagem de capa
oberholz, de Marina Rheingantz, 2010, óleo sobre tela, 24 × 30 cm.
Coleção particular. Reprodução de Eduardo Ortega.
Cortesia Galeria Fortes Villaça, São Paulo.

Preparação
Márcia Copola

Revisão
Ana Maria Barbosa
Aminah Haman

Os personagens e as situações desta obra são reais apenas no universo da ficção; não se referem a pessoas e fatos concretos, e não emitem opinião sobre eles.

Dados Internacionais de Catalogação na Publicação (CIP)
(Câmara Brasileira do Livro, SP, Brasil)

Rodrigues, Sérgio
O drible : Romance (Edição comemorativa 10 anos) / Sérgio Rodrigues ; apresentação Fernanda Torres ; posfácios Fábio de Souza Andrade, Sérgio Rodrigues. — 1ª ed. — São Paulo : Companhia das Letras, 2023.

ISBN 978-85-359-3499-1

1. Romance brasileiro I. Torres, Fernanda. II. Andrade, Fábio de Souza. III. Título.

23-159597 CDD-B869.3

Índice para catálogo sistemático:
1. Romances : Literatura brasileira B869.3
Aline Graziele Benitez – Bibliotecária – CRB-1/3129

EDITORA SCHWARCZ S.A.
Rua Bandeira Paulista, 702, cj. 32
04532-002 — São Paulo — SP
Telefone: (11) 3707-3500
www.companhiadasletras.com.br
www.blogdacompanhia.com.br
facebook.com/companhiadasletras
instagram.com/companhiadasletras
twitter.com/cialetras

Sumário

Apresentação
Fernanda Torres, 7

O DRIBLE, 17

O romance do futebol brasileiro
Fábio de Souza Andrade, 229

Aos quarenta do segundo tempo
Sérgio Rodrigues, 239

Sobre o autor, 243

Apresentação

Fernanda Torres

No gramado onde acontece o drible de Sérgio Rodrigues, a seleção Canarinho enfrenta um time de várzea, escrete de vira--latas de Nelson Rodrigues, treinados nas negativas de Machado de Assis.

De um lado, o mais elegante relato literário da bola em campo. Passes magistrais, parágrafos em câmera lenta, para ver e rever o lance. Altas geometrias. O universo perfeito das formas, de retas e tangentes dignas do Nobel de física. Aquilo que de melhor nosso improviso índio-portuga-africano pariu, para reinventar o civilizado esporte bretão.

Do outro, os herdeiros do legado da nossa miséria, unidos pelo eterno complexo de cornidão. Uma dinastia de Bentinhos a romper o século, atendendo pelos agnomes de Filho e Neto. O anti-herói do romance, Murilo Filho, é um jornalista esportivo do período de ouro do jornalismo esportivo. Mistura amarga de Ibrahim Sued com o Bruxo do Cosme Velho, Filho vive recluso num sítio mofado na serra de Petrópolis que cheira, e muito, a casarão da rua de Matacavalos.

O drible propriamente dito, que titula a obra que você tem nas mãos, foi um instante de beleza esplêndida da Copa de 1970. Pelé desafia os deuses com uma toureada inimaginável no goleiro uruguaio, Ladislao Mazurkiewicz, e perde a aposta. A bola cisca, mas não entra. Num canto do gramado, o rei chupa um gelo, sabendo que acabara de fazer o mais lindo gol nunca marcado do campeonato mundial.

Na contramão da modorrenta falência cotidiana de Murilo Filho, do egoísmo arcaico que nos é próprio, brota a realeza malandra do astro-rei Pelé, prova inconteste da nossa inventiva. Como explicar?

Devoto da língua e da gramática, Sérgio Rodrigues lança mão de abusada teoria. Segundo o autor, Pelé, Tostão, Carlos Alberto, Jairzinho, Gérson, Rivellino, Garrincha, Leônidas, Didi, Vavá e outros tantos craques imemoriais, sem a inspiração dos aedos e musos da rádio, não passariam de atacantes de mesa de totó.

Foram os locutores futebolísticos, doutores em drama, hipérboles e metáforas, afirma a tese, que obrigaram os jogadores a fazerem jus às descrições das jogadas. Foi a imaginação dos radialistas que criou o futebol brasileiro, não o contrário. Uma tradição oral que se perpetuou nas crônicas de esporte dos jornais, através dos Homeros de ocasião. Feras como Nelson Rodrigues e Mário Filho, capazes de transformar magras peladas em guerras míticas existenciais.

Num livro que trata do nosso espírito centenário, marcado por triunfos bissextos e derrotas costumazes, não poderia faltar o sincretismo supersticioso de Sobrenatural de Almeida. Aqui, urucas assemelhadas às do fantasma do Fluminense assombram Peralvo, o Pelé que nunca foi. Mistura de santo, mártir, Currupira, Saci e Oxóssi de chuteiras, Peralvo é como o país que o gerou, benzido e amaldiçoado. Na vertente espírita do romance, Sérgio monta no hipopótamo em que outrora cavalgou Brás Cubas, e delira com auras vermelhas, auras pretas, brancas e amarelas, almas penadas e premonições.

E, no avançar das páginas, outro Murilo, o Neto, filho do Filho, do Murilo Filho, deixa o banco de reservas. A geração de Sérgio Rodrigues, que é também a minha, adentra a arena do passado recente. Gente que se vacinou das paixões do futebol na desilusão de 1982 e cresceu na ruína econômica do estertor da caserna. Neto vaga entre Rimbaud e o Tivoli Park. O punk rock lhe cai bem. Atraído por flores da moita, cinza, cético e niilista, é ele quem encerra, em tom menor, esse romance sem romantismo.

Uma obra que estaria terminada, não tivesse o autor sobrevivido ao tempo, para testemunhar uma vida futura jamais suspeitada. *A vida futura*, livro mais recente de Sérgio, é uma continuação deste. *O drible* é todo século XX, *A vida futura*, pura perplexidade XXI. Maduro demais para ser Neto, Sérgio nunca foi Filho e estranha demais os Bisnetos. Sem nenhum personagem vivo no qual se agarrar, num arroubo de insanidade, ele dá um salto triplo carpado e ressuscita Machado de Assis para narrar, na primeira pessoa do imortal, o bruto, inculto e desembestado instante de agora.

Quem se atreveria?

Onipresente n'*O drible* e n'*A vida futura*, o gênio casmurro é o norte de Sérgio Rodrigues. E Sérgio, seu descendente mais refinado.

O DRIBLE

Para H., pela respiração

Há quem ache que o futebol do passado
é que era bom. De quando em quando a gente esbarra
com um saudosista. Todos brancos, nenhum preto.
Mario Filho, *O negro no futebol brasileiro*

El tiempo se bifurca perpetuamente hacia
innumerables futuros. En uno de ellos soy su enemigo.
Jorge Luis Borges, "El jardín de senderos que se bifurcan"

Chega à choupana o Antônio/ Encontra o paizinho/
Concentrado a escrever./ Rasga-lhe o peito o demônio/
Matando o velhinho/ Como deve ser.
Kopo Deleche & Kopo Derrum, "Coração paterno"

A TV é uma velha trambolhuda de tubo de imagem.

O lance não deve ter mais de dez segundos, mas com as interrupções de Murilo enche minutos inteiros enquanto ele narra sem pressa, play, pause, rew, play, o que na época foi narrado com assombro.

O que você vê primeiro é uma imagem parada que logo identifica como da Copa de 1970 pelo short da seleção brasileira, que é de um azul mais claro que o habitual, além de escandalosamente curto para os padrões de hoje. Tostão, cabeçudo inconfundível, número 9 às costas, conduz a bola observado a certa distância por um sujeito de camisa azul-clara e calção preto. Murilo solta a imagem por três segundos, Tostão conduz a bola, e quando volta a congelá-la Pelé aponta no canto superior direito do quadro e você sente um tranco na barriga como se a velocidade do mundo desse de repente um arranque, alguém ligando um acelerador de partículas. O velho segue na sua narração caseira, aí então, diz, olha só, nós vemos aquilo que o Tostão também acaba de ver, Pelé se projetando da meia-direita feito um bicho, uma pantera com sangue de guepardo.

O ímpeto é logo contido, editado, rew, play, pause, play. A bola sai do pé do Tostão, volta, sai, volta. O passe do cara é perfeito, diz Murilo, sentado perto de você no sofá junto da lareira acesa, uma criança brincando com sua pistola de laser. Um miligrama de força a mais ou a menos, seria quase perfeito, praticamente perfeito, mas não, é perfeito, metido da meia-esquerda com o pé esquerdo numa linha diagonal de desenhista de Brasília, a mais leve curvatura, em direção ao centro da grande área. Nesse momento a imagem começa a andar para a frente em câmera lentíssima. De repente tudo o que vemos, a voz do homem é baixa e roufenha, sem o tom de comando de antigamente, tudo o que vemos é Pelé correndo em direção a uma bola branca, mas aí vem o goleiro e agora a bola está entre Pelé e o goleiro, mais perto do grande crioulo mas cada vez menos, porque o goleiro, aliás o famoso Mazurkiewicz, o goleiro resolve ir à luta e sai com tudo da área, não quer nem saber.

Pausando a imagem outra vez, Murilo aponta os olhos para você. Quantos anos você tem, Tiziu? Cinquenta, quase? Ah, mais do que o bastante para já ter abandonado a fé cega na razão e saber que nosso cérebro de caçadores pré-históricos faz incrivelmente rápido os cálculos envolvidos num problema deste tipo: quem vai chegar na bola primeiro. Nem chamamos mais de cálculo, tão rápidas são essas operações mentais, chamamos de instinto. Nosso instinto diz que o Pelé vai chegar antes do Mazurka, não diz? Mas vai ser por pouco. O quíper uruguaio faz o que pode, entra no semicírculo um milésimo de segundo antes do Pelé, mas não a tempo de interceptar a bola. Ela fica entre os dois e nós voltamos a sentir, como o Mazurka também sente, que está mais para o negão que vem no embalo. O que o bom goleiro da Celeste faz é se ajoelhar e, mesmo já estando fora da área, que remédio, abrir os braços.

Congelada, a imagem do velho videoteipe fica distorcida. Parece que o negro de camisa amarela e o branco todo de preto vão colidir, quem sabe se fundir, feixes luminosos tentando esquecer que um dia foram carne.

Olha o Mazurkiewicz, diz o velho. Ninguém precisa ser telepata para saber que ele torce para o Pelé buscar o gol dali mesmo, é o que faria a maior parte dos atacantes, porque nesse caso teria uma chance de impedi-lo. Só pode rezar para que o brasileiro não faça o que um jogador da envergadura dele provavelmente vai preferir fazer, isto é, cortar o goleiro para a esquerda, coisa fácil na passada em que vem, movimento que levaria a das duas, uma: ou o goleiro agarrar faltosamente as pernas do Pelé ou o Pelé concluir de canhota para o gol aberto ou quase, defendido só pelo zagueiro que, não demora, vai entrar no quadro esbaforido feito quem está prestes a perder o último trem e acabar às cambalhotas pelo chão. O nome desse infeliz era Ancheta. Só para constar.

Murilo olha para você com um meio sorriso. Seus olhos espelham as chamas da lareira e têm um fulgor frio que você não se lembra de um dia ter visto, um olhar que parece já quase póstumo, brasas minúsculas dentro do gelo. Agora eu te pergunto, Neto, por que o Pelé não fez isso? Era a coisa certa, não era? Óbvio que era, pedrinhas fosforescentes no gramado, um caminho que ele já tinha trilhado um trilhão de vezes igualzinho, zunindo da meia-direita para o centro da área atrás da bola enfiada pelo Coutinho ou pelo Zito, ou por Didi na seleção. Mas de repente estamos em 1970, a bola é passada pelo Tostão e, aí é que está, Pelé já é Pelé. Está farto de saber que é um mito, um semideus, o que tem a perder tentando ser um deus completo? Aí ele não faz o certo, faz o sublime. Troca o caminho batido do gol, o gol certo que tinha feito tantas vezes, pelo incerto que, como veremos, jamais faria.

Na TV, enquanto os dois borrões lentamente se fundem, a

bola, um descalabro, passa por eles. Como se eles fossem porosos, o espírito esquecido de que é carne no ato mesmo, antecipando o videoteipe.

Rá, você ri nem tanto de surpresa, reconhecendo o lance tantas vezes visto, mas feliz, como sempre, com seu retorno. Você olha para a TV e Murilo olha para você, estudando sua reação. Parece satisfeito com o que vê.

Na sua recusa em tocar na bola feito um Bartleby súbito, diz, Pelé refinou o futebol à sua essência mais rarefeita. O futebol virou ideia pura e de repente homens, bola, ninguém mais se comportava como seria de esperar que se comportasse neste mundo vão. Apanhado de surpresa como todos nós, o pobre Mazurka vê a bola passar à sua esquerda e ir cortar feito faca o filé direito da grande área, enquanto Pelé é um flash auriceleste que chispa para o lado oposto.

No tubo de imagem o goleiro uruguaio dá as costas para a bola, tem um joelho no chão e o pescoço torcido para a direita, olhando o atacante que vai embora, como se tivesse passado uma ventania. E à esquerda do quadro, distante demais da bola, já dentro da grande área e mais borrado do que nunca, Pelé começando a modular os pés para mudar de rumo.

O que o Pelé tem que fazer agora é bem facinho, mamão, é ou não é?, o velho abre um sorriso em que se vê com nitidez a sombra da caveira que logo será. Tem que frear para corrigir radicalmente seu ângulo de deslocamento, frear e no mesmo instante recomeçar a correr na outra direção, atrás da bola agora, ele que vinha no tropel mais desembestado fingindo ignorá-la. Acabou o reinado da ideia pura, sublime demais para durar no tempo, o mundo material se impõe outra vez com sua massa, sua aceleração, as leis da física todas. O cara tem que dar uma quebrada de noventa graus e não perder velocidade porque, veja bem, há que chegar na bola antes dos adversários e ainda com um bom ângulo de chute.

Murilo solta a imagem, Pelé consegue fazer as duas coisas, que beleza, congela-a de novo. Vai chutar e marcar, todos antevemos isso, o estádio de pé com seus pulmões que nesse momento podiam ser todos de pedra, diz, floreando um pouquinho, pois não inspiram nem expiram: vai chutar e fazer o gol. Acontece que não é tão simples, porque Pelé agora está do lado errado da bola, meio de ombro para o gol, tem que bater nela num movimento de meio giro. E aí, meu Deus, ele erra. Pelé erra. Perde o gol que não poderia deixar de perder, pensando bem, para que o mito se consumasse.

O que você vê na imagem solta pela última vez, a definitiva, é o seguinte: enquanto o tal Ancheta que ia perder o trem se estabaca na grama, a bola chutada por Pelé tira fino da trave direita do Uruguai. Linha de fundo, fato consumado, o craque dos craques sai chupando um gelo catado por ali com expressão levemente contrariada, mas serena.

O velho detém o vídeo. Pousa o controle remoto no braço do sofá, olha nos seus olhos outra vez e diz, o que houve aqui, Neto, foi simples: Pelé desafiou Deus e perdeu. Imagine se não perdesse. Se não perdesse, nunca mais que a humanidade dormia tranquila. Pelé desafiou Deus e perdeu, mas que desafio soberbo. Esse gol que ele nao fez não é só o maior momento da história do Pelé, é também o maior momento da história do futebol. Você entende isso? A intervenção do sobrenatural, o relâmpago de eternidade que caiu à esquerda das cabines de rádio e TV do simpático Jalisco, 17 de junho de 1970? Pois posso garantir que foi isso que aconteceu, eu estava lá e sei, e se for mais ainda eu não vou me surpreender, mas foi isso, no mínimo, que aconteceu e que o videoteipe nos dá a graça de ver e rever para sempre, está vendo? Coisa tremenda, Tiziu.

Pondo-se de pé com dificuldade, afasta-se da bolha de calor criada pela lareira e caminha até a varanda. Você vai atrás. Passa pouco do meio-dia, mas o inverno chegou com determinação. O hálito gelado que vem da mata os abraça e nesse momento você vê seu pai em Guadalajara, um jovem de mais de trinta com costeletas de Félix, bigodão de Rivelino, tomando cerveja com guacamole enquanto aqui embaixo se acabava o mundo tal como você, em seus cinco anos, o conhecia. É como se a vida inteira tivesse como único gonzo aquele verão mexicano, inverno no Brasil, quando seu pai não foi na bola, o drible de Pelé em Mazurkiewicz quebrou a espinha do destino e o mundo degringolou. Há desses momentos em que tudo parece acontecer ao mesmo tempo, passado e futuro achatados em presente, o mesmo que dizer que nada jamais aconteceu ou acontecerá, tudo está sempre acontecendo sem chegar a atingir o ponto em que o gesto se completa. No domingo em que Murilo Filho lhe mostra em sua casa no Rocio o gol que Pelé não fez, você se dá conta pela primeira vez na vida de que aquele era o mesmo dia — 17 de junho de 1970 — em que Elvira driblou a frouxa segurança de um semipronto elevado do Joá para se atirar nas pedras batidas pelo mar lá embaixo. Claramente, como se uma luz de açougue acendesse dentro da sua cabeça, vê-se preso para sempre naquele dia, play, pause, rew, play, enquanto Pelé não fizesse o gol estaria preso dentro daquele dia, sonhando que a vida tinha continuado. Nesse momento você olha para o seu pai e revive pela última vez, com violência assombrosa, o velho sonho de matá-lo.

Isso porque o Peralvo nunca jogou a Copa, diz Murilo, parecendo imune às ondas de morte que emanam do filho, olhar perdido na crista verde-chumbo dos morros recortados contra o céu cinza. Peralvo era para ter sido maior que Pelé, Neto. Que merda de vida.

If you had a friend like Ben

No começo, quando nada fazia sentido, o que mais impressionou Neto foi sua imediata lealdade. Nunca acordava cedo, viciado na indisciplina dos horários não comerciais por vinte anos de trabalho caseiro como revisor de provas, mas não perdia um domingo sequer. Pouco antes do meio-dia estava parando na Pavelka para comprar os dez croquetes de carne que adiariam a fome até a hora de, caindo a noite, assar na pequena churrasqueira de concreto as traíras que tinham pescado na represa e comê-las com as verduras da horta. Mastigavam à luz fraca da varanda dos fundos, o pai falando sem parar. Depois entrava em seu Maverick 1977 e percorria os menos de cem quilômetros até o Rio a tempo de telefonar para o celular pré-pago da caixa de farmácia ou balconista de café que estivesse alinhada no momento, tentando então de todas as formas, sempre sem sucesso, esquecer dentro dela a tristeza que nunca deixava de acompanhá-lo serra abaixo.

Como tantos rituais, aquele devia parte de seu mecanismo ao acaso. Neto não saberia dizer por que em sua primeira visita ao Rocio, no início do outono, tendo parado na Pavelka para não chegar de mãos vazias, decidiu comprar croquetes. Desde que Murilo se mudara para a serra, dez anos antes, o contato entre eles tinha se limitado a dois telefonemas: o pai ligando no Natal de 2004, bêbado, para cantar "Jingle bells" com aquela letra que fala em limpar com jornal, e outra ocasião dois dias depois do aniversário do filho, dando-lhe parabéns como se a data estivesse certa. Telefonemas tensos, contrafeitos, mas nenhum tão surpreendente quanto o da semana anterior — o terceiro da década. "Estou à sua espera, Tiziu. Estou morrendo." O tom melodramático não combinava com Murilo, e era a primeira vez em vinte e seis anos que o pai o chamava pelo apelido que inventara para ele na infância e que ninguém mais usava. Respondeu que não prometia nada, mas anotou o endereço.

Enquanto negociava com o volante a estradinha arisca que leva da BR-040 ao Cindacta, o centro de controle do espaço aéreo, ia tentando decidir o que tinha restado daquela longa história de ódio. Se o que restava era mais do que um amuo de criança. Na região profunda do pensamento em que as palavras ficam fora de foco, talvez cogitasse se seu próprio fiasco como pai e filho não podia ser a deixa para um acordo final qualquer, um pacto honesto — mesmo patético, disso não escapariam — antes de morrerem. Lembrou-se da voz arrastada de Nelson Rodrigues dizendo na tribuna da imprensa do Maracanã a um menino que, de algum modo incompreensível, era ele: "Envelheça!". Estava com quarenta e sete anos. Arrepios diante do marco redondo — absurdo — que azulava a mil dias de distância vinham se tornando cada vez menos vagos e mais frequentes. Antes de morrerem, era o que ecoava em sua cabeça quando parou na vendinha à beira da estrada para perguntar onde ficava o Recanto dos Curiós.

"A chácara do dr. Murilo?", "Depois da ponte vermelha", "Esquerda", "Meio quilômetro", foi instruído por três peões que bebiam cachaça no frio da tarde, um atropelando o outro naquela ânsia caipira de ser mais prestativo. "Chuchu, hein?", disse um deles quando Neto já arrancava. Entendeu com atraso que o cara se referia ao Batmóvel, o Maverick preto LDO de motor V8 que se desdobrava para manter em estado de novo — talismã de uma época menos oca, gol de honra na inevitável derrota por goleada diante do tempo.

As instruções se revelaram precisas. Aliviado ao se dar conta de que não precisaria enfiar o carro em buraqueiras de terra, logo encontrava a tabuleta sobre o portão de madeira recortado na cerca viva à esquerda. Cabiam nela o nome do lugar em letras cursivas vermelhas e um escudo do América. Passada a cerca, do mesmo lado, havia uma pequena clareira com marcas de pneus no chão. Enfiou o carro ali e saltou.

Um princípio de vertigem o obrigou a se apoiar na porta do Maverick. Sob o céu cinza, o ar frio deixava ver as partículas de água em suspensão dançando como poeira. Ele era Marty McFly saltando do DeLorean depois de uma viagem de vinte e seis anos de volta a um passado que acabaria por corrigir, mudando também, em efeito dominó, o futuro. Ou não: era o cientista Tony Newman, isso sim, atirado pelo Túnel do Tempo em Honolulu para se ver criança e encontrar o pai um dia antes dele morrer no bombardeio de Pearl Harbor — sabendo, ou acreditando, dava no mesmo, que o passado ia ser imutável para sempre.

Entre a história estática de *O túnel do tempo* e a maleável de *De volta para o futuro*, entre a série televisiva dos anos 1960 e a cinematográfica dos 1980, Neto se inclinava pela primeira opção. Por mais triste ou repulsivo que fosse, o passado ia ser sempre imutável para sempre. Em outras palavras, não sabia o que estava fazendo ali.

Manteiga surgiu no susto. Para bater palmas, tinha posto a quentinha no chão e não viu o cachorro se aproximar. O bicho já farejava os croquetes quando, percebendo o perigo, Neto se abaixou para lhe tirar o almoço da boca. O vira-lata se alarmou, recuou um passo previsível, mas então fez uma coisa espantosa: como extensão do movimento de recuar, projetou-se feito um boneco de mola e abocanhou o embrulho. Com os braços esticados, Neto se viu segurando aquela coisa preta e rosnadora pendurada pelos dentes num pacote de cheiro bom. Por sorte era um animal pequeno, mas ele não soube o que fazer. Ocorreu-lhe sacudir a quentinha e atirá-lo longe. Achou que seria brutalidade.

Foi salvo por uma risada melodiosa do outro lado da cerca e uma voz de mulher que comandava: "Larga, Manteiga!". O Manteiga largou na hora. Pousou no chão com a mesma leveza com que tinha ganhado os ares, parecia um gato, e Neto podia jurar que engrolava na garganta uma risadinha cínica de Mutley enquanto ia andando todo pimpão, meneando os quartos, de volta ao seu buraco na cerca viva. O portão de madeira rangeu nos gonzos enferrujados para revelar primeiro um sorriso branco enorme e só depois, aparecendo aos poucos como o gato de Cheshire para Alice, a dona dele: uma morena de seus vinte e tantos anos, olhos oblíquos de índia, cabelão preto escorrido. A gargalhada dela ainda estava suspensa no ar, ecoando na música de harpa do riacho que cortava o jardim entre fileiras de hortênsias repolhudas. Apresentou-se como Uiara, mulher do caseiro, e disse que o dr. Murilo o esperava.

Em pé na varanda de cerâmica vermelha que cingia toda a extensão da casa simples de tijolinhos aparentes, o pai abriu os braços com um sorriso amarelo. Neto se assustou com o tamanho da sua velhice. A juba do Leão da Crônica Esportiva estava reduzida a meia dúzia de fios brancos penteados para trás. A espinha dorsal tinha empenado, abatendo pelo menos um palmo de seu metro e oitenta. Se suas contas não falhavam, Murilo estaria perto de completar oitenta anos, mas aparentava noventa. Quem sabe cem. Quando se abraçaram sem jeito, sentiu sob as mãos um corpo descarnado, aspirou o miasma de xaxim seco que se desprendia dele. Passarinhos cantavam em algum lugar próximo.

"Obrigado por vir, Tiziu."

O pai lhe estendeu as mãos de dedos compridos — dedos que tantas vezes tinham ficado impressos em vermelho na sua cara de criança — para receber a quentinha amassada que, sendo de alumínio, e tendo interferido alguma sorte, estava incólume à dentada do cachorro. Neto não sabia o que dizer. Aproveitou o que restava da excitação de disputar alimento com uma besta doméstica e falou do encontro com o Manteiga. Foi a deixa para que Murilo embarcasse, os dois em pé na varanda, na primeira de suas histórias inumeráveis.

"Manteiga", disse, "era um jogador que o América foi buscar em 1921 no Mauá, um clube nanico de marinheiros que jogava no cais do porto. Amadores, na teoria, eram todos nessa época, mas o Mauá só tinha peladeiro. Quer dizer, tinha um monte de peladeiro e lá no meio tinha o Manteiga. O praça Manteiga chamou a atenção do Jaime Barcelos, que era diretor de futebol do América e olheiro compulsivo, vivia rodando as várzeas atrás de talentos. O Jaime se encantou. O apelido era porque nos pés dele a bola rolava macia, os passes saíam amanteigados. Só tinha um problema, o Manteiga era um mulato crasso, indisfarçável, muito diferente do tipo quase branco que o Friedenreich já tinha começado a tornar passável a essa altura. Moreno? Moreno não, preto! Preto? Preto não, mulato! Nariz chato, beiçorra grossa. Aquele não passava de jeito nenhum no América, que era branco e racista como todos os clubes da elite carioca na época."

Intrigado, disposto a ser amigável, Neto disse:

"Foi o Vasco que quebrou o esquema racista, certo?"

"Isso foi depois. Naquele 21, a chegada do Manteiga provocou um motim. Depois de pedir baixa da Marinha para jogar no América, foi ele entrar por uma porta de Campos Sales e um monte de americanos de nascença sair pela outra. Foram embora os Borges, os Curtis, todo mundo puto, ultrajado. E nesse momento teve brio o João Santos, presidente do clube, que bancou a contratação. O Manteiga ficou. Além de ser o craque do time era um sujeito que, como se dizia, conhecia o seu lugar. Nem pisava no hall da sede social, onde os outros jogadores relaxavam em cadeiras de vime depois dos treinos, se mandava correndo. Nas festas chiques na casa do João Santos também não gostava de aparecer. Quando ia ficava na calçada vendo pela janela os pares que rodopiavam no salão. Foi assim que os Borges e os Curtis, racistas de bolinha medíocre que tinham perdido a primeira batalha, acabaram ganhando a guerra. O coitado do Manteiga nunca se sentiu em casa. Um dia o América foi excursionar na Bahia, onde os times já eram naturalmente cheios de negros, senão o elenco não fechava, e ele teve uma revelação. Aquilo era o paraíso da raça. Aceitou a primeira proposta baiana que apareceu, nem voltou para o Rio com a delegação."

"Certo", disse Neto, "mas por que o cachorro tem esse nome? Suavidade não parece o forte dele."

Murilo sorriu satisfeito, concordando com a cabeça.

"Não é mesmo. Acontece que nasceu numa ninhada de seis e era o único preto. Os irmãos quase todos branquinhos, só um meio malhado, e ele aquele tição. Manteiga por isso. Você gosta de pescar, Tiziu?"

Foi assim que começou. Croquetes, pescaria, os fantasmas de gerações de craques vindo dançar sobre a represa ao serem invocados por um falatório rendado e cheio de dribles: Zizinho, Welfare, Fausto, Zico, Marinho Chagas, Telê, Ipojucan, Dirceu

Lopes, Gradim. Aquilo preenchia os espaços deixados pela ausência de Elvira, Conceição, Ludmila, tudo o que fosse dolorido entre os dois. Melhor assim? Era como se uma vida dedicada a escrever sobre futebol tivesse privado o pai de tudo o que não fosse a memória alucinada do jogo. Murilo não precisava de DeLorean ou de Túnel, pensou Neto, para desafiar o tempo. Lembrou-se das lombadas de Proust em francês que ocupavam lugar de honra na estante do Parque Guinle e entendeu que o pai, nunca na vida um modelo de equilíbrio, estava gagá. A situação era despropositada, mas tudo se encaixou para dar forma a um rito dominical mantido com disciplina. Desde o início era como se ele já soubesse que aquilo acabaria fazendo sentido, embora por enquanto não fizesse nenhum.

Aplicada com o atraso de uma vida, a estratégia de Murilo, se é que se tratava de algo tão deliberado, era a mesma empregada por sucessivas gerações de pais brasileiros para se aproximar dos filhos. Muita coisa distancia vida afora pessoas que se contemplam sobre um abismo de vinte ou trinta anos — música, moda, política, costumes, tecnologia —, mas são praticamente indissolúveis os laços forjados na infância em torno das cores de uma camisa, do culto a ídolos vivos ou mortos, do frenesi terrível de se apertarem lado a lado entre milhares de seres humanos reduzidos a uivos primais, o menino de todas as épocas sentindo no estômago o pavor de ser engolido pela multidão e encontrando na presença do pai a segurança necessária para se perder em algo maior do que ele sabendo que, no fim da partida, fará o caminho de volta.

Não tinha sido esse o caso dos dois. Para começar, Murilo Filho nunca ia de arquibancada. A tribuna da imprensa do Maracanã, onde quase sempre sobravam cadeiras, era sua segunda casa. Com seu blazer de linho bege mesmo em tardes de verão, sua estampa alourada e altiva de Jardel Filho em *Terra em transe*, o cronista do *Jornal do Brasil* era observado com admiração boquiaberta pelos focas e podia ser visto em breves trocas de impressões com seus iguais, outros titãs da crônica que estivessem na área, como João Saldanha, Armando Nogueira e Nelson Rodrigues — este também dramaturgo, a quem Murilo não respeitava como cronista esportivo, dizendo que estava sempre de costas para o gramado, mas que tratava com cordialidade por ser irmão de seu mentor, morto havia alguns anos. Embora estivesse em seu território, era recolhido sozinho a um canto e fumando um Capri atrás do outro que assistia às partidas. Não falava, não externava emoção alguma — nem quando seu América vencia, algo que foi se tornando cada vez mais raro. A vibração, o colorido, os arrepios da batalha iam sem escala da cabeça para a página do jornal. Não passavam pelo rosto.

Tinha acompanhado Murilo ao Maracanã três ou quatro vezes. A primeira logo após Elvira morrer e ele voltar a morar com o pai no Parque Guinle, devia ter cinco, seis anos. A última em torno de dois anos depois. Numa dessas tardes Nelson Rodrigues gritou de longe: "Ei, Murilo, seu filho é uma cambaxirra!". Neto sentiu o rosto queimar como se tivesse sido xingado, entendendo de forma instintiva que o homem aludia ao fato de ser mirrado, moreno, diferente do pai. Outro dia — talvez sua última visita — aquele coroa estranho de quem sentia agora um medo que beirava o pânico se aproximou no intervalo da partida, quando seu pai o deixou sozinho para ir comprar cerveja ou cigarro. Não tinha certeza de ser um Fla × Flu, mas quase sempre eram essas as bandeiras que surgiam em sua memória como pano de fundo para a imagem do homem de olheiras e suspensórios a se curvar sobre sua cadeira com um picolé na mão. Com voz soprada de tísico, perguntou: "Você gosta de Chicabon, meu filho?". Mais por intimidação que por desejo, aceitou o picolé. Nelson então riu baixinho e, já virando as costas, bradou a ordem que Neto e o mundo tratariam de cumprir escrupulosamente: "Envelheça!".

Nunca se sentiu à vontade na tribuna da imprensa do Maracanã. É possível que tenha parado de pedir a Murilo que o levasse, e o pai certamente não ia insistir. Aquilo era trabalho, coisa séria, não havia lugar para o filho ali. Nisso o Maracanã não era diferente do restante de sua vida. Foi só quando voltou a morar com o pai que se deu conta da existência dele, um homem alto de ombros largos, peito peludo, mechas castanhas clareadas de sol, voz de trovoada. Às vezes deixava o bigode crescer, ficava assim uns meses, depois raspava. Seu relógio de pulso era o maior que Neto já tinha visto: um Tissot prateado, quadradão. Sabia assobiar alto com os dois indicadores na boca, arregaçando o lábio superior sobre os dentes manchados de cigarro, e de três em três meses, quando prestava atenção no filho, levava-o para almoçar em churrascarias. Nunca ouvia os gritos do menino enfermiço no meio da noite — o que era compreensível, exaurido de sumo vital como estava, embora na época Neto não alcançasse tais coisas. Devia ter se feito de surdo uma madrugada ou outra, mas a maior parte do tempo dormia pesado mesmo, seus roncos fenomenais compondo a trilha sonora perfeita do terror noturno que acompanhou o filho dos cinco até perto dos quinze anos.

Herdar da ex-mulher um moleque que mal começava a se alfabetizar — aquilo chegando sem aviso como uma geladeira maior que a porta, um leitão vivo que quisesse morar no carpete —, esse fato aborrecido não levou Murilo a alterar um minuto da sua rotina. Saía de manhã para visitar algum clube. Almoçava perto da redação do *JB*, na Rio Branco. Depois do fechamento, quase sempre ia do jornal direto beber no Antônio's, ver um show do Simonal, jantar na Plataforma, e em cada um desses lugares protagonizar as histórias que alimentariam as crônicas de seus colegas de ofício e boemia. Puxa-sacos, invejosos, maliciosos, gays, ressentidos, deslumbrados, nunca faltaram na imprensa carioca propagandistas dos feitos casanovísticos do Dickens de Campos Sales.

Na paisagem de um país ditatorial, no embalo do tricampeonato conquistado no México, a silhueta recortada por Murilo Filho era a de um gigante. Seus livrinhos da série Quem É... tinham tiragens de seis dígitos sob as bênçãos do Ministério da Educação e Cultura do general Médici, adotados em escolas de todo o país. Ricocheteando num fliperama de crônicas, palestras para estudantes, mesas-redondas de rádio e TV, o carisma do sujeito fazia o resto. Já em 1969 o caipira de Merequendu que tinha desembarcado na rodoviária do Rio menos de dez anos antes sem conhecer praticamente ninguém — só uma tia solteirona que morava no Lins — havia comprado com a ajuda do financiamento da Caixa Econômica Federal um apartamento do tamanho do Maracanã no aristocrático enclave arborizado de Laranjeiras e se movimentava com a desenvoltura de um príncipe pintoso dourado de praia, camisa aberta no peito, pelos estratos mais profundos da Zona Sul. Ninguém que tivesse alguma familiaridade com a crônica mundana carioca ignorava que por aproximadamente vinte anos, de meados dos 1960 a meados dos 1980, Murilo tinha sido o mais prodigioso comedor da cidade.

Entre o fim da infância e o auge da adolescência, meio orgulhoso e meio horrorizado, Neto aprendeu pela imprensa a soletrar o rol das amantes de seu pai, uma por uma: princesas europeias libertinas, starlets americanas drogaditas, socialites de pescoço longo de Modigliani, filhinhas perdidas de general e brigadeiro em idade ilegal dadas a vomitar às seis da manhã sob a mesa do Hippopotamus, escritoras intoxicadas de Anaïs Nin e Shere Hite, atrizes do Zé Celso imunes aos desconfortos da depilação, atrizes de pornochanchada e de Tchékhov, capas de

Ele Ela e *Status*, aspirantes às capas de *Ele Ela* e *Status*, psicanalistas reichianas, cantoras bissexuais. Mesmo que metade daquilo fosse lenda, era evidente que nunca tinham faltado a Murilo Filho, o filho da puta, as graças de um grande elenco de habitantes fogosas daquele mundo pré-aids. Era quase perdoável que não tivesse tempo para ser pai.

Fez uma tentativa de transformar Neto em americano, uma só, e de fôlego curto. No Natal de 1970 lhe deu de presente uma camisa vermelha, número 10 às costas, que logo ficou pequena e não foi substituída. A decadência do clube ajudou a tornar a missão mais difícil. O papel subalterno que o América ia assumir com convicção cada vez maior, apesar de ter conseguido formar um bom time no meio dos anos 1970, exigiria de Murilo um esforço redobrado se quisesse conservar o filho fiel à bandeira rubra. Isso, porém, estava acima de sua disposição ou talento. O resultado previsível foi Neto virar um americano gelatinoso que só esperava, para derreter, a aproximação de uma fonte de calor. Esta veio poucos anos depois na forma de um vulcão chamado Zico. Virou rubro-negro, mas, talvez como consequência do vaivém de sua formação, por reconhecer o que aquilo tinha de arbitrário, virou em primeiro lugar um membro dessa espécie minoritária e oprimida, mas menos rara do que se pensa: um brasileiro desapaixonado por futebol.

Houve ainda um último momento futebolístico na história dos dois, embora nesse caso Neto tivesse dúvidas sobre os propósitos do pai. Pouco antes de virar casaca, quando tinha dez anos, foi levado por Murilo para treinar no infantil do América. Era o meio exato da década de 1970, o ponto em que o calendário se dobrava em dois, e ele andava mais interessado em música do que em bola. Tinha se tornado fã de um garoto chamado Michael Jackson, cabelo afro, calça boca de sino e voz de anjo, que emplacava no rádio ao lado dos irmãos mais espigados uma balada linda de morrer atrás da outra: "Ben", "Music and me", "One day in your life". O clube do Diabo já havia embicado rumo ao subsolo a curva de suas realizações no mundo da glória esportiva, mas a decadência estava no início. Seu dente de leite era uma prova de que essas coisas levam tempo, e no meio daqueles meninos fortes, habilidosos, decididos, Neto fazia um papel ridículo de matadas na canela e tombos ao menor tranco. Como sempre ocorre em casos assim, por razões pouco esclarecidas, foi parar na lateral esquerda. Lugar de pereba é na lateral esquerda.

Bastaria acompanhar cinco minutos de treino para qualquer um perceber que jogar futebol naquele nível não estava ao seu alcance. Só Murilo parecia não ver. Conselheiro do clube, impunha a presença do filho e o técnico, fraco, aceitava. Neto e o time sofreram com a teimosia do pai por seis meses, período em que ele não o deixou perder nenhum treino, levando-o pessoalmente à Tijuca em seu Opalão vermelho — companheiro como nunca antes e nunca depois. Foram seis meses torturantes em que, mesmo se aplicando ao máximo, Neto dava vexame nos coletivos, ouvia insultos dos companheiros do time reserva, os titulares rindo na cara dele. O clima no vestiário era de hostilidade aberta. Nos jogos, claro, ficava no banco. Só entrou em campo uma vez, aos quarenta minutos do segundo tempo de uma partida contra o São Cristóvão que o Ameriquinha vencia por cinco a zero. Não foi tão mal quanto temia: deu um ou dois toques na bola, tenso, mas teve a sabedoria de fazer o mais simples e o placar se manteve. Saiu com a dignidade intacta. O capitão do time, Vinição, veio cumprimentá-lo com tapinhas nas costas. "Parabéns por não ter feito merda", disse, e saiu rindo.

Quando entraram no Opala o pai lhe deu um abraço: "Boa estreia, Tiziu, promissora estreia", os olhos parecendo marejados. E pronto: aquele sucesso ínfimo, aquele nada bastou para embriagar Neto, que na vertigem de deixar seu pai orgulhoso começou a achar que podia mesmo jogar futebol. Ainda não existia a hipótese, que só lhe ocorreria anos mais tarde, de haver mais do que teimosia e cegueira na insistência de Murilo em vê-lo enfiado em chuteiras, meiões engordando as canelas finas, engolido pela camisa vermelha do seu coração. Foi preciso esperar pelos hormônios da adolescência para se dar conta de que a obstinação do pai não era orgulho nada, idiota. Era sadismo mesmo.

Mesmo assim, mais forte do que a mágoa com Murilo e do que o rancor com os companheiros que o desprezavam, o que Neto guardou do episódio foi a vergonha de ter sido um menino que não só se submetia à humilhação de fingir ser o que não era, abafando o choro no travesseiro toda noite, como no fim ainda queria mais. Você consegue, Neto! Vai fundo que você consegue!

A friagem da tarde enfarruscada boiava no ar parado. Cada folha de cada árvore tinha uma imobilidade de fotografia, e fazia algum tempo que nenhuma traíra mordia a isca. O único movimento vinha de dois lava-bundas que, espelhando-se na represa, beliscavam rugas concêntricas em sua pele de bebê. Murilo já havia discorrido sobre diversos temas: a campanha de 1950, partida por partida; os problemas psiquiátricos de Heleno de Freitas; o que Zico tinha aprendido com seu irmão mais velho Edu, o último dos grandes craques do América; o detalhado prontuário médico do descolamento de retina sofrido por Tostão; o papel da rede de cabelo na aceitação de tantos jogadores mestiços. Quando ele fez um discurso sobre a importância de Guiomar para Didi e de Jurema para Roberto Dinamite, mulheres estruturantes e desestruturantes na vida de grandes homens, Neto achou que iam finalmente falar de Elvira, mas o pai lhe aplicou um drible seco.

"Tem comido gente, Tiziu?"

Olhou surpreso para o velho, que não tinha despregado os olhos da água. Tufos de cabelo branco saíam de suas orelhas.

"Não me queixo."

"E que tal a Uiara, hein? Papa-fina ou não é?"

A pergunta deixou Neto mudo de espanto. Por que Murilo tentava empurrá-lo para a caseira, se nunca tinha lhe dito nada sobre seu fraco por mulheres do povo? E Uiara não era casada? Antes que conseguisse responder, o velho já estava mudando de assunto para dizer que o pai da bicicleta não era Leônidas da Silva nem o do elástico era Rivelino, aquelas façanhas eram criações anônimas, talvez coletivas, produtos da várzea e sua infinita improvisação. Os craques só divulgavam tais achados para o mundo, papel importante, mas menos importante que o de seus criadores eternamente sem nome.

"Já a folha-seca, sim, essa foi inventada pelo Didi", disse. "A unha do dedão do pé dele estava sempre caindo por causa disso. Ficava preta, caía, nascia uma nova, começava tudo outra vez."

Neto estava a ponto de perguntar de onde vinha tanta certeza se não havia exame de DNA para tal tipo de paternidade, mas em vez disso, subitamente cansado da conversa errática, tomou coragem e perguntou por que Elvira tinha se matado. Murilo balançou os ombros, projetou o lábio inferior.

"Vai saber. Veja o caso do Pinta. Hoje está completamente esquecido, mas era um jogador interessante. Um ponta-esquerda veloz do capeta que apareceu no Bangu em 1960, vindo de Alagoas. O nome dele era Anísio, mas por causa da velocidade começaram a chamar ele de Pintacuda, o famoso automobilista, acabou Pinta. Merecia o nome, viu? Nunca vi outro que chegasse perto, nem antes nem depois. Um foguete. Esticava a bola no fundo e quem é que pegava? Tinha também uma marchinha de Carnaval gravada pelo Oscarito que chamava um beijoqueiro de pintacuda, rápido no gatilho, isso pode ter contribuído para o apelido, porque era boa-pinta o Pinta, malandrinho assim de traços finos, lembrava o Alain Delon de longe. Alain Delon de longe, he-he. Essa é das antigas."

Neto não se deu o trabalho de sorrir.

"Promoveu um puta estrago no contingente de cabaços de Bangu, o Pinta. E olha que não durou nem um ano por lá. Quando morreu foram fazer as contas e viram que ele tinha passado nas armas três dúzias de operárias da fábrica de tecidos, média de três por mês. Corisco nesse departamento também. Então me diz, Neto: por que um cara desses ia querer se matar? Pois se matou. Uma madrugada, quando voltava da farra, parou o carro em cima da linha do trem e ficou esperando. Falaram em acidente, mas não foi acidente. Eu mesmo conversei com testemunhas que viram o Pinta parar, desligar o carro, apagar os faróis e esperar. Coisa tenebrosa. Mas como um cara daqueles podia ser deprimido, correndo daquele jeito? Comendo daquele jeito? A gente não sabe nada, Tiziu."

A princípio o revoltou aquele modo descarado de fugir do assunto, então lhe ocorreu que Murilo podia estar reconhecendo de forma cifrada o papel de sua galinhagem pública no desequilíbrio emocional que tinha levado Elvira Lobo ao desespero. Era uma possibilidade tênue, talvez baseada apenas em seu desejo de que fosse assim — ou na propriedade contagiosa dos estados de demência —, mas foi o bastante para desdobrar diante de Neto um horizonte em que aquela mesma conversa futebolística se inscrevia e de repente já não parecia senil, antes era o coroamento inevitável da vida que eles tinham levado até então em campos opostos. Um campeonato de pontos corridos que chegava agora ao momento de decisão. Não tinha certeza de querer que fosse assim — abrir a tampa do esgoto, remexer a imundície. Por enquanto era só um cara que mantinha sua minhoca na água. E esperava.

Estavam sentados lado a lado numa grande pedra plana à beira da represa. Os ombros do pai se curvavam para a frente como se o bambu fino da vara de pescar fosse pesado demais para suas forças próximas da extinção. Seria mesmo aquela criatura devastada o Leão da Crônica Esportiva, o maior comedor da cidade? Teve pena de Murilo.

"O currículo amoroso do Pinta não é nada perto do seu", disse, mas a cabeça velocista do velho já estava lá na frente garantindo que o maior chutador de todos os tempos passados e futuros era o fabuloso Nelinho, nenhuma dúvida quanto a isso, e quem dissesse o contrário era um energúmeno de quatro costados. Observou que ele não devia mudar de assunto daquele jeito e ele respondeu que energúmeno maior, só quem fosse capaz de negar que o Brasil teria evitado o vexame da Copa de 1966, aquela falha grotesca no sorriso de cinema arreganhado de 58 a 70, se ao menos os deuses não andassem tão enfezados e nos permitissem contar com a magia, e nisso não havia metáfora nenhuma, de Peralvo. Aliás, estava escrevendo sobre isso enquanto tinha tempo, seria sua despedida, seu testamento, seu canto do cisne, seu...

A conversa foi interrompida por um puxão firme no anzol. Logo o filho tirava da água, o pai gritando "eia, eia", a terceira traíra do dia. A maior de todas, perto de dois quilos. Murilo bateu palmas e pronunciou sua primeira frase sensata em quatro horas de pescaria:

"Que tal botar esses bichos na brasa antes que comecem a feder?"

Na caminhada de volta até a casa, ralentando os passos para se manter junto do velho, Neto viu passar no céu cinzento um bando de maritacas vindo dos lados da Fazenda Inglesa, todas falando ao mesmo tempo. A sombra das aves cocainômanas se projetou sobre uma cena familiar extemporânea, farsa pura, mais triste do que a voz infantil de Michael conseguiria traduzir nas notas altas de "Ben":

With a friend to call my own
I'll never be alone
And you, my friend, will see
You've got a friend in me.

Deviam ter feito aquilo quarenta anos antes, quando as coisas do mundo ainda tinham substância. Quando não havia começado a série de cirurgias plásticas e intervenções químicas radicais que transformaria o cantor mirim do Jackson Five primeiro numa aberração — avatar se jamais houve um, casca oca como nenhuma outra — e depois num cadáver. Tarde demais, Neto, tarde demais, um bando de maritacas ficou zoando em sua cabeça. Decidiu que nunca mais pisaria ali.

Quando o sol apareceu por fim, foi como uma moeda pálida que dedos invisíveis depositassem no cofrinho dos morros. A temperatura caiu tanto que Murilo teve que lhe emprestar um pulôver cheirando a xaxim seco. Comeram traíras puxadas no alho com batatas assadas ao alecrim e uma salada fresca preparada por Uiara com os produtos da horta: rúcula, alface, hortelã crocante, tomatinhos cerejas. Responsáveis pelo nome na tabuleta da entrada, seis curiós orlavam o avarandado dos fundos, cada um na sua gaiola, todos com nome de craque. Um cantava sem parar, solando, enquanto os outros proviam a cama sonora.

"É Didi", explicou Murilo, "Didi e sua banda: Friedenreich, Zizinho, Heleno, Edu e Puskas."

Quando o Manteiga apareceu abanando o rabo, Neto perguntou se podia lhe dar uns nacos de peixe, catando as espinhas antes. O pai balançou os ombros e ele foi em frente. Perdeu a conta das cervejas que tomou sozinho, Murilo ficando na limonada. Havia um leve zumbido alcoólico em seus ouvidos, fundido ao murmúrio do regato pedregoso que cortava o terreno, quando finalmente ergueu os olhos do prato vazio para a noite fechada do lado de fora da varanda: mantas espessas de bruma, vaga-lumes latejando ao som de grilos. Depois de um dia inteiro de conversa, deu-se conta de não saber nada do pai.

"O que você tem, Murilo?"

"Como assim?"

"Você disse no telefone que está morrendo. Qual é o problema?"

"Ah, nada de mais. O problema é que ainda não morri. Na minha idade dá menos trabalho dizer o que eu não tenho. A merda maior é que tenho arteriosclerose, hipertensão, estenose da válvula aórtica..."

"Não sei o que é estenose."

"Calcificação, Neto. Meu coração está ficando duro feito pedra."

Decidiu deixar por lá a piada fácil que pulou na sua cabeça: mais duro do que sempre foi? Atrás dela veio outra, que teve o mesmo destino: coração, que coração? Chegou a temer que Murilo, que o fitava com um meio sorriso, tivesse desenvolvido em seus anos de reclusão no Rocio o poder de ler pensamentos quando, como se quisesse desmentir as piadas silenciosas, ele fez algo assombroso.

"E você? Tem ido ao médico?", perguntou, soando como o pai que nunca tinha sido. "Não está na hora de achar uma mulher que cuide de você? Me conte tudo, acho que tagarelei demais."

Uma raiva antiga tentou arrombar por dentro a caixa em que estava presa no fundo do porão. Então o cara achava que era fácil assim.

"Estou bem, obrigado."

"E a música? Ainda toca?"

"Não."

"Meio velho para pop star, hã?"

"Pois é."

"Mas largou as drogas alucinógenas, espero."

Neto deu um suspiro impaciente.

"Pai, o Daime faz vinte e cinco anos. Não fiquei nem três meses lá."

Para seu alívio, a conversa foi interrompida pela chegada do marido de Uiara num fusca azul detonado. Era a primeira vez que dava as caras aquele homem que Murilo apresentou como Josué. Como tinha se casado mal, a moça. Físico e expressão parva de Maguila — o gorila do desenho da Hanna Barbera, braços quase tocando o chão, não o boxeador —, o caseiro disse alguma coisa sobre o trabalho de capina que tinha ido fazer para um amigo em Pedro do Rio, no que foi questionado pelo patrão sobre a reforma no telhado que vinha adiando. Enquanto Josué gaguejava uma desculpa, Neto entrou em casa para ir ao banheiro antes de pegar a estrada e na cozinha encontrou Uiara lavando a louça.

"Você é uma ótima cozinheira", disse.

A risada dela, réplica da que o tinha recebido mais cedo enquanto Manteiga balangava à sua frente, ricocheteou nos azulejos, na cuba de alumínio, nos talheres espetados no escorredor.

"Então vê se o senhor volta mais."

A água que espirrava da pia tinha grudado feito Contact o vestido de chita em sua barriga e na parte da frente das coxas robustas. A resposta de Neto desmentiu o que ele tinha decidido menos de duas horas antes.

"É claro que eu volto."

Uiara lhe pediu que esperasse. Foi lá dentro secando as mãos num pano de prato e voltou um instante depois com um cartão de visita.

"Esse é o dr. Floriano", disse em tom de conspiração, "médico do seu pai. Atende em Petrópolis. Achei que o senhor ia gostar de conversar com ele. Fico tão preocupada."

"Obrigado."

"O dr. Murilo não pode saber que eu fiz isso, doutor. Pelo amor de Deus, hein? Capaz até de mandar a gente embora. Fico preocupada sem saber se ele está seguindo o tratamento, se esconde alguma coisa. Já liguei pro médico e ele não me atende, parece um homem ocupado e até metido, Deus me perdoe. Mas o senhor é filho, né?"

"Te agradeço, Uiara."

"Depois me conta, doutor?", ela abriu de novo aquele sorriso que parecia iluminado por trás. "Que bom que o senhor veio, que bom. Agora a gente vai ser feliz."

O que restava daquela longa história de ódio já não era ódio, foi sua primeira conclusão, para a qual deviam contribuir as cervejas do jantar e a atmosfera irreal que tinha baixado sobre o Rocio na forma de uma neblina que o Maverick cortava com facilidade enganosa, saindo mais molhado de cada nuvem do que se atravessasse uma cachoeira. Então era o quê? Neto sabia desde criança que Murilo era mais frio e autocentrado do que o Sr. Spock. Sabia também que à sombra frondosa de babacões brilhantes como ele nenhuma planta podia crescer direito. Quando encontrou a imagem botânica num artigo sobre criação de filhos lido na sala de espera do dentista, talvez fosse uma *Seleções*, devia ter nove ou dez anos — cedo para saber que se tratava de um clichê barato. Aquilo foi uma revelação. Passou o resto da vida sentindo pena de si mesmo, planta subdesenvolvida, pondo a culpa na sombra do pai. Agora que se aproximava dos cinquenta anos e Murilo ia morrer, o que sentia era mais parecido com vergonha.

O pai devia ser ainda um babacão, essas coisas não mudam fácil, mas era um babacão velho. Desde que se internara no mato não escrevia em lugar nenhum, e se escrevesse teria pouco a dizer sobre um futebol-indústria sem nada em comum com o de sua juventude. Seus amigos e colegas tinham morrido ou se afastado, seus livros estavam todos fora de catálogo. Ninguém mais lia Murilo Filho. Aliás, quem era mesmo Murilo Filho? Só quem tinha mais de trinta e cinco anos — o que, na paisagem cultural do novo século, era quase um crime inafiançável — já ouvira falar de seu nome. Nesse caso, o mais provável é que se recordasse primeiro da fama de reacionário, preço alto cobrado pela chancela do MEC a seus livrinhos ufanistas dos anos 1970. O homem havia deixado de ser um jequitibá frondoso para virar uma árvore seca, desfolhada e solitária. Uma árvore patética. Exatamente como você, Neto falou em voz alta, lançando um olhar para o retrovisor e rindo para disfarçar a gravidade do que dizia. Pensou no velho desenho animado em que o Esquilo Louco se encrespava diante da própria imagem toda vez que encontrava um espelho: Quem é você? O que faz aqui?

Ele sabia que se chamava Neto — não estava tão perdido assim. Sabia também que Neto não era bem um nome: era um marcador geracional, quase um número. Quem era o Neto sem o Filho? Quanto ao que fazia ali, acreditava começar a entender. Estava ali para dar a Murilo a chance de lhe pedir perdão por ter sido o pior pai do mundo e assim morrer em paz. Relutaria a princípio, mas acabaria perdoando. Então se jogariam nos braços um do outro como numa cena piegas de *Os Waltons*. Boa noite, Murilo. Boa noite, Neto.

Lá fora, os faróis do carro tentavam inutilmente furar a neblina densa.

Aquela noite contou à namorada da vez, moreninha de pele caramelo e cabelos louros, que tinha ido visitar o pai, com quem não conversava direito havia vinte e seis anos. Garota inteligente, ela perguntou:

"O que aconteceu há vinte e seis anos?"

Tinham acabado de transar, estavam abraçados na cama da segunda suíte mais cara do motel Shalimar, de frente para o mar de São Conrado — piscina aquecida com cascata, quase duzentos reais o período de seis horas —, e Neto percebeu que falara demais. A intimidade física podia provocar aquilo: por um condicionamento bioquímico tão ancestral quanto besta, lá vinha um clima de cumplicidade que convidava a dividir segredos. A tentação de abrir a guarda já tinha se apresentado outras vezes, mas após uma longa série de Taynnaras, Joyciannes, Miquéllys, Jhennyffers e Karolaynnes ele se julgava escolado na arte de driblar o perigo e se concentrar mentalmente no autodiálogo aprendido com o Esquilo Louco. Hoje você foi encontrar seu pai, Neto, com quem não conversava há vinte e seis anos.

Contrariar a regra com Gleyce o perturbou. O que está havendo com você, rapaz? Ela tentou outra abordagem:

"Vocês devem, tipo, ter assunto à beça."

"Nem tanto", ele riu. "O cara falou o tempo todo, eu não falei nada."

Erguendo a cabeça que repousava em seu peito, a moça arregalou os olhos, teatral. Depois afastou as pernas que enlaçavam as suas, deixou os cabelos dourados com raízes pretas desabarem sobre o travesseiro e puxou o lençol até os peitinhos do tamanho de xícaras de café. Sua voz era solene quando disse:

"Por que vocês brigaram?"

O nome dela era Gleyce Kelly, obra cruel de outro pai, quem sabe sem coração como o seu mas provavelmente sem noção de coisa alguma, a ponto de supor que a princesa de Mônaco fosse chamada de Grace por ignorância do povo burro — aquela gente que falava *pobrema, TV Grobo* e *apricação de emprasto*.

"Deixa quieto, princesa. Longa história."

E tratou de emendar um mutismo também longo, como se uma coisa tivesse que corresponder à outra para restaurar o equilíbrio que sentia estar em risco em sua vida. Se não tinha falado nem dos Kopos, seu momento de microglória no rock'n'roll — o que certamente lhe valeria pontos com a namorada —, de Murilo é que não ia falar.

Gleyce suportou o silêncio com a paciência que exercitava em seu trabalho como caixa da farmácia Belacap da Marquês de São Vicente. Na fase da conquista, Neto havia observado a menina em ação. Atrapalhados com a senha de seus cartões de crédito ou débito, os olhinhos lacrimejantes daqueles que seu supervisor devia chamar de "clientes preferenciais da melhor idade" estudavam o teclado numérico da maquineta como se fossem chamados a calcular uma equação da Nasa, enquanto atrás deles a fila crescia, bufava, alternava o peso de um pé para o outro. A lourinha de farmácia, uma santa, sorrindo.

"Tomara que vocês voltem a ficar na boa", ela disse por fim. Virou-se de bruços para encará-lo, apoiada nos cotovelos, e no espelho do teto o lençol repuxado descobriu uma bunda compacta e um palmo de coxa — vinte e três anos com corpinho de dezoito. "Negócio de pai é bizarro. O meu sumiu quando eu tinha seis anos. Trabalhava de *rôdi* no Furacão 2000, um dia foi fazer um show em Fortaleza e ficou por lá. No começo ligava, mandava uma graninha. Depois sumiu. Minha mãe achou que ele tinha morrido e eu também acabei achando. Sabe quando a pessoa, tipo assim, evapora? Bizarro. Minha mãe falou que ele devia ter se metido num rolo com o movimento de Fortaleza, como se meteu um tempo aqui na Rocinha, antes deles casarem. Queimaram ele, pensou. Aí um dia ele aparece do nada no meu aniversário de quinze anos. Todo de barba, barrigudo. Queimado, mas só de praia. Tipo assim, bizarro."

E Gleyce Kelly foi no embalo. Neto desabilitou o áudio dela e ficou olhando para o seu rosto bochechudo de Goldie Hawn esquecida no forno — olhos bem separados como os da atriz de *Sugarland Express* e quase tão pretos quanto o rímel excessivo que lhe pesava os cílios, boquinha meio dentuça se mexendo sem som — e para a tatuagem em seu ombro esquerdo: um Bob Esponja da cor de seus cabelos, sorriso débil mental arreganhado. E até esse detalhe lamentável na superfície de Gleyce, acidente que ele costumava fingir não estar lá, pareceu naquele momento digno de ternura. Enquanto ela mexia a boca, Neto balançava a cabeça de vez em quando como se ouvisse mesmo a sua história, que no fim das contas não teria como passar de uma variação pouco criativa da triste história de abandono paterno e abnegação materna que um condicionamento bioquímico tão ancestral quanto besta levava a ser contada o tempo todo nas camas intercambiáveis do Shalimar, do Vip's e do Sinless.

Estava distraído, observando a boca da menina se mexer sem som, quando se deu conta com um violento baque interno — alguma coisa se espatifando, acordes maiores fazendo eco — de que havia muito na lourinha de farmácia, da cor do cabelo ao corpo mignon, que lembrava certa moça do passado longínquo, uma das vinte mil namoradas do pai. A primeira mulher da sua vida.

Aquilo o atordoou. O Túnel do Tempo tinha se instalado na boca bicudinha de Gleyce. Não podia ser um bom sinal.

Magda veio dançando das profundezas de um domingo arfante, suado, fevereiro de 1980. Estava perto de fazer quinze anos e ao acordar encontrou a mulher sentada à mesa do café da manhã. Soube de cara que era ela, sua conhecida íntima, daquela intimidade unilateral que os moleques têm com as revistas de mulher pelada. Enfeitava a capa de pelo menos duas, talvez três, das edições que ele colecionava debaixo do colchão. Não dispunha de cacife para ser cover girl das melhores publicações do gênero, mas as mais vagabundas como *Fiesta* a tinham em alta conta. Seu corpo de seios pequeninos, cintura fina, quadris largos e bunda grande, o famoso violão, começava a sair de moda, mas ainda estava longe de desaparecer por completo do mundo artístico. Naquela antessala da era do peitão de silicone Magda Vita era uma atriz de vinte e oito anos declarados que marcava presença em pelo menos um terço das pornochanchadas produzidas no país desde meados dos anos 1970, sempre no elenco de apoio — nunca havia chegado perto do estrelato. Não era uma namorada do tipo que Murilo costumasse levar para casa, faltava-lhe classe, mas estava sentada à mesa da cozinha do Parque Guinle comendo uma tigela gigantesca de sucrilhos, pequenos regatos de leite a lhe descer pelo queixo, só de calcinha e camiseta de alça. Os olhões redondos dela, quando miraram de alto a baixo o garoto magrelo que tinha congelado na porta com suas espinhas, sua Zorba verde e sua ereção matinal, eram de um azul tão luminoso que davam aflição.

"Ui, ui, ui, que coisa gostosa."

Era inacreditável, mas foi o que ela disse. Tinha uma voz comicamente infantil, voz de desenho animado. Neto olhou para o relógio na parede: oito e dez. Conceição estaria na missa para só voltar depois das nove. Os roncos de Murilo Filho em seu quarto atravessavam paredes, cômodos e corredores, enchendo os quatrocentos metros quadrados do apartamento de uma vibração surda de motor a explosão em surdina. Não havia chance do pai acordar antes das dez num domingo. Controlado o impulso de dar meia-volta para se aliviar no banheiro ou mesmo de cobrir com as mãos o volume sob a Zorba, Neto não se mexeu.

Olhava para Magda, que olhava para ele. A indecência daquela exposição era o que faltava para petrificá-lo dentro da cueca. Seu pau começou a dar pinotes tão escandalosos que a mulher bateu palminhas e repetiu:

"Ui, ui, ui."

Na sua visão de bordas turvas ele soube que tinha adentrado um roteiro de pornochanchada. Para um garoto brasileiro de quinze anos em 1980, isso deveria ser a mais acabada forma de felicidade, mas Neto já desconfiava que a felicidade fosse um ideal inatingível e que as pornochanchadas passassem longe da representação realista da vida — mesmo da vida num país embebido em sacanagem adolescente como o Brasil. Achou que o ingresso do cinema ia custar caro demais. Certeza número um: Magda Vita só esperaria Murilo acordar para se queixar da inconveniência do filho. Certeza número dois: o pai ia cobri-lo de porrada — *paaá, pa-paaá, pa-paaá* — com um grau de truculência à altura do seu crime de gente grande.

Na moldura da porta da cozinha ele começou a tremer de medo. A atriz de pornochanchada deve ter achado que fosse de tesão e não deixava de ser, eram as duas coisas e talvez uma terceira ainda sem nome. De repente a mulher estendeu os braços e seus olhos azuis o tragaram com a voracidade do mar na ressaca, rosto tombado para a esquerda como uma flor de caule partido, expressão dolorida de quem se enternece além do suportável diante de um gatinho abandonado.

Comeu Magda Vita em cima da mesa do café entre sacolas de Plus Vita e caixas de Kellogg's, ela gemendo com hálito leitoso em seu ouvido:

"Ui, meu menino, ui, meu anjo, meu filhinho."

Foi a primeira mulher que dividiu com o pai.

"O que você acha?"

O som que saía da boca de Gleyce Kelly tinha conseguido romper a bolha.

"Hã?"

"Perdoo ele ou não?"

Imaginou que ela ainda falasse do pai, o tal que tinha se mandado para Fortaleza com o Furacão 2000.

"Ah, isso só você pode dizer, Gleyce."

A falsa loura não pareceu satisfeita com a resposta. Ele propôs que fossem para casa. Estava um pouco assustado com aquele fantasma: por que voltava agora o diabo da mulher que tinha levado embora sua virgindade? Nenhum dos Netos multiplicados nos espelhos do Shalimar, todos se vestindo com pressa, soube responder. Um deles invocou a imagem enigmática de uma rachadura no dique, muralha ameaçando ceder sob o peso de bilhões de litros de água. Dois ou três ponderaram que sua aproximação com Murilo, antinatural como era, tinha disparado reações cósmicas em cadeia e todo cuidado era pouco.

Deixou Gleyce na Estrada da Gávea. Com ou sem ocupação policial, a famosa *pacificação*, não era besta de subir a Rocinha com o Maverick — a menina que se virasse. Magda Vita seguiu com ele no banco do carona.

Tinha ouvido falar pela última vez da velha atriz de pornochanchada nos anos 1990, quando ela se internou num convento e virou a queridinha da imprensa popular por uns tempos. A irmã Magda dava entrevistas piedosas de pecadora arrependida que, em contraste bandalho com as fotos sensuais de arquivo que os editores desencavavam, tinham grande apelo para os leitores. Neto ainda se lembrava de um daqueles títulos: "Em busca da Vita eterna".

Com não mais de cinco minutos de duração, a cena de pornochanchada seria recordada com prazer vingativo muitas vezes ao longo da vida, mas seu primeiro efeito foi deixar Neto se contorcendo de culpa. Gozou em poucos segundos e, instruído pela atriz, ficou olhando bem de perto enquanto ela se masturbava com fúria, arreganhada feito um frango assado sobre a mesa da cozinha. Depois que a pornoloura, com um longo suspiro, ajeitou a calcinha vermelha que não tinha se dado o trabalho de tirar e sentou para terminar seus sucrilhos, ele nem soube como chegou ao seu quarto e trancou a porta, achou que tinha se teletransportado como o capitão Kirk na *Enterprise*, e com o coração batendo destrambelhado nos tímpanos se atirou na cama e enfiou a cabeça no travesseiro para abafar uma risada histérica. Você é um homem, Neto! Neto, você é um homem! Repetiu aquilo tantas vezes que o sentido das palavras foi se gastando até expor o que havia por baixo. O que havia por baixo era vil.

O cheiro de peixe de Magda ainda estava em seu nariz. Da praça em frente ao prédio subia o alarido das crianças que brincavam no parquinho. Pouco tempo antes era uma delas, agora tinha traído seu pai, o grande Murilo Filho, e aquilo não ia ficar assim. Começou a tremer de novo. Tirou o cobertor de lã do armário e se enfiou debaixo dele, embora fizesse quarenta graus no Parque Guinle. Seria febre? A mulher tinha lhe passado doença? Doença venérea dava febre? As perguntas desferiam coices, latejavam dentro da cabeça. Doença venérea dava dor de cabeça? O que o pai faria quando soubesse?

Reprisou a cena muitas vezes. Chegava à porta da cozinha, via Magda. Ela o chamava, lânguida, mas naquele momento ainda era possível resistir, dar as costas à rameira, voltar para o quarto. Ou ir ao banheiro bater uma punheta virtuosa. Via-se recuando, reto, justo, fiel ao projeto que absorvia a maior parte de suas forças àquela altura da adolescência: reaproximar-se do pai. Não era bem isso. Aproximar-se pela primeira vez do pai, pois próximos nunca tinham sido, e ele desconfiava que todo o problema estivesse aí.

Conceição não era de fazer sermões, mas o incentivava nessa direção. Entre as poucas palavras de seu repertório, havia meia dúzia que a empregada trazida por Murilo Filho de Merequendu repetia sem parar: "Seu pai é um homem bom". Depois de cada atrocidade cometida pelo Dickens de Campos Sales contra o filho — surras com ou sem motivo, cascudos por esporte, promessas não cumpridas, tiradas sarcásticas, críticas desqualificantes, gelos que duravam semanas — lá vinha ela com seu mantra: "Seu pai é um homem bom". As palavras tinham força em sua boca. A mulatona sólida de cara amarrada, crucifixo de ferro pendurado no colo volumoso, foi o mais perto que Neto chegou de ter uma mãe.

Seu maior sonho de menino era ganhar um autorama de pista tripla. Achava que se tivesse um autorama de pista tripla todos os seus problemas se resolveriam: poderia convidar os colegas da escola para brincar em sua casa e ser enfim admirado, querido, mesmo doentiamente tímido, mesmo ruinzíssimo de bola, feio, fracote, nada disso teria importância diante do seu autorama de pista tripla. Prometido a cada Natal, a cada aniversário, o autorama sempre acabava trocado na última hora por algum presente barato e estúpido como pijama, meias, no máximo um carrinho de plástico ou raquetes de pingue-pongue de compensado que, por falta de uma mesa adequada, ficavam pegando mofo na gaveta. E Conceição dizia: "Seu pai é um homem bom".

Depois do autorama, seu segundo sonho de infância era ter um piano para aprender a tocar como Rick Wakeman. Via-se cercado de muitos andares de teclados eletrônicos, um Neto transfigurado a se multiplicar lá no meio em dedilhados de cair o queixo, cabelos esvoaçantes — os cabelos que ia deixar crescer assim que tivesse aprendido a tocar, porque antes seria ridículo. O ex-tecladista do Yes tinha tomado de Michael Jackson com vantagens óbvias — para começar, era louro — o posto de seu grande ídolo musical. Murilo sabia disso e não perdia uma oportunidade de sacanear o sujeito. "Mas que bichona", ria. "Que santa! E essa camisolinha?" Os olhos do menino se enchiam de lágrimas. "Piano é instrumento de boiola", o pai decidiu, mais merequenduano do que nunca. Foi assim que em seu aniversário de onze anos Neto ganhou um violão, que mesmo sendo o mais barato do catálogo da Giannini foi o melhor presente da sua vida. Seu pai era um homem bom.

Agora o homem bom estava acordando. Alucinado e tiritante sob o cobertor, o suor que o empapava impedindo os fluidos genitais de Magda de secarem em seu corpo, Neto escutou os passos pesados de Murilo no corredor. Vozes na cozinha. Prendeu a respiração para ouvir melhor e captar o instante em que as vozes iam virar gritos, urros. Pandemônio. Batidas estrondosas tentando pôr abaixo a porta do seu quarto. Mas o apartamento permaneceu em silêncio, o que terminou por enchê-lo de um otimismo que logo transbordava em euforia. Como era idiota! Claro que a atriz de pornochanchada tinha o instinto de sobrevivência em dia, não era boba nem nada. Claro que ficaria de bico fechado. Mas o alívio teve vida curta. Desmanchou-se ao bater no limite inflexível de sua ignorância das coisas do sexo: e quem disse que o silêncio dela era garantia de segurança? Murilo devia ter em seu arsenal de maior amante do Brasil recursos inconcebíveis para descobrir que alguma coisa errada havia se passado debaixo do seu nariz. A partir daí o silêncio da casa foi adquirindo o aspecto de uma prolongada tortura. Quebrado aqui e ali por ruídos familiares — talheres contra louça, passos no assoalho de tábua corrida, chiado de chuveiro, passos outra vez —, parecia lúgubre, um adiamento cruel do castigo inevitável. Logo cada nervo de seu corpo estava lhe restituindo a memória em brasa da maior surra que já levara do pai.

Tinha oito anos quando trancou a boca sem explicação.

Como explicar que só de olhar para comida, qualquer comida, seu estômago se retorcia? Conceição ficou preocupada em dobro. Dividida entre o amor maternal e a lealdade ao patrão, deu preferência ao primeiro. Tentou preservar sua saúde com sucos e vitaminas — às bebidas ele demonstrava alguma tolerância — ao mesmo tempo que, torcendo para a crise ter fim antes que fosse forçada a mudar de conduta, preservava sua integridade física escondendo o problema de Murilo. No terceiro dia da greve de fome, coisa rara, o pai jantou em casa. Estranhando a inapetência do menino, questionou Conceição e a mulher nem tentou resistir. A surra de cinto que lhe aplicou aquela noite foi tão demorada e violenta que levou a empregada em geral submissa a se meter com bravura entre pai e filho, dizendo: "Chega! Pelo amor de Nossa Senhora Aparecida, agora chega!".

Neto estava desmaiado no chão da sala. Quando Conceição conseguiu reanimá-lo, tudo queimava e ele achou que sua pele tinha sido arrancada inteira, num puxão só, do calcanhar ao couro cabeludo. Ela lhe deu uma dose elefântica de Novalgina, o pôs na cama e ficou ao seu lado até amanhecer, enquanto seus pesadelos de sempre ganhavam novos tons lancinantes de vermelho e a malha de vergões em seu corpo inchava e começava a porejar uma gosma incolor. O pai recorreu a um amigo médico para forjar um atestado que justificasse a ausência da escola por três semanas, tempo que sua carcaça levou para ser apresentável outra vez. Segundo a versão que o obrigou a decorar, sob a ameaça de uma surra igual em caso de contradição, o pequeno Neto tinha sido atropelado por uma bicicleta que carregava quatro engradados de Grapette.

Sobre algo tão turvo não se pode ter certeza, mas ele sempre acreditou que havia nascido naqueles dias seu devaneio recorrente — variava o método, não o resultado — de matar Murilo Filho. Legítima defesa, pensava, lançando mão da lição aprendida nos seriados americanos. Legítima defesa e areia movediça eram coisas que pareciam existir só na TV.

"Seu pai é um homem bom", insistia Conceição. "Não esquece, Neto. Um homem bom."

Se tinha levado uma surra quase fatal por não comer o que devia, qual seria seu castigo por comer o que não podia? O sombrio jogo de palavras foi o único vestígio de humor a penetrar em seu quarto na longa manhã de domingo que passou trancado à espera da morte. Exausto de medo, acabou dormindo debaixo do cobertor. Acordou dois quilos mais magro e quase morto de sede, com a empregada batendo na porta para avisar que o almoço estava pronto.

"O pai vai comer também?"

"Não. Saiu dizendo que volta de noite."

Vestiu um calção, girou a chave na fechadura e correu até a geladeira com a sensação de avançar temerariamente em território inimigo num filme da Segunda Guerra. Entornou um litro de água direto do gargalo.

"Que coisa feia, meu filho."

"Você não viu nada, Conceição. Vou tomar um banho antes de almoçar, estou imundo."

O contato com a água fria pareceu purificador a princípio. Gastou porções exorbitantes de sabonete e xampu, queria lavar a alma, mas ao se enxugar olhou-se no espelho e viu que aquilo não iria embora. Magda Vita continuaria grudada em sua pele para sempre em forma de dissimulação, mentira e culpa. Mastigando sem apetite a galinha ao molho pardo de Conceição, ponderou que acabava de receber sua primeira lição de vida adulta. Lição dura o bastante para tingir de ironia o domingo de sol hipócrita que jorrava para dentro da cozinha, fingindo que nada tinha mudado: alma não se lava no chuveiro.

* * *

A indignidade de seu ato era agravada pela sensação de ter traído não só o pai, mas a si mesmo. Fazia três ou quatro meses que vinha pegando na estante os livros de Murilo, com a silenciosa aprovação de Conceição. Lia devagar, tentando mergulhar naquele mundo estranho habitado por seres mitológicos — El Tigre Friedenreich, Leônidas Diamante Negro, Orlando Pingo de Ouro, Ademir Queixada, Telê Tijoleiro —, aliviado quando esbarrava em personagens familiares como Garrincha e Pelé. Eram viagens sensoriais em que até as manchas de bolor das páginas atestavam a glória do pai. Relia determinados trechos até decorá-los e ia ao dicionário a cada três linhas para pesquisar palavras esquisitas como "conspícuo" e "leitmotiv". Mais ainda do que às crônicas escolhidas de Murilo, dedicava atenção amorosa a orelhas, prefácios, fortuna crítica, evidências da admiração universal despertada pela arte do Dickens de Campos Sales.

Aprendeu que a carreira do pai era dividida pelos críticos em três fases: neorrealista, mística e madura. A primeira correspondia ao início dos anos 1960 e parecia ter vindo pronta na mala com que o ilustre merequenduano desembarcara no Rio. Era marcada por perfis de jogadores que carregavam nas tintas de origem e classe, textos crus mas compassivos, dramáticos mas cômicos, que flagravam "com força inédita", nas palavras do colega cronista Paulo Mendes Campos, "o choque de dois mundos, o dos jogadores humildes e o dos empresários gananciosos, cartolas frios e imprensa voraz". O apelido de Dickens era desse tempo.

O início da fase mística coincidia de forma aproximada com o nascimento de Neto. Em 1965, numa guinada que desconcertou muita gente, Murilo passou a perseguir o êxtase futebolístico, atento à dimensão oculta do jogo, de cada canela de craque extraindo um mito e de cada resultado, uma profecia escrita milênios antes em tabletes de argila. "Nelson Rodrigues é nosso metafísico galhofeiro; Murilo Filho, nosso metafísico sério", dizia a orelha não assinada de *O craque como cavalo*. Lançado em 1967 com um intrigante desenho de Millôr Fernandes na capa, o livro marcou o ponto mais alto da fase mística e se tornou o primeiro sucesso comercial do pai. Um trecho da crônica-título era reproduzido na quarta capa:

> *O futebol não atinge o patamar do mito o tempo todo. Em determinados jogos, contudo, forças poderosas se galvanizam nas arquibancadas e colunas de tempo que não vemos atravessam o gramado em ângulos improváveis. É aí que surge o craque para dialogar com as forças que o jogador medíocre nem sente, tabelando com elas, esquivando-se delas, cavalgando estas e toureando aquelas para sua maior glória e a nossa também, amém.*

Decorou até as vírgulas.

Por fim, em 1970, dois fatos ficaram na história do futebol brasileiro: a seleção conquistou o tricampeonato mundial no México e o pai abandonou os arroubos espiritualistas. Consolidou a partir de então um estilo temperado que era o contraponto perfeito da combatividade da juventude, marcado por um nacionalismo lúdico e sereno e uma dicção econômica, saborosa e cristalina que levaria o crítico literário Alceu Amoroso Lima a declarar o cronista do *JB* um "estilista da fala brasileira". Eram daquele tempo os livrinhos da série *Quem É...* (*o homem-gol, o craque, o juiz, a bola, o gandula, o geraldino* etc.), adotada integralmente pelo MEC e responsável pela maior parte da fama de Murilo Filho. Muitas daquelas crônicas passaram a frequentar antologias escolares. Neto ficou incomodado nas primeiras vezes que encontrou o bordão usado pelo pai nessa fase para dizer que alguma coisa era banal ou de fácil compreensão: "Isso até o meu filho sabe". Acabou relevando, tinha senso de humor o velho. Das críticas que havia recebido na época por seu *adesismo* — mais uma ida ao dicionário — o filho teve notícia em suas incursões adolescentes à obra muriliana pelos ecos que elas deixavam em trechos defensivos de prefácios e principalmente pela famosa entrevista concedida por Murilo a João Máximo em 1975, republicada como apêndice de uma edição comemorativa dos dez anos de *O craque como cavalo*.

"A inveja é um problema danado", dizia ele, "porque emburrece até pessoas que a gente julgava inteligentes. Toda grande arte é apolítica. Futebol e literatura são grandes artes, logo são apolíticos. Pairam quilômetros acima das questões políticas." Como nenhum nome era citado, Neto não soube quem eram aqueles invejosos burros, mas teve vontade de esganar um por um.

Cultivar o orgulho que sentia do pai — que só podia sentir, ainda que não fosse correspondido por enquanto — o levou a suspeitar que seu futuro profissional não estivesse na música, apesar de ter passado os últimos quatro anos e meio em luta corporal contra partituras e dedos em carne viva para dominar o violão clássico, com resultados animadores segundo o velho Locatelli, seu professor, que de complacente não tinha nada. Talvez a música fosse hobby e o futuro do único filho de Murilo só pudesse estar no jornalismo em que o Leão da Crônica Esportiva tinha escrito seu nome com letras tão fulgurantes. Uma fulgurância capaz de atravessar gerações?

Até então nunca tinha se visto como membro de uma dinastia. Era uma ideia arrojada, a promessa meio atordoante de um novo mundo que chegava junto com o gogó, os pelos faciais, a ereção sempre a postos. O Neto patético da infância ficara para trás. A dois meses de completar quinze anos ele já não acordava chorando toda noite com a memória dos pesadelos estrelados por

Elvira, nem achava mais que só por ser tão moreno — e franzino, lábios roxos, cabelo meio duro, tiziu autêntico — era evidente que tinha sido adotado, só podia ter sido adotado e não merecia se passar por filho do grande Murilo. Quem é você?, perguntava o Esquilo Louco. O que faz aqui? A ideia era infantil e previsível: ele se odiava, como queria ser aceito? Conceição estava certa, seu pai era um homem bom, o problema era ele mesmo. E quando acreditava ter deixado a criança no passado, quando enfim se via pronto ou quase pronto para estender a mão ao pai e dizer com olhar firme: "Li os seus livros, conte comigo", eis que capitulava diante da primeira pistoleira a cruzar seu caminho, putinha de voz ridícula, e em cinco minutos o abismo entre os dois era mais largo do que jamais havia sido.

No fim das contas o pai não soube da sua aventura com Magda Vita, a primeira mulher que compartilharam. Ou, se soube, nunca mencionou o assunto. Talvez devesse lhe perguntar na próxima pescaria.

Na segunda visita o Rocio estava ensolarado e o recebeu com o que naqueles socavões da serra passava por calor. Os vidros abertos do carro iam deixando no ar um rastro de croquete. No toca-fita Bosch rolava uma seleção de Queen gravada por ele mesmo a partir de sua coleção de LPs da banda.

Nothing really matters… to meeeee!

Tinha acabado de revisar na véspera o livro de um padre famoso, *A arte do perdão*, e interpretara aquilo como mais um sinal de que tudo estava onde tinha que estar. Você está indo acertar contas com seu pai, pensava. O pedido de perdão de Murilo viria cedo ou tarde, no tempo certo: não conseguia imaginar outra razão para o velho ter tomado a iniciativa do reencontro. Murilo Filho ia morrer, seu filho estava bem vivo. Iam pescar, falar um pouco de futebol, mais tarde uma graça de lourinha de farmácia esperaria ansiosa sua ligação — tudo onde tinha que estar.

Os três capiaus do domingo anterior ou clones deles tomavam cachaça na venda à beira da estrada. Outros jogavam sinuca mirim sob o puxadinho lateral de zinco. A passagem do Maverick atraiu olhares embasbacados. Depois de estacionar na clareira e desligar o toca-fita, Neto abriu a quentinha, tirou um croquete, voltou a fechá-la. Manteiga apareceu para recebê-lo do lado de fora do portão e agora ele estava preparado. Mantendo o pacote a uma altura segura sobre a mão esquerda espalmada, abanou com a outra o presente vistoso, do tamanho de uma banana-prata.

"Vamos lá, Manteiga. Vamos ver se você está em forma."

Nem acabou de falar e o bicho já tinha dado um de seus saltos inacreditáveis de ginasta canino. Recolheu os dedos na última hora para não ser mordido. Quando o cachorro aterrissou com o croquete na boca, metade já estava deglutida, o resto ele engoliu em dois segundos com ruídos bestiais.

Não bateu palmas, empurrou o portão e foi entrando pelo jardim. Como não encontrou ninguém na varanda da frente, deu a volta na casa e viu Uiara de joelhos no gramado dos fundos, saia arregaçada e uma bacia de flandres presa entre as coxas grossas, esfregando roupa.

"Você é uma ótima lavadeira", disse, só para ouvir a risada dela, que chegou pontualmente.

"Que bom que o senhor veio, dr. Neto."

"Eu não falei que vinha?"

Agachou-se ao lado dela, atlético, esquecido de seus quarenta e sete anos sedentários. Aspirando uma nuvem de sabão de coco, fixou os dentes grandes que o dia ensolarado tornava mais luminosos, num esforço para evitar que os olhos fizessem o que estavam loucos para fazer — deslizar até a nudez molhada de espuma iridescente das coxas cor de telha. Uiara sustentou o olhar e não fez nenhum gesto para se cobrir.

"E o velho?"

Ele olhava em volta à procura de Josué.

"Já foi para a represa. Acho que pensou que o senhor não vinha."

"Não precisa me chamar de senhor. Nem de doutor. O seu marido está?"

"Ah, eu prefiro", Uiara baixou os olhos para a bacia. Neto achou adorável aquele recato incongruente da moça de coxões expostos, uma nesga de calcinha branca azulando no vão. Suas próprias coxas começaram a reclamar da posição de cócoras e ele as mandou calar a boca.

"Eu não. Cadê o Josué?"

"Fazendo compras em Itaipava. O senhor falou com o médico?"

A pele de Uiara ficava um ou dois graus — não, não chegava a dois — acima da de Gleyce na escala da morenice. Com um ligeiro desvio para o magenta. Em sua imaginação, era uma pele de sabor acre, como o de carne de caça.

"Calma, mulher. Sou um homem ocupado também."

"Desculpa, doutor."

"O Murilo tem tomado os remédios direitinho?"

Notou que olhava diretamente para as coxas molhadas agora, aquele padrão intrincado de gotinhas e pilosidade.

"Eu cuido bem dele, o senhor não precisa se preocupar. Seu pai é um homem maravilhoso."

"Me chame de Neto, criatura."

"Desculpa falar assim, doutor, mas, se a d. Elvira fosse viva, acho que nem ela ia cuidar dele melhor do que eu."

A índia ergueu da bacia os olhos rasgados e o encarou com

um sorriso torto que Neto não soube definir. Nesse momento seus músculos chegaram ao limite.

"Muito bem", ele se pôs de pé com uma careta de esforço, juntas estalando. Reparou pela primeira vez que Uiara exibia sobre o bocão de dentes graúdos um buço que não descoloria, embora água oxigenada fosse artigo barato.

A referência à mãe o tinha aborrecido. Murilo nunca falava de Elvira: o que teria contado à caseira? Enquanto contornava a horta para subir os degraus enlameados da pequena elevação que ia dar no galinheiro e no caminho da represa, uma picada de cerca de cem metros de extensão entre cedros e eucaliptos, tentou imaginar como seria a vida no Recanto dos Curiós pelo resto da semana, quando não estava por perto — pensando bem, como tinha sido a vida por ali nos últimos dez anos. Em que orelhas um velho esclerosado que falava mais do que um narrador esportivo do rádio ia despejar suas sandices? Nas de Maguila, o Gorila? Esse nunca parecia estar disponível.

Nas de Uiara, claro, que cuidava tão bem dele.

Elvira Lobo, de quem seu pai tinha falado com a caseira mas nunca com ele, habitava as primeiras memórias de Neto, na fronteira borrada entre a lembrança real e a lembrança imaginada. Vinha assobiando contente, uma das mãos na mão da mãe, na outra um Eskibon, nem viu como tudo aconteceu. Morava havia poucas semanas com ela na Urca quando Murilo viajou para cobrir a Copa do México. Assistiam juntos aos jogos, tudo em cores de Instagram na sua memória, embora na época não houvesse TV colorida no Brasil. Eram as mesmas cores das únicas fotos da mãe que se lembrava de ter visto na infância e que depois acabaram se perdendo de forma misteriosa, com exceção de uma de corpo inteiro em que Elvira posava em pé no calçadão de Ipanema com um Neto bebê no colo: blusa estampada em tons de vinho, calça *saint-tropez* verde-água e lenço branco na cabeça, dispensava um sorriso de Mona Lisa ao fotógrafo — provavelmente Murilo, com sua Rolleiflex também desaparecida. Como a memória é uma coisa estúpida, o que aquele tempo deixou gravado nele com mais nitidez foi a narração de um homem engraçado para as bolas que passavam perto do gol. "Por pouco, pouco", dizia a voz, "muito pouco, pouco mesmo." Sempre ria do cara, e lá vinha um relâmpago de Elvira rindo também. Tudo mais que se referia à mãe era mal iluminado. Não sabia dizer se ela havia comemorado a escalada de vitórias do tricampeonato aos berros, como o resto do país. Se apenas sorria mansa, ausente por antecipação. Se a euforia coletiva a enchia de tédio. Eram seus últimos dias de vida.

Diante do silêncio do pai e entre as reticências de Conceição, juntando os pedaços de revelações espalhadas pelos anos, compreendeu que um dia Elvira Lobo tinha saído de casa e pronto. O estilo de vida de Murilo não era mais para ela. Aguentara tempo demais, se fazendo de cega e surda, estava farta. Alugou e mobiliou em segredo um apartamento na Raul Guedes, uma daquelas pracinhas de ar interiorano da Urca, e para lá se mudou com o filho uma tarde de abril de 1970, o plano mantido oculto até da empregada sensitiva. Murilo estava na redação e foi avisado pelo telefone que ela também tinha comprado sem que ninguém suspeitasse. Era uma mulher independente, dona de uma confecção de biquínis pequena mas saudável chamada S. Maris, podia prescindir dos proventos do marido. Dava as costas a um casamento infeliz para criar seu filho sozinha. Tinha cabeça e recursos. Havia tido sua época de submissa, agora era uma feminista.

Ser feminista no Brasil de 1970 era podre de chique, mas cobrava um preço alto. Nas lacunas das palavras de Conceição, o filho entrevia uma mulher inteligente e decidida. Deve ter imaginado que perderia alguns luxos, mas seria feliz com o pequeno Neto. A julgar pelos vestígios que ele tinha guardado daquele breve período a dois, foram mesmo: uma ciranda de passeios à Floresta da Tijuca, a Paquetá, a uma chácara de Jacarepaguá onde Elvira sumia de vista enquanto estranhos o paparicavam mas sempre reaparecia com um sorriso radioso — cenários de convescotes que mais tarde abrigariam convenções corporativas de pesadelos. Quarenta anos depois, a mãe podia aparecer em suas lembranças como uma voz musical, corte de cabelo batido na nuca à moda de Elis, dentes riscados num carrossel, a antiga embalagem do Diamante Negro. Embora defini-la com essas palavras fosse um ultraje, só assim conseguia nomear os relâmpagos que vinham às vezes, dentro dos quais, e apenas neles, vislumbrava Elvira. Eram clarões que piscavam de surpresa disparados por um fiapo de sensação, o resto era o breu de anos de insônia no qual cravava os olhos para tentar discernir uma história, uma conversa, tudo inútil. Pressentia um centro estável chamado mãe e à roda dele, puro movimento, os dois passeando.

Teria sido mesmo assim? Ou duas ou três aventuras esparsas haviam inchado de tempo e devaneio, feito bexigas que enchem de alguma secreção, oprimindo o resto? Sua mãe não podia ser só feriado. Neto caçava na memória uma cena trivial que lhe restituísse o pequeno paraíso doméstico da Urca e encontrava quase nada. Programas de TV que os dois viam juntos no sofá — *Esquilo Louco, Popeye, Topo Gigio* — pareciam ter deixado marcas mais nítidas do que a mulher silenciosa ao seu lado, embora ela fosse então o mundo inteiro. A certa altura as tentativas de ir em frente e extrair da mãe uma mensagem articulada, ainda que uma frase simples como "já para o banho", tinham começado a representar para o filho a invasão de um território em que avançava com medo, archote bruxuleando no chão de ovos. A possibilidade de cometer um crime terrível, falsear Elvira, o paralisava. Às vezes mesmo aquilo de que se lembrava, lembrava-se de ter imaginado um dia, ao descobrir que não mais se lembrava do que nunca tinha imaginado ser possível esquecer.

Nos pesadelos da infância e adolescência, ela sempre morria. Não estava morta: morria. Começava o sonho e ela estava viva, mas aí morria. O sonho começava bem: estavam na praia, na Floresta da Tijuca, comendo figo em compota à sombra fresca das mangueiras de Jacarepaguá — que lugar era aquele, meu Deus? Murilo nunca aparecia e tudo era confortável e bom entre Elvira Lobo e seu filho, mas aí ela se afogava, pegava fogo, apodrecia de gangrena, era abduzida pelos Incas Venusianos nas barbas do National Kid, servida na encruzilhada feito frango de macumba por um preto velho de olhos brancos sem íris, ou então não era mais ela e sim o Costinha disfarçado — uma forma especialmente dolorosa de morte. Nunca esqueceu a sensação de acordar chorando e, sem chance de voltar a dormir no quarto escuro, se esgoelar feito um pequeno Cauby Peixoto nos programas de auditório da TV que Elvira e ele viam sempre ou viam de vez em quando ou talvez não vissem nunca: "Conceiçããããão!". E a mãe postiça vinha ficar ao seu lado até de manhã.

"Tinha uma represa igual a essa no sítio do meu pai quando eu era pequeno", disse Murilo assim que Neto se materializou ao seu lado. Sentado na pedra, linha na água, era como se desse prosseguimento a uma conversa interrompida havia poucos minutos e não uma semana antes.

"Como vai, pai? Quer um croquete?"

Sentou-se à esquerda dele e destampou a quentinha. Mastigaram em silêncio por algum tempo. Neto pegou a segunda vara de pescar, que estava estendida na pedra ao lado do velho, e se dedicou a mutilar uma das minhocas que se contorciam na lata de sardinha Coqueiro. Registrou com satisfação que a pedra ficava inteiramente à sombra de um cedro gigante, algo que o céu nublado do domingo anterior não o deixara perceber e que agora faria toda a diferença entre o bem-estar e a insolação.

"*Dom Casmurro*", disse o velho. "Você leu o *Dom Casmurro*?"

Enquanto lançava a isca na água respondeu que sim, claro que sim, embora não tivesse certeza. Tinha lido algum Machado na escola, já não recordava qual ou quais. Achava o cara meio mala.

"O *Dom Casmurro*", continuou Murilo, "começa com o narrador que é um Bentinho já maduro dizendo que para passar a velhice mandou construir uma casa no Engenho Novo igualzinha à da infância dele na rua de Mata-Cavalos, que hoje é a Riachuelo, ali na Lapa. Naquele endereço tinha nascido o amor dele pela Capitu, mas a casa não existia mais. Ele explica que a ideia era atar as duas pontas da vida. Se a memória não estiver me traindo — acho que não está, porque esse é o livro da minha vida, li mais de quinze vezes, mas nunca se sabe —, se a minha memória ainda der para o gasto, é essa a expressão exata que o Bentinho usa: atar as duas pontas da vida. Só que não existe esse negócio de atar as duas pontas, existe? Não existe, Neto. Mesmo porque não existe vida, por mais medíocre que seja, que tenha menos de vinte pontas. A maioria fica balangando solta por aí e não dá para dar um laço bonitinho e dizer que está tudo certo, fechou o balanço e o sentido da vida foi esse ou aquele, o saldo é tal ou qual. Balela. Claro que o Machado sabia disso e não demora muito para o próprio Bentinho entender que o seu projeto está condenado, mas primeiro ele gasta uma grana firme no trabalho kitsch de reproduzir os sinais exteriores do passado. A casa. O jardim. As pinturas neoclássicas no teto e nas paredes que já eram kitsch no original e agora eram o kitsch do kitsch. Flores e grinaldas cercando as efígies de Nero e César, imagina isso."

O velho abanava a mão na direção do espelho d'água como se fosse um regente a comandar a materialização ritmada, ali na frente, das coisas que ia nomeando.

"Aí eu pensei, você se atrasou e eu fiquei aqui pensando na semelhança absurda entre essa represa e aquele açude do meu pai em Merequendu. Troque aquela fileira de cedros ali por um bambuzal, só isso. É claro que ninguém sabia o que era cedro em Merequendu, então troque os pinheiros por bambus e a semelhança fica absurda. Tão absurda que mais absurdo ainda é eu só ter me dado conta dela um dia desses, depois de dez anos morando aqui. Capaz até de ter sido essa a minha razão profunda para comprar a casa, evidente que sem compreender na hora. Eu estava com um corretor de Itaipava grudado em mim feito carrapato e olhando propriedades a dar com o pau. Tinha agradado bastante de uma chácara em Araras, mas quando pisei aqui pela primeira vez eu soube que era esta que eu ia comprar. Era esta e pronto. Por quê? Não são misteriosas essas coisas? Aposto que é porque a gente envelhece e fica louco para juntar as duas pontas da vida, que nem o dr. Bento Santiago tentou fazer, mesmo estando cansado de saber que é impossível. A vida é uma coisa maluca, Tiziu. Eu já te falei que estou morrendo? A gente fica tentando encontrar um sentido para tanta maluquice."

"Por que você não volta para o Rio?"

"E por que eu faria isso?"

"Por razões óbvias, pai. Para ficar perto de médicos e hospitais muito melhores. Você não vendeu o apartamento do Parque Guinle, vendeu?"

"O apartamento está alugado. Mas aqui eu tenho tudo, não me falta nada. Aqui eu sou feliz. Você é feliz no Rio?"

Ia responder que sim, mais ou menos, mas aí pensou em responder que não, nem um pouco. Acabou decidindo que não precisava responder nada. Murilo fez cara de feliz enquanto comia um croquete.

* * *

O velho estava tomado de uma agitação maior que a do domingo anterior. Logo discorria sobre o papel desempenhado pela conjugação de futebol com rádio na história do Brasil, tal mágica tendo consistido, segundo sua teoria, na fabricação das toneladas de argamassa necessárias para colar os cacos de um país gigantesco que até aquele momento não era bem um país, mas uma vastidão de terra dividida entre uns poucos proprietários que se distinguiam em partes iguais pela ganância e pela indiferença às condições de vida das multidões que trabalhavam para eles, pouco lhes importando que estudassem ou deixassem de estudar, que tivessem casas com redes de esgoto ou cagassem no mato, que vivessem ou morressem — no caso dos pretos, que teimavam em se reproduzir feito ratos no esgoto, os donos da terra achavam melhor que morressem mesmo, o que certamente fariam se tivessem um mínimo de autorrespeito.

"Agora me diz, Tiziu", disse Murilo, "como fazer dessa suprema sacanagem, desse puteiro a céu aberto, um país? Impossível, você diz? Parecia mesmo, parecia. Aí alguém arranjou uma bola, foram onze para cada lado, outro maluco pegou um microfone e logo estava embelezando as jogadas mais toscas com umas retumbâncias ridículas de retórica. Pronto: metade futebol, metade prosopopeia, estava feito o Brasil."

Passou pela cabeça de Neto polemizar: que argamassa? Que Brasil? Mas só abriu a boca para morder um croquete.

"Esse foi o único erro do meu amigo Mario Filho, aquela doce figura", dizia o velho, "não perceber a importância do rádio na equação. Logo ele que era jornalista. Aquele livro dele é um monumento, me ensinou quase tudo o que eu sei. Você não leu *O negro no futebol brasileiro*, leu? Claro que não leu. Devia ser obrigatório em todas as escolas, mas pouca gente leu. O pessoal prefere empurrar José de Alencar pela goela dos meninos, assim é garantido que eles tomem asco e não leiam mais nada pelo resto da vida, que tragédia. O Brasil não vai aprender nunca, Neto. O Brasil. Não vai aprender. Nunca."

De repente pareceu confuso, como se tivesse perdido a pista dos próprios pensamentos.

"Onde eu estava?"

"No Mario Filho, pai."

"Ah, obrigado. Então é isso: o danado vai lá no comecinho de tudo e vem vindo como quem não quer nada, vem vindo. Desfiando um caso mais saboroso que o outro. Quando termina é que a gente se dá conta da epopeia que ele escreveu. Começa quando os primeiros ingleses chegam com as primeiras bolas e ensinam à nossa elite uma nova forma de passar o tempo. O tempo sempre dava um jeito de sobrar enquanto uma multidão de bugres e crioulos pegava no pesado do lado de fora dos muros do clube. O tal de *football* exercitava o cavalheirismo e os músculos numa tacada só, era um tremendo achado. O metido do Coelho Neto adorava. As moçoilas com suas sombrinhas de renda também. Ah, era tão plástico e viril aquele novo *sport*. E tão moderno também. Ah, o Marcos Carneiro de Mendonça! Que porte, que garbo, que nobreza."

"Certo", disse Neto. "Só não entendi como o rádio entra nessa história."

"Calma, Tiziu. A paciência é a principal virtude do pescador. Falar nisso, não parece que as traíras entraram em greve? O pior é que no Rocio não dá para encomendar pizza. Ainda bem que a gente tem as suas salsichas."

"Croquetes."

Serviram-se. Murilo falou de boca cheia.

"O Mario conta como o futebol vai se abrasileirando à medida que o século XX avança e os bugres e crioulos começam a ser admitidos dentro dos clubes. Esmiúça de forma brilhante o processo social cheio de conflitos que acabou dando na invenção de uma nova gramática, uma nova sintaxe. Aquilo que o Pasolini chamou de futebol-poesia em oposição ao futebol-prosa dos ingleses. Eu ia adorar ter tido esse saque, mas quem sacou foi o puto do Pasolini. Hoje é tão evidente que virou lugar-comum e ficam aí uns idiotas suspirando e falando em futebol-arte, futebol moleque, uma bobajada sem fim. Mas não deixa de ter verdade no fundo da bobajada. O jeito brasileiro de jogar bola tem mesmo uma dívida impagável com a cultura negra, mestiça, sensual, infantil, esculhambada que é a cultura do Brasil, se houver uma. Batuque, rebolado, capoeira, exibicionismo, pé no chão, rua de terra. Com a orgia, não com o trabalho. Não é assim, Neto?"

"Se você diz."

"Já virou clichê de estagiário. O que eu acrescento de original nessa história é o seguinte: a dívida do nosso futebol é pelo menos tão grande com o gongorismo dos narradores também. Isso o Mario não diz, ninguém diz. Que sem a nossa vocação doentia para a metáfora bombástica, o papo furado, o causo inverossímil, a gente não teria chegado tão longe. Mais de noventa por cento do público só tinha acesso ao futebol pelo rádio, e no rádio qualquer pelada chinfrim disputada em câmera lenta por perebas com barriga-d'água ficava cheia de som e fúria. A cada cinco minutos os narradores faziam um zé-mané qualquer aprontar um feito de deus do Olimpo. Claro que esse descompasso entre palavras e coisas era inviável a longo prazo, não tinha como se sustentar. E como obrigar a narração radiofônica a ficar sóbria estava fora de questão, restava reformar a realidade. Foi assim que o futebol brasileiro virou o que é: em grande parte por causa do esforço sobre-humano que os jogadores tiveram que fazer para ficar à altura das mentiras que os radialistas contavam."

Murilo fez uma pausa para tomar fôlego e ficou olhando para o filho com um sorriso maroto, parecendo satisfeito consigo mesmo. Depois tirou seu anzol da água e, enquanto trocava a minhoca esmaecida por uma nova, voltou a falar:

"Ou você acha que é por acaso que a nossa época de ouro passou, Tiziu? Que é por acaso que hoje a gente até consegue, com muito esforço, montar uma seleção competitiva aqui e outra ali, continuam nascendo craques e tudo mais, mas é evidente que perdemos o fio da meada? Ou será que isso tem alguma coisa a ver com o fato do rádio não ser mais o meio de comunicação por excelência do futebol? Não vejo ninguém dizer que pelo menos uma parcela de responsabilidade nessa decadência cabe à televisão. A televisão é um veículo desprovido de imaginação que condena as peladas chinfrins a serem só peladas chinfrins, nada mais que peladas chinfrins, e assim se reproduzirem *ad nauseam*. Para mim é claro: está fazendo uma falta danada o fermento radiofônico da mentira."

Neto arriscou uma subida tímida ao ataque:

"Mas esse papo de decadência, Murilo, não sei. Não teve o Romário, o Ronaldo? Não tem o Neymar?"

O pai se limitou a estalar a língua com desprezo e esticar os dedos trêmulos para pegar mais um croquete.

Como não estava realmente interessado naquela discussão futebolística, Neto deixou o assunto morrer e se concentrou pelos minutos seguintes na falta de eventos em cartaz na superfície da represa. Tentou flagrar cada rugosidade que a brisa do início da tarde despertava nela como um leve calafrio, para em seguida, passando antes mesmo de chegar, restaurar a lisura e deixar no ar a impressão de que o movimento tinha sido uma miragem. Na direção do poente, o que ali era brisa devia soprar como vento forte, porque as nuvens estavam espichadas em charutos que logo viravam cigarrilhas infinitas no céu cor de piscina de fibra de vidro, sobre a silhueta dos morros redondos e das pedras que lembravam dorsos de elefantes.

Do longo discurso do pai, aquela lenga-lenga hipnótica, o que havia captado com seus ouvidos resistentes à paixão esportiva era que, aos quarenta e cinco minutos do segundo tempo, Murilo vibrava com uma corrente elétrica de desfibrilador: o desejo de encontrar antes que fosse tarde demais uma explicação totalizante para o Brasil. Buscava ao seu modo lunático uma teoria geral para dar conta do que pudesse haver de único e aproveitável sob o suposto enigma nacional, com o qual se confundia o próprio enigma da vida chegando ao fim. Dava pena. Claro que o Leão da Crônica Esportiva não ia encontrar nada sequer parecido com isso, mas Neto estava disposto a servir de plateia para a tentativa.

De repente, invisíveis na Mata Atlântica onde se engastava o Recanto dos Curiós, aves desconhecidas desandaram a emitir grasnados metálicos. Ele sabia que o pai morava dentro de uma Área de Proteção Ambiental, era o que informavam as placas na estrada, mas não que tipo de licença ou vista grossa sustentava aquele arranjo. As aves pareciam dizer: "É o fim, é o fim". Como se desvendassem o sentido profundo do ritual de croquetes, papo e pescaria que ia se transformando depressa no que havia de mais significativo em sua vida — não que a concorrência fosse forte. Estava ali não só para receber um pedido de perdão longamente adiado, mas para ajudar Murilo a encarar o fim.

A ideia era infinitamente triste e, quanto mais triste, mais reconfortante. Achou que se agarrando a ela conseguiria esquecer a precariedade de um equilíbrio baseado em palavras demais de um lado, silêncio demais do outro. Lembrou-se de um velho desenho animado em que havia uma carga de dinamite dentro do piano. O detonador estava sob uma das teclas, mas o pianista, que não sabia do perigo — talvez fosse o Pernalonga —, sempre errava a melodia e pulava a nota que faria tudo explodir. Imaginou até quando seria possível atirar tantas palavras sobre a represa antes que uma delas fosse a palavra certa, quer dizer, a palavra errada. Lúdi, por exemplo.

"Já pensou que isso pode ser um eco de dor futura?"

A princípio achou que o pai falasse sozinho, dando prosseguimento às suas filosofices.

"Hã?"

"Isso aí que você está sentindo. Pode ser um eco de dor futura."

"Não estou sentindo nada."

Sem tirar os olhos da represa o pai soltou um riso curto, expirando pelo nariz em sinal de desdém.

"Talvez seja esse o problema."

"Não estou entendendo."

"Sei que não. Você nunca entendeu porra nenhuma."

"Você está gagá, Murilo."

O velho riu como se tivesse ouvido uma piada excelente.

"É, acho que sim, um pouco. Começando a ficar. Mas sou mais lúcido do que você em muitas coisas e essa é uma delas. Você estava aí com uma cara de sofrimento atroz e acha que é possível não sentir nada."

Neto teve tempo de pensar: então é assim. Mas já estava sendo arrastado.

"Eu sinto muita coisa, não se preocupe. Até hoje eu sinto a dor daquelas surras de cinto."

"Isso é dor passada."

"Passada para você. Para mim não passa nunca" — nem tinha acabado de falar quando fez uma careta, enojado do tom abjeto daquela lamúria. A certa altura de *A arte do perdão*, o padre famoso sentenciava: "Perdão não se pede, se dá".

"Estou falando de dor futura", disse o pai. "Uma coisa que

aprendi com uma pessoa que via coisas que a gente não consegue ver. Tem dores guardadas no futuro que, de tão grandes que são, de tão portentosas, ecoam no presente. Como se já tivessem acontecido, só que ao contrário."

"Isso não faz sentido."

"Eu também achava que não. A vida foi me ensinando. Dois dias antes da sua mãe morrer eu caí de cama lá no México com uma febre de quarenta graus. Tudo bem que a medicina mexicana deve ser uma merda, mas os médicos disseram que eu não tinha nada e o fato é que o febrão passou do mesmo jeito que veio. Na Copa da Espanha, em 82, eu tive a pior diarreia da minha vida na manhã do jogo com a Itália, quase não pude ir ao estádio. Não tinha comido nada de mais. Se eu fosse um dos jogadores do Telê, você poderia dizer que amarelei. Acontece muito, o Marco Antônio jogava o fino e foi barrado pelo Zagallo em 70 antes da Copa começar porque teve uma caganeira dantesca. A vaga de titular da lateral esquerda caiu no colo do Everaldo, que era mais limitado e mais corajoso. Mas eu não ia jogar contra a Itália nem estava nervoso com a cobertura, seria ridículo ficar nervoso feito um foca àquela altura da minha carreira. Então como explicar? Só fui entender no fim do jogo. Entendi exatamente na hora em que o Paolo Rossi fez o terceiro gol. O nome da minha caganeira era Paolo Rossi, Tiziu. Minha caganeira soube antes de todo mundo que tinha um baita sofrimento reservado para nós ali na frente. Meu intestino grosso previu a tragédia do Sarrià. Aprendi a respeitar o conceito do eco de dor futura."

"Ah, então é um conceito! E você ainda diz que está só um pouco gagá."

Dessa vez o pai não achou graça. Suas sobrancelhas grisalhas se avolumaram sobre o nariz e ele se concentrou no encontro da linha com a água como se houvesse uma mensagem em letras miúdas escrita ali. O filho fez o mesmo, e no silêncio que se seguiu ficou torcendo para uma traíra morder a isca e quebrar a tensão, ser arrancada do seu elemento espadanando ao sol.

"É terrível", disse Murilo, "mas deixa a gente mais sábio entender que existe eco de dor futura."

Neto não sabia que estava a ponto de explodir, mas explodiu.

"E eu lá quero saber de dor futura, pai! Que papo é esse, porra? Parece uma ave de mau agouro. Já não chega a dor do passado?"

"Não chega. Nunca chega."

"Pois eu digo que chega. Que babaquice! Você fez um belo trabalho infernizando a minha vida, pode se aposentar sem susto. Por sua causa eu tenho um caminhão de dores passadas."

"E vai herdar um apartamento de três milhões de reais no Parque Guinle."

"Foda-se. Uma montanha de dores passadas. Um estoque para durar a eternidade."

O tom indigno de lamúria outra vez. Tirou da água com um arranco o anzol quase liso onde só restava, pendurada como um minúsculo pau mole, uma tirinha de minhoca sem cor. Bufava. O que estava fazendo ali? Tinha se enganado, nada estava onde tinha que estar. Murilo disse, calmo:

"Eu estava apaixonado, Tiziu."

"Cala essa boca."

"Não teve nada a ver com você."

"Sério, Murilo. Cala essa boca senão eu juro que te afogo nessa represa agora."

Aquela noite, abraçada a ele na cama do Shalimar, Gleyce disse que queria conhecer seu pai. Explicou que não saía da sua cabeça a coisa bizarra deles passarem vinte e seis anos brigados.

Tinha até sonhado com isso, no sonho o pai dele era um barbudo com cara de profeta, será que o sonho tinha acertado?

"Errou feio. Sem chance, Gleyce."

"Você tem, tipo, vergonha de mim?"

Neto soltou um suspiro cansado. Fazia tempo que havia admitido para si mesmo que a carreira amorosa de Murilo devia ter alguma coisa a ver com sua série de conquistas mais modestas, mas de modo algum desprezíveis, das serviçais mais bonitinhas da Gávea. Orgulhava-se de ter um método — o Método — e de atingir taxas de sucesso razoáveis para um cara que não era bonito, embora também não fosse feio. O Método era um passo a passo de olhares demorados, simpatia, elogios, dedos se roçando ao pegar o comprovante do cartão de crédito, dia após dia, sem pressa, para dar àquelas caixas de supermercado e atendentes de café com a metade da sua idade tempo de entender que ali estava um homem-feito de classe média que devia pagar de condomínio mais do que elas ganhavam de salário, um homem-feito de classe média que estava interessado nelas e podia lhes abrir — como abria mesmo, promessas falsas eram vetadas pelo Método — as portas de um mundo de restaurantes caros e garrafas de champanhe na cama que a maioria só conhecia das telenovelas, aquele ridículo "núcleo do Leblon" com seus sucos de laranja em taças de cristal passando por representação realista da vida.

"Que bobagem é essa, Gleyce? Eu tenho vergonha é do meu pai."

O momento de perguntar o nome da moça apresentava riscos: havia que colar na cara uma expressão amigável ou no mínimo neutra diante da possibilidade de uma resposta nunca improvável como "Gleyce Kelly". Com a experiência ele tinha ficado craque na arte de suprimir até a gargalhada íntima, agir como se aquilo fosse normal. Como se a coitada tivesse respondido Márcia ou Luísa. A lourinha da Belacap o encarou com ar de desafio.

"O que você acha de mim?"

"Acho você um tesão."

"Só um tesão?"

"Acha pouco?"

"Acho, tipo assim, bizarro. Então é só sexo?"

Foi nesse momento que o alarme começou a apitar, o robô de *Perdidos no espaço*, com seu ridículo aquário na cabeça, girando feito enceradeira para desespero do Dr. Smith: "Perigo, perigo!". A hora de ir embora, capítulo crucial do Método, exigia frieza e precisão. Era raro que seus casos completassem três meses e na maior parte das vezes não chegavam a dois. Além de evitar as eventuais armadilhas do tempo, que costumava passar mais depressa para aquelas meninas, a curta duração não deixava as raízes ultrapassarem o ponto em que pudessem ser arrancadas sem dor. Era como se o verbo "arrancar" nem tivesse sujeito, ou como se as raízes arrancassem a si mesmas enquanto a nave da família Robinson aquecia os motores movidos a imensos circuitos valvulares e se projetava no espaço de papelão para explorar no estúdio ao lado as novas formas exóticas de vida que se oferecessem à curiosidade de Will.

O que restava boiando no espaço como um objeto não identificado, Neto reconhecia, era uma questão ética. Tinha chegado a travar discussões ásperas consigo mesmo. Você está reeditando o vício colonial que encheu o Brasil de mestiços bastardos, acusava. E se defendia, sim, estava se aproveitando de uma vantagem socioeconômica para descolar sexo, mas existia alguém no mundo que, podendo, não fizesse isso? Que milionário ia abrir mão de traçar, digamos, uma bela universitária tijucana com base em princípios morais? Fazia tempo que a *Realpolitik* sexual tinha vencido o debate. Suave no pouso e na decolagem, Neto acabou se convencendo de que não só não fazia nada errado como fazia apenas o bem para suas namoradas. Excluídas a prostituição e a Mega-Sena, como poderiam aquelas meninas pisar no Quadrifoglio, degustar um Montes Alpha 2009, desfrutar de confortos mínimos que deveriam estar ao alcance de todos mas ainda eram exclusivos de uma minoria ridícula?

Pelo prazo regulamentar do Método, a lourinha química de pele quase jambo teria meia dúzia de semanas pela frente, mas outras cláusulas estavam em jogo. Às vezes, as raízes eram afoitas no enraizamento e punham tudo a perder.

"Gleyce, presta atenção. Você é uma menina inteligente e bacana. Não vamos estragar as coisas."

Ficaram em silêncio, ela emburrada. O robô parou de berrar seu alerta — não porque tivesse mudado de ideia, mas porque o recado estava dado. De repente Gleyce pulou como se recebesse uma descarga elétrica e caiu em cima dele, rindo e cavalgando seu peito.

"Vamos pedir champanhe? Posso? Você tem que acordar cedo amanhã?" Já alcançava o telefone. "Que champanhe vocês têm aí? Só?" E para Neto, tapando o bocal: "Chandon?". Ele concordou com a cabeça. "Beleza, manda."

Saiu tudo cronometrado. A menina tinha acabado de recebê-lo na cara de boca aberta, perversão clássica que os filmes pornôs vinham transformando em prática banal, quando o serviço de quarto bateu na porta. Sem tempo de se limpar, ela deitou com o rosto de lado enquanto Neto se enrolava numa toalha para deixar entrar a bandeja com a garrafa de champanhe num balde de gelo e duas taças esguias.

"Como é mesmo o nome dessa taça tipo compridinha?"

"*Flûte*."

"Francês?"

"Francês. Vem de flauta, isso que você acabou de tocar."

Gleyce Kelly riu. Pegou uma taça e, correndo a borda pelo rosto alagado, colheu alguns mililitros do esperma que começava a ficar ralo.

"Nunca tomei champanhe com porra", disse, olhando fundo nos olhos dele. "Tipo assim, cabaço total."

Neto riu também, sem conseguir disfarçar o desconforto e, por trás dele, a tristeza que tinha desabado sobre o Shalimar. Lembrou-se das aves do Rocio anunciando o fim, o fim.

"Bizarro", disse.

Deixou a rolha explodir de encontro ao espelho do teto. A Chandon ejaculou em largas golfadas.

"Aos pais", brindou Gleyce, antes de virar num só gole a taça batizada. Lambeu os beiços e disse: "Tipo, hum, delícia. Agora me conta o que aconteceu há vinte e seis anos?".

Quando Neto tinha vinte e um e viu seu futuro brilhante virar fumaça, Maxwell Smart já estava lá. Era um garoto ruivo e gordinho um ano mais velho que compunha com Ludmila Godoy a linha de frente do pequeno mas empolgado time de fãs de Kopo Deleche & Kopo Derrum, dupla caipira-hard-core que em 1985 tinha emplacado no rádio o sucesso marginal "Lobisomem punk", com seu refrão grudento em *auuuuhhh*.

O gordinho, desde então promovido a gordão, recusou-se a desaparecer junto com o resto. Atravessou o período de piração que acometeu Neto após o fim dos Kopos, os meses de Santo Daime em Vargem Grande que eram um buraco negro em sua memória. Acomodou-se sem dificuldade à rotina cinzenta de eremita que se instalara desde então na vida do amigo. Ainda estava ali. Era o único fio de cabelo que não tinha descido pelo ralo na sequência de quedas batizada por Neto de calvície afetiva, resultado da inclinação que suas amizades da juventude haviam demonstrado para definhar aos poucos ou serem arrancadas com violência, sem que nascessem novas no lugar.

O cara não tinha nenhum átomo no corpanzil rosado em

comum com Don Adams, o ator que interpretava o atrapalhado agente da CONTROL na sátira televisiva dos filmes de espionagem da Guerra Fria. O apelido era obra de Franco, o Kopo Derrum, metade mais criativa da dupla, e obedecia a uma lógica binária: se Lúdi, alta, magra e bonita, era a Agente 99, precisava de um 86 ao seu lado. O fato de ser Márcio o nome de batismo do rapaz — Márcio, Maxwell — era um bônus bem-vindo, mas supérfluo. Smart não só acatou o apelido como decidiu levá-lo debaixo do braço quando tudo o que restava dos Kopos e da microcultura que eles tinham gerado na paisagem atarefada do rock carioca da época eram cacos cortantes. Anos mais tarde, ao trancar na gaveta o diploma de medicina que havia tirado para agradar a mãe viúva e usar parte da herança do pai para abrir no Shopping Cidade Copacabana um cubículo dedicado à venda de antiguidades pop, batizou a loja de Toca do Smart.

Neto amava a Toca do Smart, museu sagrado de um tempo pré-virtual. Chegou ao centro comercial da Siqueira Campos quando a noite ia caindo, após uma viagem de ônibus de cinquenta minutos pelo trânsito pesado do fim do dia — achava melhor confiar o pescoço aos motoristas assassinos do transporte público carioca do que arriscar a integridade do Batmóvel na anarquia de Copacabana. Com seu rabo de cavalo ruivo, estufando uma camiseta branca com a cara sorridente de Richard Nixon e os dizeres "*America needs you*", o amigo estava sentado em sua poltrona habitual a um canto, entre um Darth Vader anão e uma luminária de pé que tinha como cúpula a cabeça da Penélope Charmosa. Atochada até o teto, a coleção que o cercava incluía peças postas em circulação desde a década de 1930 ou 1940, mas era no mágico triângulo equilátero compreendido entre os anos 1960 e 1980, com sua culminância setentista, que residia seu coração.

Smart manipulava um boneco pequeno e conversava com

um cliente que Neto já tinha visto lá outras vezes, garoto magrelo e esverdeado com óculos pesados de armação preta que lhe davam uma aparência de Clark Kent na UTI, agulha pingando kriptonita na veia.

"Você enlouqueceu, *stopmotion*, essa é boa." Percebeu pelo tom mais sanguíneo de sua pele que o amigo estava irritado e tentava se controlar. "O animal se apresentava na televisão ao vivo", disse Smart, "era obviamente uma marionete. Com técnica mista de fantoche."

"Então era marionete", rebateu o outro, "mas eu te garanto que *essa* marionete aí é que não era."

O dono da loja apontou o boneco na direção do recém-chegado e forçou uma voz debiloide:

"Netô... Netiinhooô... Você não acha que eu sou *the real McCoy*?"

Só então compreendeu que o pivô da controvérsia era o Topo Gigio, o ratinho bochechudo nascido na Itália que cantava "Meu limão, meu limoeiro" com sotaque macarrônico num programa de sucesso entre as crianças da sua geração. A lembrança de ter sido testemunha daquilo ao lado da mãe — Elvira sorrindo da fofura do bichinho, tudo enquadrado no mundo cinzento de um Telefunken — piscou como um relâmpago daqueles que tinham a propriedade de, após meio segundo de clarão, deixar a noite ainda mais escura. Talvez fosse uma lembrança falsa.

"Por mim, esse rato puto pode morrer espetado no limoeiro dele", disse. Tentou fazer isso soar como uma brincadeira leve, mas a voz traiu sua irritação. Estava ansioso para pôr as mãos na receita de Rivotril que tinha ido buscar. Incapaz de aplicar uma injeção, o dr. Smart possuía um providencial bloquinho com CRM legal. Em outras ocasiões já tinha passado pela cabeça de Neto a ideia cínica de que só aquele receituário o impedia de deixar o fio ruivo seguir os outros ralo abaixo, mas não queria pensar nisso agora. Depois de oito meses limpo, o clonazepam parecia de repente indispensável. O dique que tornara a vida possível em seus países baixos podia ceder a qualquer momento, e com o benzodiazepínico da moda achava que conseguiria ao menos flutuar.

"Entendo", disse o dono da loja. "Hora de fechar. Sua mãe está te esperando pra jantar, Iúri. *See you tomorrow.*"

O garoto olhou de um para o outro, confuso, por fim deu meia-volta e saiu resmungando. Neto julgou ter distinguido as palavras "hipopótamo" e "babaca".

"Acho que você perdeu um cliente, Smart."

"Não tenho tanta sorte. Amanhã o Iúri está aí de novo. Não é bem um cliente. Aparece quase todo dia, revira tudo, puxa assunto e enche o saco, mas não compra nada. Quando compra é uma besteira de cinco reais. A última aquisição dele faz mais de um mês: um botão de galalite com a cara do Platini. Uma vez comprou um saquinho de ovos de Kikos Marinhos, lembra dos Kikos Marinhos?"

"Mais ou menos."

"*Sea-Monkeys*, uns crustáceos rudimentares. Vendiam aquilo pra garotada como se fosse uma coisa mágica. Deixei claro que estava pelo menos trinta anos fora do prazo de validade, era só uma lembrança. No dia seguinte ele veio reclamar que jogou a merda na água e nada aconteceu. Queria o dinheiro de volta. Desconfio que tenha um problema mental."

"E não temos todos?"

"Fale por você, Neto. Tenho uma coisa para te mostrar."

Sem se levantar da poltrona, Smart conseguiu dobrar o corpanzil de lado e enfiou os dois braços numa caixa de papelão funda cheia de canudos de papel presos com elástico. Levou algum tempo para encontrar o que procurava. Estava mais vermelho do que o normal, suor porejando na testa, quando estendeu o canudo a Neto com um floreio, como se lhe entregasse um diploma de formatura.

“Olha o pitéu que caiu na minha rede outro dia.”

Incomodado com o sorriso do amigo, desenrolou receoso o pôster, mas não estava preparado para o que encontrou: uma foto em preto e branco do jovem Neto de camisa xadrez, chapéu de palha desfiado na aba e baixo Fender pendurado no pescoço, lançando na direção do céu e dentro do microfone o que só podia ser um berro tonitruante. Seu corpo magro curvava-se para trás num ângulo aflitivo. A seu lado, outro caipira de trajes semelhantes e expressão demoníaca também adotava a forma de um parêntese, só que dobrado para a frente. Tinha sido congelado no meio do movimento em arco de espatifar no chão uma guitarra Giannini vagabunda reservada para tal fim. Plágio ou citação da capa de *London calling*, era disparado a melhor foto da carreira de Kopo Deleche & Kopo Derrum. Na parte inferior do pôster havia o nome da dupla em vermelho, numa tipologia psicótica de bilhete de suicida, e um retângulo branco onde deveriam ser adicionados com Pilot o local e a hora de cada show. Em vez disso a área era ocupada por três autógrafos: o de Franco à esquerda, o dele à direita, o de Lúdi no meio. Mais do que o bom estado de conservação, eram os jamegões que tornavam o pôster uma raridade. O papel vagabundo e a impressão deficiente não estragavam um trabalho brilhante de programação visual: toda a arte, foto inclusive, era obra de Ludmila Godoy.

Smart tinha agora um sorriso largo, olhinhos soltando faíscas sob o cobre das sobrancelhas, enquanto Neto pensava: infiltração no dique. Aquilo não parava mais. Enrolou o pôster e o devolveu em silêncio. O gordo não parou de sorrir.

“Era *awesome* aquela Lúdi, não era? Sabia que ela casou com um produtor de cinema alemão e está morando em Berlim?”

“Não estou interessado.”

Teve vontade de se despedir, ir embora correndo, mas lembrou que ainda não tinha extraído de Smart o visto para o país dos tarjas pretas.

No terceiro domingo os eflúvios clonazepâmicos subiram a serra com ele. Talvez isso explicasse a distração que o levou a só se lembrar dos croquetes de carne quando era tarde demais. Teve que dirigir quase dois quilômetros na BR-040 até encontrar um retorno perto da rodoviária. Perdeu mais meia hora no trânsito urbano de Petrópolis, errando o caminho e pedindo informação, antes de conseguir voltar à Pavelka. Em momento algum teve dúvida de que estava fazendo o que precisava ser feito. Ritual era ritual.

Borboletas azuis do tamanho de morcegos sobrevoavam de um lado para o outro a estrada do Cindacta, aquele tapete sinuoso de lajotinhas de concreto que parecem assentadas com régua. Num haras à beira do caminho, um cavalo negro de crina tão longa quanto os cabelos de Uiara esticou o pescoço sobre a cerca para observar o Batmóvel deslizante, seu irmão de cor. Cercas vivas de três metros de altura deixavam entrever aqui e ali varandas amplas e chaminés revestidas de pedra são-tomé, piscinas azuis, campinhos de futebol, quadras de tênis. Neto calculou que, se algumas daquelas propriedades eram menos dotadas de conforto do que isso, a imaginação de quem estava do lado de cá dos muros vegetais de cedro ou buchinha tratava de prover os equipamentos faltantes.

Murilo o esperava no surrado sofá de couro da sala, de frente para a tela apagada de um velho aparelho de TV.

"Novidade, Tiziu", anunciou, batendo palmas com a mesma excitação infantil que lhe provocavam as traíras ao saírem da água. "A partir de hoje o Recanto dos Curiós oferece cineminha antes da pescaria." E tomando o embrulho de suas mãos: "Vamos guardar as salsichas para comer na represa. Ui! Ui!".

Levou dois segundos para entender que não eram interjeições de dor que o velho gritava. Uiara apareceu com um de seus vestidos de chita de estampa floral — ou talvez fosse sempre o mesmo, difícil dizer. Murilo passou a quentinha à caseira com a recomendação de guardá-la no forno até a hora de irem para a represa. Ela trazia no rosto o sorriso encantador de sempre.

"Como vai, dr. Neto? Estranhou que o Manteiga não estava no portão?"

"Verdade, cadê ele?"

"Dodói, tadinho. Desde quarta. O veterinário passou uns remédios e ele só faz dormir."

"Que nem eu", disse Murilo.

"Bobo. Você está esbanjando vitalidade."

"Obrigado, querida."

A caseira se retirou e deixou Neto às voltas com o espanto daquele tratamento.

"Senta aí", disse o pai pegando o controle remoto no braço do sofá. "O que você vai ver agora é a essência. O âmbar de Moby Dick. O segredo mais bem guardado da história do futebol. Não precisa me agradecer."

Na tela surgiu uma imagem em preto e branco com definição ruim, uma imagem de época. Alguma coisa em torno dos anos 1950: um time de homens claros de camisa escura jogando contra um time de homens escuros de camisa clara. A partida já estava em andamento, os de camisa escura no ataque. Não havia narração, só um murmúrio irregular que devia vir da própria torcida no estádio. Um cronômetro digital no alto da tela marcava vinte minutos, os segundos passando com sua velocidade de segundos, décimos voando e centésimos nem se fala. Neto esperou o pai rebobinar o vídeo para entender o que estava acontecendo ali, que jogo era aquele.

Murilo parecia satisfeito com o andamento do espetáculo. O time de camisa escura fez duas ou três tentativas de penetrar na área do time de camisa clara, todas rechaçadas com facilidade. Até que foi marcado um impedimento e a posse da bola branca passou para o time de camisa clara, mas o goleiro logo estava dando um chutão para o campo do adversário e o time de camisa escura não teve nenhum problema para retomar a bola em sua defesa e partir para o ataque. Começou tudo outra vez.

"Não estou entendendo, pai."

"Imagino que não. Mas presta atenção nos movimentos, Tiziu. Na dinâmica. Importa saber que jogo é esse? Para quem seu coração manda você torcer, assim sem saber nada? A gente sempre tem uma simpatia intuitiva qualquer."

"O time de camisa clara parece o Brasil."

"Muito bem, garoto. É o Brasil. O outro é a França. O estádio é o Rasunda, em Estocolmo, que aliás acaba de ser demolido. Partida válida por uma das semifinais da Copa do Mundo de 1958. Nosso filminho começa em torno dos dezoito minutos do primeiro tempo, o jogo já está um a um. O cronômetro ali estava marcando vinte quando eu dei play, reparou? Mas esse cronômetro não é confiável, não se deixe enganar pelos salamaleques dele, centésimos de segundo e não sei mais o quê. Está um minuto e meio adiantado. Vavá marcou logo no comecinho e Just Fontaine empatou antes dos dez. Jogo duro."

Enquanto o pai falava, o Brasil tinha organizado finalmente uma subida ao ataque, mas a França retomou a bola em sua intermediária e enfiou mais um lançamento para o centroavante, número 17 às costas, que dessa vez conseguiu dominar a bola e chutar de pé esquerdo. O chute saiu mascado e a bola correu fraquinha, pererecando, até as mãos do goleiro, um magro altão. Nesse momento a imagem tremeu, virou uma pintura abstrata. Durou um segundo o ruído. Logo aparecia de novo o goleiro brasileiro quicando a bola antes de devolvê-la com um chutão ao ataque.

"Viu essa chieira, Tiziu? Guarda bem ela. É a coisa mais emocionante que você vai ver hoje."

Mais uma vez a bola foi retomada pela França. Mais uma vez o 17 foi lançado. Mais uma vez nada deu em nada. Neto começou a se impacientar: a represa era mais excitante. Até os livros de autoajuda, gerenciamento e elevação espiritual que ocupavam seus dias eram mais excitantes.

"Que tal um pouco de narração? Não estou entendendo xongas."

"Certo. Esse com a bola é o Vavá, o Peito de Aço. Agora Pelé, menino ainda, futuro Rei do Futebol. Pelé tenta passar no meio do zagueiro francês e perde a bola. O zagueiro manda um pontapé de quarenta metros para o artilheiro Just Fontaine no ataque, o bandeirinha marca impedimento. É a jogada preferida da França, vão fazer isso trezentas vezes no jogo. O capitão Bellini cobra a falta e retribui o favor com um balão na área francesa. Esse atacante brasileiro que pega de primeira o rebote da defesa e isola a bola lá na Finlândia não dá para ver quem é, a jogada é muito rápida. Pelo estilo do arremate deve ser o Vavá."

Quando o goleiro da França se preparava para bater o tiro de meta com mais um chutão, Neto reparou que as placas de publicidade atrás dele eram da TV Philips. A mesma marca do aparelho em que assistiam àquele velho videoteipe que o deixava confuso. Sabia, claro, que o Brasil tinha sido campeão em 1958. Se o jogo era semifinal, como Murilo havia dito, a vitória estava assegurada, mas as ondas de tédio que emanavam do tubo de imagem não sugeriam isso.

"Esse com o número 12 às costas é o grande Nilton Santos, a Enciclopédia", dizia o pai. "O francês toma a bola dele mas cede o lateral. Ele cobra para o Zagallo. Pelé com a bola outra vez. Outra vez o Pelé tenta a jogada individual e perde a bola, mas que fominha. Didi recupera, olha só a elegância do cara. Tenta a tabela com o Pelé mas a devolução que recebe é ridícula. Fica um perde e ganha ali. Escanteio para o Brasil. Olha o Zagallo: vai bater escanteio mal assim na casa do caralho, meu filho! Mesmo assim a bola volta a rondar a área francesa e dessa vez o Vavá chuta de longe e acerta o gol. Em cima do goleiro, mas pelo menos dentro do gol. Pena que poucos segundos depois, quando a bola volta, ele faz isso aí, ó: tenta uma meia bicicleta quase na pequena área e dá essa furada de pastelão. E tome chutão para o Just Fontaine. Que atropelada feia do Zagallo em cima do Fontaine, hein? Logo ele que é todo franzino. Mas o Formiguinha é elegante, vai caprichar nas desculpas, quer ver? Uma beleza esses afagos que eles trocam. E lá vem mais um lançamento francês que acaba nas mãos do Gilmar. Mais um chutão do Gilmar pra frente. Juro para você, Tiziu, nunca vi tanto chutão na minha vida. Bumba meu boi é isso. Mais um desarme em cima do Pelé. Na sequência o Vavá vai fazer um cruzamento bisonho para absolutamente ninguém, espera. Olha só. Não falei?"

"Acho que estou entendendo, Murilo. Você quer dizer que o jogo foi uma pelada sórdida, é isso?"

"Eu não quero dizer nada. Você está vendo, eu não preciso dizer. Só comecei a falar porque você pediu. Olha isso agora, o Fontaine consegue receber uma bola limpa nas costas do Nilton Santos. Quando corta para bater de esquerda, o Bellini trava ele."

Aquilo continuou por mais alguns minutos. Na tela cinza cheia de chuviscos Neto viu Vavá acertar o gol outra vez, chute fraco mas bem no cantinho que obrigou o goleiro a defender para escanteio. Viu Pelé tentar mais um drible e perder a bola.

"Como está mal esse menino Pelé, hein? Pode até ser uma

promessa de craque, como andam dizendo, mas pelo visto ainda vai ter que comer muito angu. Não acertou uma única jogada, caramba. Mas pior é o Garrincha. Ah, o Garrincha está jogando? Pois é, parece que está. Quer dizer, 'jogando' não é bem a palavra. Não falei o nome dele nenhuma vez, mas está em campo."

Murilo estava se divertindo. O burburinho da arquibancada se elevou em indignação quando, aos vinte e sete minutos de jogo, um defensor brasileiro de estampa apolínea, identificado pelo pai como Bellini, interceptou o lançamento francês com as mãos como se jogasse vôlei. Neto achou que alguma coisa ia acontecer afinal. A falta contra o Brasil era perigosa, a bola foi posicionada a dois metros e meio da grande área. O juiz — um galês chamado Griffiths, informou Murilo, como se isso quisesse dizer alguma coisa — contou os nove passos regulamentares e obrigou a barreira brasileira a recuar um pouco.

"Olha só quem vai bater a falta", disse o velho. "O grande Raymond Kopa, um dos maiores jogadores franceses de todos os tempos. O primeiro sujeito a ganhar a Bola de Ouro da Fifa na terra de Marcel Proust. Nascido Kopaszewski, filho de poloneses. Presta atenção, Tiziu. Olha o Kopa tomando distância. Correndo para a bola. Escorregando. Sai esse chute pífio aí, fracote, cinco metros longe do gol. E fim de papo."

O vídeo terminava antes que Gilmar tivesse a chance de dar mais um dos seus chutões.

"É isso. Vimos dez minutos de jogo. Dos dezoito aos vinte e oito do primeiro tempo, mais ou menos. Eis o segredo mais bem guardado da história do futebol."

"Deve ser bem guardado à beça. Não tenho ideia do que você está falando."

Murilo sorria.

"Não aconteceu nada", insistiu Neto.

"Justamente. Sabe como terminou o jogo? Cinco para o Brasil, dois para a França. Sabe quantos gols o Pelé marcou, o mesmo Pelé que acabamos de ver errando tudo o que tentou fazer? Três. Dois deles obras-primas, depois de jogadas diabólicas do Garrincha. Tudo no segundo tempo. No primeiro, poucos minutos depois do pedaço horroroso que nós acabamos de ver, o Didi já tinha metido uma folha-seca no ângulo do Abbes. Não é à toa que esse jogo costuma ser lembrado como um dos maiores de todas as Copas."

"E por que você escolheu o pior pedaço para me mostrar?"

O velho, que até então tinha um brilho gozador nos olhos, o encarou com expressão grave.

"Não é o pior pedaço. É a vida. O jogo normal. Futebol é assim: o caos. O Brasil tinha um time superior, mas a França poderia ter vencido a partida. Tranquilamente. Era só o Just Fontaine, que até hoje é o maior artilheiro de uma edição de Copa do Mundo, ter continuado a marcar gols aos baldes como vinha marcando. O que nós vimos foi o momento em que o futuro estava no fio da navalha, a moeda ainda girando, vai dar cara, vai dar coroa? Impossível saber. Não é como no basquete, no vôlei, esses esportes em que a equipe mais talentosa e mais bem preparada faz valer sua superioridade noventa e nove por cento das vezes. O futebol é cheio de planícies imensas, horas mortas como a que nós acabamos de ver. Um bololô de ruído, intenções que não se concretizam, acidentes, lances de sorte e azar. Nas horas mortas pode acontecer tudo. Tudo mesmo, não é força de expressão. E quando acontece é de repente, um raio que cai e muda a paisagem por completo. É isso, Tiziu, que torna tão chato o videoteipe de um jogo que nós já sabemos como terminou. O futebol só pode ser revivido em melhores momentos, editado, enxugado, porque é a expectativa de ver qualquer momento se revelar um desses melhores momentos que leva a gente a transpor seus desertos imensos. Se nós já sabemos quais serão eles, e quando, a seca nos mata de sede. Pense naquele puto do Heráclito. Não se entra duas vezes no rio de uma partida, do mesmo jeito que ninguém vive duas vezes, sabe por quê? Porque sem a interrogação do futuro o futebol e a vida são de uma pobreza de bocha. Agora imagina se, em vez de escorregar, o Kopa mete aquela falta no ninho da coruja do Gilmar? E se o Jonquet, que vinha marcando o Didi muito bem, não tivesse quebrado a perna aos trinta e seis minutos num choque com o Vavá? Continuou em campo, porque naquele tempo não tinha substituição, mas depois disso o Didi, na primeira bola que pegou, teve a liberdade que precisava para fazer o gol de desempate. Agora me diz: e se a França vencesse?"

"O Brasil não tinha sido campeão", disse Neto, sentindo-se um colegial. O velho balançou a cabeça como se estivesse diante de um aluno burrinho.

"Isso é óbvio, mas é só o começo. Não dá nem para imaginar tudo o que seria diferente, Tiziu. Talvez eu fosse hoje o prefeito de Merequendu."

Na luz roxa do fim da tarde, à mesa da varanda, Murilo contou que passara dez anos enfiado naquele mato escrevendo um livro, até o dia mais ou menos recente em que tinha acordado para descobrir duas coisas com pasmo infinito: que a represa do Rocio era idêntica à da sua infância em Merequendu e que o livro que escrevia na sua velha Lexikon 80 era um acidente ferroviário pavoroso. Um vexame. Estava cansado de saber que as letras eram traiçoeiras, ninguém que tivesse alguma intimidade com as palavras podia ignorar o perfume de vadias que elas exalavam desde o fundo da alma. Mesmo assim, descobrir que vinha sendo feito de corno depois de lhes hipotecar mais de meio século de fidelidade era um golpe cruel.

"Relendo", disse ele, "me dei conta que aquilo não passava de um angu empelotado de tentativas de espelhar sintaticamente o jogo. Tinha a frase-trivela, a elipse da vaca, a goleada adverbial de modo, a retranca cabralina, o futebol total pós-moderno. Tudo a serviço da demonstração ensaística de uma tese sutil, que seria coisa de gênio se não fosse, convenhamos, completamente asnal: a do paralelo entre futebol e prosa de ficção. A prosa realista anglo-saxônica correspondendo a um jogo de poucos toques em ângulos retos, em velocidade, até chegar à linha de fundo e cruzar a bola para cabeceadores implacáveis cravarem ela no gol. Sempre assim e sempre eficaz, pelo menos até ficar previsível e fácil de marcar. Hammett e Hemingway, atacantes da seleção da língua inglesa. E depois o futebol indo ganhar o mundo, desbravar um oceano de estilos alternativos que nasceram como resposta àquela economia de meios tão severa. É aí que entra a prosa poético-picaresca de Garrincha, que filtrava a realidade em gags de filme mudo. Aí que entram os estranhos cortes epistemológicos de Cruyff. O modernismo tipo arco do Alvorada de um lançamento do Gérson, o realismo mágico de Maradona. O monólogo interior sinuoso de Di Stéfano, o expressionismo de um Puskas ou um Heleno, o quase dandismo nabokoviano de estilistas como Didi, Falcão e Zidane. Isso para não falar no entretenimento leve e inteligente de tantos jogadores que foram esquecidos, mas não pelo meu livro. No meu livro reviviam todos, só que o meu livro era uma merda. O fracasso de uma vida. Perceber isso quase me matou, Neto. Tiritei de febre entre a vida e a morte por duas semanas. Foram duas semanas, não foram, Ui? Ou três?"

A caseira, que acabava de depositar na mesa a travessa da salada, pousou a mão direita no ombro esquerdo do velho e encarou Neto.

"Duas semanas e quatro dias, doutor. Eu fiquei numa preocupação."

"Me salvei quando decidi jogar aquilo tudo no lixo", disse Murilo. Sua mão sobre a mão de Uiara em seu ombro mantinha a mulher ali ao lado, como se tal decisão literária tivesse sido tomada após doutas deliberações entre os dois. "No mesmo dia comecei a escrever do zero sobre um homem só, quando terminar quero que você dê uma boa revisada. Ainda estou no meio, mas já sei que encontrei o caminho da salvação. A história de um homem só que é também a minha história, a sua história, Tiziu. A história de um jogador extraordinário que resume tudo o que foi o futebol brasileiro e também o que não foi. Principalmente o que não foi. O que ele poderia, deveria ter sido se os putos dos deuses estivessem menos bravos e deixassem a gente ser feliz em paz."

Por que Peralvo não jogou a Copa (I)

O começo eu não sei bem, só o que me contaram. Vamos dizer que era preto o céu em Merequendu, o luar do sertão não chegava lá, a guerra ia se aproximando do fim e fazia o calor mais escorchante que se possa conceber no delírio de uma febre de maleita, debaixo de um cobertor de lã. Era mais ou menos assim a noite em que Mãe Mãezinha pariu uma criança que a princípio parecia feia, mas quando se olhava de novo era bonita. Ou vice-versa. Essa criança é que chamaram de Peralvo, filho de Oxóssi caçador.

Mãe Mãezinha era uma mãe de santo com reputação de feiticeira ou quase santa, procurada até por gente bacana da capital: três deputados, duas cantoras do rádio e certa ocasião, memoravelmente, aquele Finazzi jogador de futebol que anos depois ganharia fama continental por matar a namorada chilena, desmembrar o corpo e atirar os pedaços em Foz do Iguaçu. Mãezinha era uma formadora emérita de famílias, com suas amarrações reputadas infalíveis, mas, apesar do nome misterioso que a acompanhava desde menina, demorou a emprenhar. Tendo sido um estrupício desde sempre, era a determinada altura bem menos que moça, já coroa, e portanto dada por todo mundo como carta fora do baralho reprodutivo. Melhor assim, pensavam os merequenduanos brancos, alguns sem saber que pensavam, mas pensavam: menos crioulo no mundo. Se um dia o calombo na barriga da bruxa tinha chamado a atenção da cidade, porém, o filho nascido chamou mais.

A dificuldade que todos tinham de resolver se aquela criatura era bonita ou feia se devia à desconcertante mistura de traços da mãe preta retinta e do pai, marinheiro norueguês que ninguém jamais soube o que tinha ido fazer em Merequendu, a quase mil quilômetros do mar, e que certa tarde chuvosa de agosto sumiu tão misteriosamente quanto havia aparecido. No bar do Zé disseram que foi a conta de passar o efeito da poção que a megera usou para enfeitiçar o infeliz, nunca mais se ouviu falar do tal Rãs. Aquele homem diferentão de cara quadrada, sacudido mas cor-de-rosa, teria tudo para virar mais uma lenda local, se afundar no piche do nunca-ter-sido que habitava o núcleo mais íntimo de Merequendu, se o bebê Peralvo não fosse a prova aberrante de sua passagem pela existência: uma trouxinha quimérica de olhos verdes transparentes, pele marrom-mogno, nariz achatado mas pequeno, beiçola gorda, cabelo entre o louro, o ruivo e o furta-cor. Tudo bem até aí. O pior era que, crescendo, não falava: vivia de amuo pelos cantos, bocão pendurado, olhar de vidro ladrilhando o chão. Uns diziam que era inteligente e profundo, outros balançavam a cabeça, era evidentemente um cretino. Todos concordavam que fosse mudo.

Tinha cinco anos quando pronunciou sua primeira palavra: Obdulio. A segunda foi: Varela. A terceira: uma jura de vingança. Algumas pessoas choravam, outras olhavam em estado de choque para o rádio aguardando um desmentido àquele despautério quando o Rolinha, como haviam passado a chamá-lo por razões obscuras, recebeu na alma feito ferro em brasa a derrota para o Uruguai na final da Copa de 1950. Nem sinal de Mãe Mãezinha nas imediações, os vizinhos devastados, frangalhos de gente, demoraram a se dar conta do que estava acontecendo: aquela bomba atômica caindo sobre o país e a revelação súbita do ex-mudinho agora loquaz, pois pareciam ser fatos incontestáveis, por menos sentido que fizessem ambos, que a Copa estava perdida e o menino lesado que até então tinha dedicado às bolas desprezo idêntico ao que dele mereciam estilingues, carrinhos de brinquedo e tudo o que se movesse depressa, inclusive outras crianças, o diabo do sarará saía agora para a rua chutando uma esfera esbeiçada de meia fedida achada no caminho e convocando todos os meninos da cidade com uma voz que já nascia cheia de timbres veteranos, voz de quem acaba de descobrir o que vai fazer pelo resto da vida.

— Vou humilhar ocês, seus pereba perna de pau, vem que eu dibro todo mundo!

Do mato onde ignorava a tediosa Copa e colhia arcanas ervas e raízes para suas garrafadas, dizem que Mãe Mãezinha reconheceu a voz inédita do filho e, longe de ficar alegre, sentiu uma tremedeira que não soube explicar. Acabou botando a culpa nalguma nuvem de ruindade que passasse, gigante mas remota, do lado de lá da serra dos Ossos, rumo a outra terra desgraçada.

Peralvo virou o menino de ouro de Merequendu. Aos sete anos já fazia o que Pelé começou a fazer aos oito, na avaliação insuspeita de seu Dondinho, e Maradona aos dez. Um a um, os fundamentos estavam a seus pés: o passe, o domínio, o drible, o chute, a cabeçada, as ondulações de ritmo. A leitura do jogo. Dava nós no marcador tendo a bola por linha e o pé direito como agulha, tudo na velocidade de quem voa. A esfera de couro era um magneto em seu pé descalço e daí só desgrudava para zunir na direção da meta numa saraivada eclética de chutes potentes e toquinhos traiçoeiros que tanto os goleiros de Merequendu quanto os de Laje do Merequendu e outros visitantes, mesmo adultos, tinham extraordinária dificuldade para defender.

Até aí, Peralvo seria como um caminhão de moleques, pivetes, guris, piás e curumins deste país enorme. Ocorre que por cima dessas habilidades ordinárias ele tinha outras, que o destacavam não apenas no leito social pobre e esculhambado em que garotos bons de bola brotavam feito cogumelos mas para além dele, como em poucos anos se veria, no quadro mesmo do futebol profissional brasileiro e portanto mundial.

— Eu vivo um segundo na frente — me confessaria Peralvo anos mais tarde, espantosamente, se é que posso confiar em meus ouvidos. Foi o dia em que mais coisas me confidenciou. E mesmo sabendo tão pouco, sei que ele queria dizer exatamente o que parece, que sabia antes, não adianta perguntar como, o que fariam em seguida companheiros e adversários. Compreendo que neste ponto exijo do leitor um salto de fé: deve-se acreditar que fosse assim simplesmente porque, vendo o cara jogar, era evidente que sim, que, sendo de lama ou de grama, pedregoso ou em ladeira, abismo, redemoinho, o campo de futebol que se plasmava para Peralvo passar era um fliperama 3-D de atalhos impensáveis, vertiginosas camadas de atividade sináptica, sintática, psicocinética. Num segundo ele era jaguatirica elegante e de repente tinha virado miquinho exibicionista, vento, pássaro, mandi ensaboado a se esgueirar entre frinchas de luz no campinho de terra batida atrás da igreja, entre aquelas traves cambetas lanosas de redes que um dia tinham sido estropiadas e agora mal se viam. Ir ou não ir, já ter ido. Não ir, não ir, não ir, não ir. Foi. Ter entrado quando menos se esperava que fora. Peralvo me contou que se deu conta disso assim que abriu os olhos e começou a entender o mundo. Via as coisas antes dos outros, era a vida. Um segundo não é muito tempo, mas ele sabia que num segundo cabe a eternidade, desabam impérios, Maracanã, 16 de julho de 1950. Numa bolha de sabão, o segredo da existência: o momento em que ela estoura.

Desde pequeno usou em proveito do seu jogo, sem pensar duas vezes, os poderes que Mãe Mãezinha logo discerniu e a princípio estimulava. A faculdade paranormal de viver no futuro imediato se confundia com a de enxergar aquelas luzes, auras, cada pessoa carregando a sua, figurantes num carro alegórico cheio de caudas de pavão. A imagem carnavalesca não era de Peralvo, é minha mesmo, de outra forma eu nem conseguiria imaginar o balé de Broadway-sur-Merequendu que era o espetáculo humano visto por seus olhos transparentes: belo e terrível, crispado de sensações, pulsos, cores, futuns, batuques cardíacos, temperaturas, pistas de intenções e fraquezas. Rolinha pôs sua clarividência para jogar instintivamente, sem culpa, mesmo porque não infringia nenhuma das regras fixadas um século antes pelos lordes branquelos da Football Association em seus gramados desprovidos de magia. Não saberia separar uma coisa da outra: sempre estiveram juntos o hálito, o halo e a bola.

Os conterrâneos do menino Rolinha não precisavam saber que ele tinha parte com o oculto para amá-lo. Entre esses conterrâneos estava eu, quase dez anos mais velho e muito mais rico. No dia apagado da memória em que primeiro nos cruzamos, ele era criança e minha aura adolescente deve ter me denunciado como esnobe ou tolo, não duvido, porque depois disso Peralvo passou anos ignorando minha existência. Não que nos encontrássemos tanto: Merequendu era pequena mas tinha seus ricos e tinha seus pobres, seus brancos e seus pretos, ricos e pobres, brancos e pretos que não se cruzavam tanto assim em lugar nenhum, quer dizer, em lugar nenhum fora a missa e o campo de futebol. Daquela eu não passava perto e deste, gato escaldado, mantinha distância porque era pereba de nascença. Gostava de assistir, mas era só, e era muito. A ânsia de traduzir o jogo em palavras viria bem depois.

Que o pequeno Rolinha estava destinado à glória nenhum merequenduano jamais contestou. Estariam perdidos se o fizessem, como eu sei que sabiam, sabíamos: era a nossa única chance. Conheço aquele visgo, Merequendu não é sequer uma fotografia na parede, mas não para nunca mais de doer. O mais fundo do cafundó, o nada bem no meio do oco da rosca de um país enorme em que tudo era promessa, tudo era verde, maduros e menos amargosos só uns trechos do litoral, poucos, murundus de gente aglomerada que já tinham dourado e logo começariam a apodrecer: 1958, faltando uns poucos meses para sermos campeões do mundo pela primeira vez. Eu era um desocupado de vinte e três anos e bebia cerveja no bar do Zé.

— Vi no rádio que o Feola vai levar o neguinho pra Suécia — disse o Perna.

O neguinho, claro, era um jogador de dezessete chamado Pelé.

— Faz bem — disse o Zé.

— Faz mal — se meteu o Tripa com sua voz de marreco.

Todo mundo no bar, menos o Tripa no seu canto, se entreolhou. Nossos olhares trabalharam feito aranhas supersônicas para, em meio segundo, fabricar no ar a rede iridescente de um desafio mudo. Insano de orgulho, esse desafio era a tábua de salvação que pretendíamos usar no dia do dilúvio universal: aqui, ó, que aquele Pelé jogava mais que o Rolinha.

O Tripa falava mal do Rolinha, mas era o único.

— Falta arranque. Fominha. Presepeiro.

Também, bêbado oficial da cidade, o Tripa falava mal de todo mundo: só naquela tarde já tinha espinafrado JK, Deus, Marilyn Monroe, o marechal Rondon, a cidade de Paris, a General Electric e a própria mãe dele já morta, d. Zizi. Era portanto natural que fosse ouvido no bar do Zé pondo reparo no futebol que Peralvo jogava no campinho em frente, atrás da igreja. O resto dos homens se reunia ali com dois intuitos básicos: bater papo e babar o menino. O mais entusiasmado naquela primeira plateia do Peralvo era o barbeiro Carilla, que tinha pouco serviço numa cidade de cabeludos negligentes e, meio bicha, embora casado, destramelava granjas inteiras quando ele estendia sobre o marcador mais velho e parrudo um chapéu de chilena em passo lépido de história em quadrinhos, ou então espetava uma caneta esculachante nalgum marmanjo com físico de touro e nariz de palhaço.

— É seleção, olha a seleção! — só faltava desmaiar o Carilla.

Do outro lado do balcão, o Zé ponderava:

— Todavía es temprano.

E a observação sóbria e bigoduda do dono do bar, ao mesmo tempo que se opunha à afoiteza do Carilla com aquele negócio de seleção, pois falavam de um sarará de catorze anos, um garnisé, rascunho humano, ao mesmo tempo que negava a profecia era como se aprofundasse sua gravidade, como se justo por ser a coisa digna de crédito, Rolinha entre os canarinhos, Merequendu no mapa, justo por isso não se devesse mencionar o assunto, sendo o tabu sabidamente eficaz na hora de afugentar a uruca. O Zé acreditava muito em uruca.

— Vai que a xente pega o lado de lá desprebinido — dizia José Burgos por entre a taturana negra que morava embaixo de seu nariz honesto, um espanhol de Valência que todos chamavam de Zé e ele próprio, de algo parecido com "Sê, su criado". Pondo uma pinga para o Doutor ou o Perna, o Zé sonhava com o dia em que o mundo acordaria para descobrir atônito que havia tomado um drible, Rolinha famoso, o mais famoso entre os famosos. O melhor jogador do planeta. Lembro-me de, nessas horas de arroubo maior do pessoal, eu mesmo falar pouco, só balançar a cabeça, acho que mais dando força do que concordando, mas até o Doutor concordava, dizia que nunca tinha visto um guri jogar tanto. Falava "guri" para ser diferente, ninguém ali falava "guri", e não sabemos se alimentava os mesmos sonhos de redenção que o Zé, porque o acesso ao pensamento do Doutor nos é vedado. O fato é que por trás da compostura e das alturas do saber de um homem que tinha viagem, que tinha estudo, que tinha mesmo participado das obras da futura capital federal, o Doutor secundava a malta e repetia:

— Nunca vi, nunca vi.

E de repente o sino da igreja dava a ave-maria, alguns jogadores vinham rolando até o bar, fim de pelada, mas Peralvo nunca estava entre eles. Sumia na poeira entre os que se dispersavam com sombras compridas pelas ruas vermelhas. Então o Zé acendia a lâmpada suspensa por um fio amarelo no teto de zinco e os homens, descobrindo-se mais uma vez ébrios, trastes tristonhos à beira de outra noite, ficavam um longo tempo mudos, Cascatinha e Inhana no rádio, um calor que a escuridão não aplacava, chocando a conclusão irremovível de que a vida era um logro diante do qual só resta tomar mais um trago, adiar para sempre a volta para casa. Merequendu, Merequendu, vai tomar no seu, seu atoleiro, berço, cova. A bestice da esperança humana. Por todo lado os grilos concordavam, cricris.

Mãe Mãezinha foi a primeira a se afligir. Viu alguma sombra no futuro do filho, sabe-se lá como veem essas coisas as videntes, o fato é que um dia marcou de conversar com Peralvo debaixo da goiabeira no fundo do quintal, à margem do oceano café com leite do Merequendu, bem na hora da pelada atrás da igreja. Peralvo, que era chamado de Rolinha por todo mundo menos pela mãe, tentou apelar, por que não conversavam já? Tomavam café em pé na cozinha, ele comia biscoitos de polvilho, os passarinhos saudavam a manhã. Boa hora para conversar, ele achou. A mãe remexeu as cadeiras como se quisesse destroncar o corpo magro, até se ouvir um estalo e um suspiro de alívio.

— Tenência, Peralvo. Na goiabeira, sol descaindo — disse, e começou a lavar os pratos da véspera.

Peralvo obedeceu, nunca desobedecia a Mãe Mãezinha, e naquela tarde a cambada do bar do Zé viu o relógio andar mais lento. Quando chegou na goiabeira a mãe já estava lá, de cócoras, comendo uma vermelha enorme. Viu o chão varrido diante dela e o plano do seu futuro desenhado na terra com o graveto que ela ainda tinha entre os dedos sujos de barro.

O que Mãe Mãezinha disse a Peralvo naquele dia ficou ecoando na cabeça dele para sempre, às vezes virando um zumbido quase inaudível, ele me contou com essas palavras mesmo, quase inaudível mas nunca exatamente. Com o tempo a imaginação com que ele preencheu as lacunas de uma memória minguante se entranhou tanto na trama da cabeça que já não dava para saber o que sua mãe havia dito de fato, o que ele tinha sonhado depois, o que era enxerto de pedaços de livros e revistas lidos ao longo da vida e que, sabendo fazer o verbo soar feito música, tinham sido roubados para enfeite.

Quando pensava naquele momento embaixo da goiabeira, muitos anos depois, Peralvo dizia só ter certeza de um cheiro de alecrim no ar, um abafamento de antessala de toró, um rubor em volta da mãe, violeta que foi escurecendo até ficar roxo enquanto ela lhe mostrava os rabiscos esotéricos na terra e falava em predestinação, gênio, fardo, o fogo de Prometeu e a ruindade dos racistas, Oxóssi, Dom Sebastião, o Judeu Errante, Olorum, Seu Sete, o Enforcado, Joana d'Arc e um monte de coisas que ele entendia pela metade ou nem entendia. A mãe apontou a estrela flechada no canto superior direito à sua frente, acompanhou com a ponta do graveto o raio que ela lançava na bola lá embaixo e depois, levantando-se, apagou tudo com a sola cascuda do pé esquerdo e voltou a se acocorar para rabiscar números. Ao longo dessa série de ações não parou de falar um segundo. Disse a Peralvo que ele estava destinado a uma glória terrível, coisa descomunal produzida por esferas cósmicas com as quais ninguém devia mexer e que se transformaria com o próprio giro infinito dos planetas para esmagá-lo como o pé dela havia acabado de esmagar uma formiga, sem querer, sem ligar, ela só queria apagar a lousa e não matar uma formiga, mas mesmo assim.

A luz em volta da mãe tinha ficado da cor de casca de berinjela. O leito do Merequendu expedia reflexos poentes de café, caldo de cana, Coca-Cola, rapadura, Campari. Peralvo sentiu um suor frio descendo pelas pernas e pensou, sem saber o que pensava, que aquilo era um eco de dor futura. Um magnífico urubu que até então estava pousado incógnito na mangueira maior levantou voo com estrondo e começou a descer o rio, asas quase tocando n'água.

Aquela noite Mãe Mãezinha foi catar sapos na beira do Merequendu para trabalhos de maldição, escorregou na lama, estourou a cabeça num pedrouço e se afogou.

Pronto: entre risadas maníacas polifônicas e um grito de dor profunda que ribombaram pelo céu e que no entanto ninguém, nem Peralvo, nunca escutou, Mãe Mãezinha se foi deste mundo.

José Burgos de Saavedra y Arrabal era o nome do Zé.

— O teu nome é danado de bonito, Zé — disse o Perna, como sempre fazia.

— Gracias, amigo.

— Danado de bonito. Isso aqui não é o bar do Zé, é o bar do Burgos de Salmonela.

— Zabedra — disse o Zé, paciente, como também sempre fazia.

— E dos Arrabaldes e não sei mais o quê, um nome bonito da potranca parida que vou te contar.

— Gracias.

— Eu com um nome desses, ninguém me chamava de Zé, que eu num deixava.

O Perna sempre passava do ponto na birita, ficava chato, mas o pessoal entendia. O cara tinha uma perna mecânica da qual não se podia falar, era tabu, o mesmo que perguntar hoje ao Roberto Carlos da perna dele: todo mundo sabia e ninguém comentava, mas aí é que está. Apesar disso, todos chamavam o Perna de Perna. Era o apelido dele desde a época do Tiro de Guerra, quando ele ainda tinha as duas pernas e começaram uma brincadeira no vestiário dizendo que ele era aquinhoado de uma terceira entre as duas de um ser humano normal. No início o chamavam de Terceira Perna, mas Terceira Perna era um apelido inviável, comprido demais, ficou Perna.

— Zé? Vem que eu te mostro o Zé. Não deixava, não.

— A mí me gusta, amigo.

— Zé é teu passado, tá pensando o quê?

O Perna gostou daquilo de dizerem que era bem-dotado. As mulheres perguntavam por que Perna e os homens se entreolhavam, desconversando. Algumas donas era inevitável que botassem malícia, imaginassem o resto, mas o Perna achava isso melhor ainda, tudo propaganda. Quando anos depois perdeu a perna na serralheria do pai, era tarde para voltarem a chamá-lo de Reginaldo, e começou a comédia: o nome que o protegia era o mesmo que o atacava. A cidade entrou em curto-circuito, acabaram por prevalecer tanto o apelido quanto o tabu. Todo mundo chamava o Perna de Perna, mas ninguém falava do aleijão do Perna na frente dele, coisa horrível, mesmo porque diziam que tinha afetado de algum modo sinistro a tal ex-terceira perna, que agora seria no máximo a segunda mas talvez nem isso, ai, meu Deus.

— Perninha querido — gritou o Tripa lá do canto —, aposto que tu ia mas era adorar ser Zé.

O Tripa também sempre dizia aquilo. No bar do Zé, as piadas se repetiam como nos programas humorísticos do rádio. Foi nessa hora que, rompendo o script, o Doutor entrou, deu um boa-tarde geral, dirigiu-se ao balcão e, antes que o Zé lhe servisse a pinga, anunciou:

— Adotei nosso órfão ilustre.

— Quem? — perguntou o espanhol.

— Ora, quem — foi só o que disse o Doutor. Depois virou de uma vez a pinga servida pelo Zé e foi embora do bar.

O Doutor tinha dinheiro de família, umas fazendas ao sul que eram administradas por um irmão. Era maçom, templário e bacharel, e além disso não iam seus pendores esotéricos. Positivista desiludido, era como se autodefinia quando não estava no bar do Zé e sim nos rarefeitos círculos da cidade habitados por homens como o juiz de direito, que aliás era meu pai, o prefeito e o gerente do Banco do Brasil, com os quais o Doutor compartilhava nos fins de semana uísque paraguaio, piadas machistas e especulações sobre o preço do gado e do esterco, enquanto as mulheres de todos, menos do Doutor, que era solteirão, se divertiam ao modo delas nos fundos da casa, da cozinha para lá.

A cidade louvou seus bons sentimentos e respirou aliviada quando o Doutor disse que ampararia aquele ilustre merequenduano tão talentoso quanto desgraçado, como faria um pai. Era um homem sensível, civilizado, Peralvo o achava o melhor de todos os homens que já viveram, e tinha recursos. Depois, aquilo era uma senhora causa, o futuro glorioso de Merequendu estava em jogo, nada menos do que isso.

Peralvo sempre me falou do Doutor, que morreu há muito tempo, como de um pai adotivo. Em minhas entrevistas e pesquisas, nunca encontrei um fiapo de evidência que sustentasse a maldade que logo começaria a brotar feito hera ou escorrer feito suor nos muros de Merequendu, depois que o Rolinha foi morar no galpão dos fundos do quintal do Doutor. Era uma maledicência quase sempre muda, só entreolhada, como se viesse de lugar nenhum.

Em nome da verdade, registre-se que um fiapo de evidência houve, mas um só, e não sei se posso lhe dar crédito. Uma mulher que pediu para não ser identificada e na qual acreditei pela metade me disse textualmente uma noite, depois de derrubar mais de dez copos:

— O Doutor é perobo. Aquele negócio de pai adotivo do neguinho lá, o sarará, aqui, ó. Pra cima de mim? Baitola, salta-pocinhas. Homem aquilo não é. Peguei de jeito uma vez, que eu novinha não era mole, era gostar de um homem e já pulava em cima. O Doutor era um cara pintoso, a ocasião se ofereceu, pois nheco. Mas que nada, tiro n'água, que aquilo não subia nem com macaco hidráulico. Não tinha como, o que ele queria eu não tinha pra dar. Perobaço, sodomita. O neguinho, filho adotivo do Doutor? De matar de rir. Em que mundo você vive, meu amigo? Amor paternal nada. Amor pra ter pau, isso sim. Quer um chá de mastruço?

Havendo ou não um fundo de verdade na suspeita que soprava no bafo quente de Merequendu sobre o Doutor e seu protegido, o fato é que Peralvo não demorou a revelar um apetite ardente pelo sexo oposto. Antes de completar quinze anos começou a colher xavasquinhas como amoras no campo. As pretinhas pobres foram as primeiras que passou na cara, se lambuzando feliz, depois vieram as branquinhas pobres. Convém reconhecer, embora sobre isso ele jamais tenha falado, que tanto magnetismo animal devia comungar também com o reino da magia, porque fisicamente Peralvo era esquisito. Os olhos claros demais e o nariz miúdo até que passavam, mas aquela beiçorra despencada, o cabelo arrepiado sem cor definida faziam dele um jovem entre o estranho e o francamente assustador. Pelo menos era assim na época. Ele não teria se saído mal como punk duas décadas mais tarde, mas estamos falando do fim dos anos 1950, quando as moças sonhavam com boyzinhos parecidos com o Pat Boone enquanto tinham namoros respeitáveis de escassos amassos com sujeitos caretas que de suas casas iam direto às putas, merequenduan way.

Fosse como fosse, o lance do Rolinha funcionava. O moleque era esperto, diziam que desfrutava das meninas de todas as outras formas, mas respeitava escrupulosamente os cabaços. No fim das contas, para todos os efeitos, elas estavam inteirinhas, virgens sem tirar nem pôr, como deviam ser. Não fosse assim e creio que mais cedo teria havido um deus nos acuda em Merequendu, mas este só veio quando, aproveitando-se da sua novel condição de adolescente de classe média alta, agregado de um branco rico, e das portas que lhe eram abertas de alto a baixo no edifício social da cidade pelo halo de ungido dos deuses do futebol, Rolinha foi além do seu alambrado e começou a papar branquinhas não tão pobres e até certas branquinhas ricas mais curiosas, o que a seu tempo acabaria dando em tragédia.

Eu já tinha me mandado para o Rio, expulso de casa pelo

meu pai por razões que não vêm ao caso agora, trazendo na mala uma carta de recomendação em que o diretor do ginásio local gabava meus dotes de escritor a Mario Filho, timoneiro e grande nome do *Jornal dos Sports*, quando Peralvo conheceu a aura inconfundível de Dircinha. A menina, linda e diáfana feito uma ilustração de livro infantil, era a caçula de Totonho Queiroz, um dos homens mais ricos de Merequendu com suas cinco fazendas, três pedreiras e uma loja de material de construção. Não se sabe como tudo começou. As oportunidades se multiplicavam, a bola franqueando o acesso do sarará grotesco às casas ricas da cidade, lá onde as ruas eram calçadas com paralelepípedos e varridas duas vezes por semana, longe da lama do rio. Os meninos bem-nascidos o desprezavam mas escondiam o desprezo, se esforçando para tratá-lo como igual. Convidavam para lanchar, jogar botão, bater bola. Queriam aprender, isso sim, o que ele porém não podia ensinar.

A aura de Dircinha era de luz negra. Bonita, mas dava arrepios. Peralvo me contou depois que no começo era incapaz de enxergá-la: não era todo mundo que se deixava ler pelo seu dom, cerca de um quinto da humanidade era imune. Imaginou que os arrepios vinham das coisas que a menina lhe suplicava que fizesse com ela no fundo da despensa, entre sacos de arroz, debaixo da cama, dentro do guarda-roupa, atrás do galinheiro do quintal. Dircinha, vaporosa em seus catorze anos incompletos, cachos alourados e pele transparente esticada sobre o mapa das veias azuis, ganhava nessas horas uma carnalidade urgente, e de repente Peralvo viu. Viu e se assustou. Ali estava a luz de Dircinha Queiroz, nítida, capaz de transformar noite em dia e dia em noite, distorcendo tudo o que dela se aproximasse. Quando se deu conta de que estava diante de uma aura inteiramente nova, teve medo: seria maligna? Observando Dircinha de perto, trêmula de gozo e pavor, agarrada a ele feito um carrapato albino, concluiu que não. Se maligna fosse, não o seria para o mundo mas só para a própria dona da aura. Poucos dias depois dessa descoberta alguém desconfiou que aquele mulatinho folgado, que horror, estivesse tomando liberdades com a menina, isso revoltava só de imaginar, uma criatura tão inocente. Foram proibidos de se ver, e em menos de um mês Dircinha estava despencando de uma pirambeira escavada a dinamite numa das pedreiras do pai. Seu corpo era leve como pluma mas caiu reto, ralando na parede de granito por todos os trinta metros de altura até se espatifar lá embaixo. Disseram que foi acidente, que ela escorregou, fatalidade, mas Peralvo sabia que não era nada disso. Dircinha tinha aura de luz negra.

Em meio a grande comoção popular, desmaios, uivos, um cortejo de centenas de pessoas arrastando pés pelas ruas, Dircinha foi enterrada num sábado, véspera do jogo entre o América de Merequendu e o Palmeiras de Laje do Merequendu, marcado para o estádio deste como atração principal dos festejos de aniversário da cidade vizinha. O clássico regional era um dos grandes acontecimentos sociais da serra dos Ossos, com uma história sangrenta de rivalidade que, iniciada quando o Palmeiras ainda se chamava Palestra Itália, se perdia na memória dos mais velhos. Aquele ano, comentava-se que as duas famílias mais ricas de Laje do Merequendu, os Teixeira e os Laureano, haviam posto de lado sua inimizade secular para bancar em conjunto a importação de dois ou três jogadores profissionais de cantos onde o futebol era mais desenvolvido, Uberaba, até Campinas, e montar um timaço capaz de aplicar no América uma sova que ficaria para sempre nos anais do certame.

Em contraste cômico com tanta opulência, a equipe de Merequendu andava negligenciada por seus mecenas. Uniformes puídos, chuteiras rasgadas, bichos acumulando um atraso de meses, mal seria capaz de escalar onze tabaréus que não dessem um vexame vexaminoso demais diante dos rivais. No cemitério o técnico do América, Chico da Dora, era a imagem da derrota, e ao cumprimentá-lo o Doutor e o Zé se alarmaram. A ideia foi do espanhol, bem no momento em que as primeiras pás de terra caíam sobre o caixão da filha de Totonho Queiroz e os uivos voltavam a subir de volume:

— Leva o Roliña, Chico.

Os olhos do Chico da Dora se acenderam.

— Opa, não é assim, não — atalhou o Doutor. — O moleque só tem dezesseis.

— A idade do Pelé quando começou a jogar no Santos — ponderou o treinador. — Agora, é o seguinte: não tenho mais um tostão. O time vai pra Laje amanhã na carroceria de um caminhão emprestado. Estou contando que o pessoal do Palmeiras vai servir pra gente pelo menos uns sanduíches de mortadela. Se o Rolinha quiser jogar de graça, tá dentro. Ele tem chuteira?

Consultado, Peralvo topou e seu tutor, longe de criar empecilho, começou a gostar da ideia. No dia seguinte, enquanto o craque juveníssimo seguia para a cidade vizinha comendo poeira na carroceria de um velho Fenemê ao lado dos companheiros lastimáveis, esquálidos, desdentados, José Burgos de Saavedra y Arrabal e a confraria do seu bar — Perna, Carilla, até o Tripa — foram de carona na maciez do Oldsmobile verde-garrafa do Doutor prestigiar a estreia profissional do futuro melhor jogador do mundo.

Aquela partida, que nunca vou me perdoar por ter perdido, ficaria mesmo imortalizada nos anais esportivos da região, mas não pelas razões que previam os palmeirenses de Laje. Assim que chegaram, o Doutor e sua turma assombraram-se com o clima de festa reinante na cidade, que estava inteiramente coberta de bandeirolas verdes e brancas. Esculturas de porco feitas de bambu e pano, toscas mas imponentes, da altura de uma pessoa, enfeitavam as ruas quase que a cada esquina. Laje do Merequendu alardeava o orgulho que sentia tanto da sua pujante suinocultura quanto do seu Palmeiras, numa associação zoofutebolística que, curiosamente, antecipava-se em alguns anos à do clube paulistano mais famoso.

— Mas que porcariada — roncou o Tripa.

— Vai ser duro — suspirou o Carilla.

Pararam no bar de um conhecido do Doutor para beber cerveja, comer mandioca com torresmo e esperar a hora do jogo. O bar fervia como uma colmeia, todo mundo falando de um certo Chicotada, crioulo esguio e cheio de salamaleques que se achava o sultão de Brunei, só andava de terno de linho e na ponta dos pés, mas tudo bem: melhor deixar o homem em paz porque era disparado o maior craque que já tinha pisado por aquelas bandas. Tinha vindo da Ponte Preta para ganhar, diziam, um salário maior que o do promotor público da cidade.

— Você e os seus amigos são corajosos de aparecer — disse ao Doutor o dono do bar, um turco vesgo chamado Tarcísio. — Vai ser uma lavada daquelas.

— Isso nós vamos ver — respondeu o Doutor.

— Vai sonhando, Zoinho — o Tripa resmungou, mas o outro não ouviu ou fingiu não ter ouvido.

— Vai ser uma carnificina, não levem a mal. Amigos, amigos...

— Isso nós vamos ver.

O que quase mil pessoas viram aquela tarde, aboletadas nos periclitantes poleiros de madeira do campinho esburacado que passava por estádio do Palmeiras, foi a maior exibição individual de um jogador de futebol da história de suas vidas, passado e futuro. O autor da proeza não foi o tal Chicotada, que pouco mostrou para justificar tanta pose, mas um menino mulato de cabelo ruço e beiço caído que a camisa vermelha desbotada engolia. Jogando sozinho, Peralvo não podia fazer grande coisa para impedir que o Palmeiras marcasse um gol atrás do outro. A equipe do América era mesmo um desastre, justificava com sobras o pessimismo que tinha ameaçado derrotar antecipadamente o Chico da Dora. Mas havia uma coisa que o Rolinha podia, sim, fazer: devolver na mesma hora cada gol que o seu time tomasse, e depois devolver dobrado, triplicado, sibilando em campo como um vendaval, como se fosse feito de uma matéria diferente da dos outros jogadores, espírito puro a se esgueirar entre desajeitadas postas de carne. Dava lençol, bicicleta, dribles da vaca em sequência, fintas ainda sem nome, acertava o ângulo de longe, entortava o goleiro e entrava com bola e tudo, mais tarde apareceu até quem jurasse ter visto o garoto bater um escanteio e correr para cabecear. Aquilo era absurdo, não tinha o menor cabimento. Não podia estar acontecendo. Quando apitou o fim do primeiro tempo, o juiz sentia uma frouxidão nas pernas e se julgava o mais injustiçado dos homens: havia inventado dois pênaltis para o Palmeiras e nem assim conseguira evitar o desastre. O Carilla quase desfalecia abraçado ao Perna e ao Zé. O Doutor olhou em volta para as arquibancadas silenciosas e, achando tudo meio sinistro, recomendou à torcida merequenduana, que além da máfia do bar contava com mais meia dúzia de gatos-pingados, comemorar apenas intimamente. O placar marcava seis para o time da casa, dez para os visitantes. Todos dez de Peralvo. Onde aquilo ia parar?

Nunca saberemos, porque o primeiro tempo foi só o que se conseguiu disputar da partida. Os jogadores deixavam o campo quando o pesado estupor que se abatera sobre o público explodiu de repente em revolta.

— Marmelada! — alguém gritou, e sobre o alambrado cheio

de buracos que separava as arquibancadas do gramado começaram a voar pedras, garrafas, sapatos. Aqui e ali, homens de fisionomia transtornada davam tiros para o alto.

— Dopado!

— Cancela o jogo. Não valeu!

— Mata o sarará!

Como se atendessem ao último comando, dois peões de chapéu de couro se meteram correndo por um buraco na grade, cada um empunhando uma espingarda, e foram atrás de Peralvo. Depois da exibição de gala do jovem jogador do América, aquele foi outro aspecto inédito da partida. Sangue já havia sido derramado algumas vezes na história do clássico da serra dos Ossos, mas apenas em brigas de torcida. Ninguém jamais tinha visto um jogador ser literalmente caçado em campo.

A segunda parte do espetáculo foi ainda mais descabida do que a primeira. Os peões, que mais tarde seriam identificados como os irmãos Demázio e Damázio, capangas do coronel Bento Teixeira, dispararam dez cargas de chumbo contra Peralvo, uma para cada gol que ele tinha marcado. As quatro primeiras quando ainda estavam a mais de dez metros do alvo, outras quatro a cinco metros, as duas últimas quase à queima-roupa. De todas o garoto de ouro de Merequendu se esquivou com a graça e a precisão de um toureiro premiado. Uma delas rasgou sua camisa. Quando a fumaça se dissipou, o público viu quatro pessoas caídas no gramado em meio a poças de sangue e gritos de dor. Os atiradores saíam em disparada para não serem linchados. Foram conferir e dos quatro que tinham tombado — dois de camisa vermelha, dois de camisa verde — só um estava morto, estendido de costas com olhos e braços abertos e um tirambaço no coração. Até defunto era elegante, o Chicotada.

Peralvo desembarcou no América do Rio em 1962, o ano do bicampeonato mundial, pouco antes de completar dezessete. Foi trazido pelo Huguinho Caderneta, olheiro de reputação lendária na época, que corria o interior do país atrás de garotos que soubessem tratar a bola. O pessoal chamava o Huguinho de Caderneta porque era de uma dessas sebosas de capa azul, longa e estreita, sempre à mão no bolso de trás da calça, que ele sacava nomes e endereços.

— Um a-arfe de b-boa movimentação, b-boa técnica e vi-vi--viiiiisão de jogo? Preto ou branco?

E lá ia o olheiro gago pinçar um moleque perdido no meio do país para chorar abraçado à mãe e vir tentar a sorte no futebol carioca. Naturalmente, isso tornava Huguinho uma estrela nas cidades que visitava, e entrar na sua caderneta, o sonho de milhares de garotos bons de bola. Depois de escolhido pelo olheiro, a chance de profissionalização de um moleque daqueles era como a de acertar o gol chutando do círculo central contra uma ventania de tempestade. O fato é que corria mais que o vento a história dos poucos que passavam na peneira, o que bastava para alimentar a glória de Huguinho Caderneta. Entrar em sua lista não era para qualquer um, mas fazia tempo que ele estava de olho no tal de Rolinha, o Doutor resistindo, valendo-se da sua autoridade de tutor para vetar a aventura. Consta que foi a morte de Dircinha que fez o Doutor mudar de ideia, com um pequeno auxílio da fuzilaria em Laje do Merequendu: corriam boatos de que Totonho Queiroz estava por trás da sanha assassina de Demázio e Damázio, o que parecia um tanto descabelado, mas que o pai de Dircinha tivesse jurado o moleque, isso o Doutor achava bastante plausível. Se Peralvo ficasse em Merequendu acabaria esfaqueado uma noite, nenhuma testemunha, briga de crioulos bêbados, quem liga para uma coisa dessas?

Enquanto o ônibus cortava sertão, serras e vales a caminho

da cidade que mal deixara de ser a capital do Brasil, Peralvo me contou que ia apavorado, tentando se convencer de que nunca estaria desamparado porque tinha Oxóssi caçador, mas de repente, como um vira-lata que cruzasse a estrada na frente do ônibus, lá vinha aquela ideia ruim. O medo, estava abobalhado de medo. Sabia ser o maior craque, longe, que Merequendu jamais havia produzido ou podia sonhar produzir. Sabia também que a consagração municipal não era garantia de sucesso no Rio. No Rio, não. Lá o jogo era infinitamente mais pesado, para valer, o ônibus sacolejando, rangendo sua cacofonia enquanto pela janela ele via um céu chumbo com nuvens de giz, vacas magras pastando. A noite passada em claro tinha chegado ao fim, mas o sol não deu as caras. Suas têmporas latejavam, aquela batucada mecânica e sobre ela a voz de Mãe Mãezinha falando no giro infinito dos planetas, na glória medonha de ser uma formiga esmagada por pés cascudos. Quando finalmente dormiu, seu sono foi agitado, lavado em suor, versão fabulesca da dor de cabeça que o torturava desde a madrugada e o acompanhou até o fim. Uma bola pesada de chuva e lama vinha na sua direção, subia cheio de garbo para matá-la no peito, mas de alguma forma ela lhe acertava o nariz com tanta força que ele via sangue nos olhos, sentia no fundo da garganta o gosto metálico da pancada. Mal engolia aquilo, uma saliva azeda, lá vinha a bola de novo. Treze, trinta, trezentas e trinta vezes.

Huguinho Caderneta o esperava na rodoviária. No táxi, rumo à pensão da praça da Bandeira em que o América hospedava seus aspirantes, disse que as coisas tinham mudado. Não teria mais uma semana como o clube havia prometido a princípio, mas apenas três dias. Três dias para mostrar serviço e dizer a que tinha vindo.

— Deeepois, a g-glória ou o ca-ca-cadafalso — disse o olheiro.

Peralvo ficou confuso. Sabia o que era glória, cadafalso não.

* * *

Eu tinha chegado ao Rio quase dois anos antes: 20 de junho de 1960. De Merequendu trouxera pouca coisa, algumas mudas de roupa, dois ou três livros, e mesmo esse pouco não demorei a deixar para trás. A caixa de papelão ficou largada debaixo da cama no quartinho dos fundos da casa de minha tia Vera, no Lins, onde passei os primeiros três meses de caipira na cidade grande. Quando saí para morar na república de Copacabana com Sílvio e Alírio, disse que voltaria para buscar o resto da mudança, mas nunca voltei. Roupas e livros já não me serviam: camisas costuradas com muito amor e nenhum estilo por minha avó, poemas de Castro Alves e Olavo Bilac, aquilo era uma casca, casulo oco, pele de cobra abandonada pelo caminho com pressa e alegria. Não sei se terá sido um instinto qualquer, o entendimento inconsciente de que preservar ao menos um fio de ligação com a terra natal evitaria que eu me perdesse na estratosfera feito um balão de hélio que escapa das mãos de um menino no parque de diversões: o fato é que, por sabedoria, inércia ou acaso, quando me perguntaram pela primeira vez por que time eu torcia no Rio não tive um segundo de hesitação. América. Eu era americano, como Lamartine Babo.

— Desde criancinha — dei para acrescentar, e não era mentira. Gostava da ideia de uma irmandade americana a espalhar tentáculos pelo país, membros reconhecíveis pelo vermelho da camisa ou mesmo, no caso dos mais discretos, só por um lenço ou uma meia. Um mapa rubro de artérias, veias e capilares unindo o Rio a uma infinidade de cidades, províncias, vilas, grotões, entre estes o buraco em que me fora dado nascer. Merequendu, Merequendu, e agora, como bom carioca adotivo, eu já não deixava a rima no ar: vai tomar no seu cu.

Naquele tempo minha opção era só levemente excêntrica.

Os clubes da Zona Sul já dominavam as redações. Mario Filho era Flamengo e seu irmão Nelson, Fluminense. João Saldanha e Sandro Moreyra eram Botafogo, desvairadamente Botafogo, como um grande número de jornalistas, Sílvio inclusive. Minoritário na sociedade em geral, o clube de General Severiano já detinha então o primeiro lugar em número de torcedores no pequeno mas decisivo microcosmo da imprensa, fato curioso que eu nunca soube explicar, nem tentarei agora porque não vem ao caso. O que vem ao caso é que, tendo decidido que era americano, assim me apresentei a Mario Filho na redação do *Jornal dos Sports* quando, topetudo, fui bater lá em minha primeira semana na cidade. Entreguei a carta de recomendação de estilo empolado e cheia de elogios falsos que trazia de Merequendu, assinada pelo velho Alexandre Penna Barbará, poeta parnasiano e diretor do Colégio São Paulo. Ficou claro que o grande jornalista não tinha ideia de quem fosse Barbará, nem estava muito disposto a comprar a versão de que se tratava de um primo em segundo grau de d. Célia, sua mulher. Mesmo assim, me tratou com a boa cordialidade militar das redações. Dez minutos depois de entrar no sobradinho da rua Tenente Possolo, na Lapa, eu estava com um bolo de telexes da AP, AFP e Reuters na mão e encarava uma velha máquina de escrever Royal. Tinha meia hora para transformar aquilo numa notícia de trinta linhas.

Juro que não me lembro do que se tratava, nem se consegui produzir um texto minimamente apresentável. Só o que me ficou na memória foi o pânico, o suor que escorria pelas costas empapando minha cueca. O resto é um borrão. Prazo estourado em dois ou três minutos, fui mostrar aquilo a Mario Filho, que primeiro me olhou com suas sobrancelhas frondosas como se tivesse esquecido quem eu era, depois gritou o nome de Aparício e, quando o cara apareceu, disse apenas:

— Cuida do rapaz. Se achar que leva jeito, é seu.

Aparício era um velho curvado e queixudo de movimentos vagarosos. Era também um redator de texto fino que todo mundo venerava, mas isso eu ainda não sabia. Voltou para sua mesa assoberbada de papéis, encolheu-se na cadeira como um passarinho com sono e leu minhas trinta linhas sem tirar o cigarro dos lábios, eu esperando em pé à sua frente. Quando ergueu os olhos do papel, me mediu inteiro a partir dos sapatos antes de dizer:

— Você sabe o que é bola de lauda?

— Não.

— Tem um contínuo aqui, o João Puto, que faz a melhor bola de lauda da imprensa brasileira. É uma beleza de ver. O cara vai amassando, trançando uma na outra, não sei como consegue. Fica uma bola perfeita, redondinha, pesada, dá pra chutar forte que não desmancha.

— É mesmo?

Eu sentia as pernas ficando bambas.

— Acho que ele usa um pouco de durex também.

Horrorizado, vi Aparício amassar minhas suadas trinta linhas com as duas mãos.

— Você acaba de desperdiçar uma lauda do jornal — falou, golfadas de fumaça saindo junto com as palavras —, mas não se preocupe. O João Puto precisa de matéria-prima.

Jogou a folha amassada na lata de lixo ao seu lado com uma das mãos, enquanto com a outra apagava o toco de cigarro num cinzeiro enorme transbordante de guimbas. Eu olhava do lixo para o cinzeiro, do cinzeiro para o lixo, lutando contra a vontade de chorar. Me via voltando desonrado para Merequendu.

— Você já ouviu falar no Bigode, meu filho?

Demorei um pouco a emergir da estupidez de minha prostração. Bigode-bigode, raciocinei, todo mundo sabia o que era, mas eu estava na redação do *Jornal dos Sports*, logo era provável que o velho estivesse falando de algum personagem da área com esse apelido, mas quem? Claro! Bigode, lateral da seleção brasileira na Copa de 1950. O intenso processo mental deve ter durado alguns segundos além do recomendável naquela situação, mas deu resultado.

— O Bigode que tomou a bofetada do Obdulio Varela e não reagiu? O vilão covarde da derrota para o Uruguai?

Aparício soltou um risinho seco, sacudindo os ombros de modo aflitivo, e acendeu outro Continental sem filtro.

— Essa é a lenda. O Bigode está ali na sala de espera. Se aposentou há uns anos, hoje conserta rádios em Belo Horizonte. Coitado, ficou marcado pela história do tapa. O mais engraçado é que quase todo mundo tinha bigode naquele time de 50, mas o Bigode não. Procura um crioulo baixo e troncudo, ouve o que ele tem para contar. Duas laudas e meia.

Achei que fosse gozação.

— Mas o senhor falou...

— Senhor é a puta que o pariu. Estou te dando uma segunda chance.

— Nossa — murmurei. Meu sorriso de felicidade deve ter parecido abjeto. — Obrigado, Aparício.

De caneta na mão, o velho já estava mergulhando na leitura de umas laudas rabiscadas sobre a mesa, mas olhou para mim uma última vez.

— Você não faz ideia da quantidade de jornalista que escreve gato com jota, meu filho. Você pelo menos não escreve gato com jota.

Depois de expurgado pela caneta do Aparício de duas dúzias de advérbios tremebundos e adjetivos ribombantes, meu texto cheio de compaixão pelo Bigode, por quem eu sentia agora uma amizade profunda, foi publicado no dia seguinte no jornal de folhas cor-de-rosa comandado pelo homem que tinha liderado a campanha pela construção do maior estádio de futebol do mundo, palco grandioso em que o mineiro João Ferreira caíra em desgraça para sempre diante das multidões. Acordei antes do sol nascer no Lins para comprar meu exemplar. Reli a matéria tantas vezes que, lá pelas oito da manhã, minha súbita filiação a um mundo povoado de marcas mitológicas como *Jornal dos Sports*, Mario Filho, Maracanã e Copa do Mundo já parecia natural. Cheguei cedo para trabalhar. Não estava contratado, isso ia levar dois meses ainda, mas àquela altura eu ficaria até ofendido se me oferecessem dinheiro. Era um artista. Só precisava que me dessem uma tela e uns potes de tinta, o resto podiam deixar comigo.

— Gostei do Bigode — disse Mario Filho quando, afetando um ar casual, passei diante da sua mesa pela sétima vez aquela manhã.

— Ah, então esse é o nosso Dickens? — riu um homem de suspensórios sentado de frente para ele. Meu rosto queimava.

— Obrigado. Espero continuar retribuindo...

Mas os dois já tinham voltado a conversar lá entre eles. O homem de suspensórios era Nelson Rodrigues, me explicaram depois, irmão mais novo de Mario. Sua referência a Charles Dickens, escritor que eu conhecia um tanto superficialmente da biblioteca do meu pai em Merequendu, era motivada pela pretensiosa abertura da matéria com o Bigode: "Era o melhor dos tempos, era o pior dos tempos: Maracanã, 16 de julho de 1950". Por muitos anos Nelson só ia me chamar assim.

— Ô Dickens, é verdade que o Scrooge é inspirado no Chateaubriand?

Sílvio Brandão, poucos anos mais velho que eu, era o repórter encarregado da cobertura do Flamengo, que além de ser o time de maior torcida do país era o do patrão. Isso o tornava uma espécie de autoridade na equipe e dava um caráter mais embriagante aos elogios que ele começou a me fazer sempre que nos cruzávamos junto da garrafa térmica de café.

— Sensacional o perfil da Maria Lenk. Que durona essa mulher, hein?

— Obrigado.

— Fala a verdade, tinha coragem de traçar a coroa? Daquele tamanho todo?

— Bom...

No começo eu me sentia desconfortável diante do Sílvio. Havia em suas maneiras, roupas da moda, jeito Zona Sul de falar, uma confiança excessiva que parecia arrogante e perigosa ao interiorano assustado que eu ainda era. Em minha rápida ascensão profissional, encarregado das matérias mais afrescalhadas e de "conteúdo humano", como se dizia, eu estava aprendendo depressa a me defender dos colegas enciumados com um orgulho intelectual mudo. Qual era o problema daqueles caras? A mesma praia de Copacabana que lhes desenhara os músculos e molejara os movimentos, eu pensava, devia ter tostado um pouco além da conta seus miolos, deixando-os incapacitados para escrever um lead que chegasse aos pés daqueles que eu, novato, batucava na lauda limpa. Só que a defesa não funcionava com Sílvio Brandão. O filho da puta tinha cara de Montgomery Clift e texto de Graciliano. Eu acabava de completar um mês no jornal quando nos vimos mais uma vez lado a lado, tomando café frio, e ele disse:

— Sabe o que me ocorreu um dia desses? Carambolas, eu e o Murilo somos os melhores textos desta joça e nunca trocamos mais de duas palavras. Chope hoje à noite?

Fomos ao bar do outro lado da rua, na esquina da Tenente

Possolo com a Mem de Sá. Dez chopes para cada um e éramos amigos de infância.

— O futuro chegou, Murilo — ele dizia. — Sabe como eu faço para aguentar a mediocridade desse pessoal do jornal, Mendoncinha, Orelha, Medeiros, a corja toda? Aguento porque sou existencialista, rapaz. Já ouviu falar? Ser existencialista é usar a cabeça, o futuro vai ser de quem tiver cabeça. E nós temos cabeça. Entendeu? O futuro vai ser nosso, vai ser, não, já é. Você vai longe, amigo. Conhece uns americanos malucos que estão escrevendo umas coisas fantásticas lá em cima, revolucionando a literatura, o sexo e o diabo?

A mesa flutuava cinco palmos acima do chão, mais um pouco e bateríamos a cabeça no teto. De repente tudo fazia sentido, pouco importava que o sentido estivesse escrito numa língua parecida com aramaico em braile.

— De quem você está falando?

— Dos beats.

Bitches? Confessei ignorância.

— Ah, precisa conhecer. Tem um poeta que é sesquipedal. Te empresto.

Três da manhã, saímos abraçados pela Lapa entre putas e veados, cantando "Manhã de Carnaval".

Entendi muito pouco da minha primeira leitura de *Howl*, de Allen Ginsberg, que Sílvio me emprestou no dia seguinte numa edição de papel-jornal. Aquele livro de bolso magro, quase uma revistinha, queimou meus dedos e meus olhos por noites seguidas na cama estreita do quarto dos fundos do Lins. Não era tanto pela língua, embora meu inglês na época fosse claudicante, mas pela novidade escandalosa de tudo. "Sagrados os paus dos vovôs do Kansas?" "Rapazes que chuparam e foram chupados por marinheiros?" Tudo bastante suspeito. Achei que Sílvio estivesse me cantando, mas a desconfiança não durou muito. Terminou quando começamos a dividir os favores de uma vedete veterana chamada Olguinha Pif-Paf: um pif, o outro paf. Quando recebi meu primeiro salário saí da casa de minha tia para morar com Sílvio e Alírio Atala, crítico musical do *Diário Carioca*, na República do Peru, como eles chamavam o apartamento de três quartos que dividiam na rua de mesmo nome em Copacabana. A mudança do terceiro republicano para São Paulo, a convite do *Estadão*, fora mais do que oportuna. Mesmo repartido por três era um aluguel caro para meus proventos de iniciante, mas decidi encarar como investimento. Como dizia meu amigo, o futuro era agora. E eu iria longe.

Fui mesmo, pois é. O problema da grana não demorou a se resolver. Logo estava ganhando aumento e, indicado por Mario Filho, fazia colaborações frequentes na *Manchete Esportiva*. O apelido de Dickens perdia aos poucos sua carga de ironia e passou a circular pela cidade a sério, enquanto eu queimava etapas feito um Sputnik para abandonar o visgo daqueles anos 1930 que eram preservados em compota em Merequendu e mergulhar num presente futurista feito de bossa nova, biquíni, o Dauphine vermelho-pitanga de Alírio Atala deslizando entre o Sacha's e o Beco das Garrafas. Do dia para a noite me vi parceiro de Antônio Maria no copo, de Millôr Fernandes no frescobol, de Ilka Soares no truco, enquanto uma Nara Leão ainda amadora cantava em seu apartamento com aquelas pernas a trilha sonora dos melhores anos de nossa vida. A euforia do tempo se impregnou em mim. Era como uma cocaína que viesse espargida nas roupas que Sílvio me ajudava a escolher, na loção após barba recomendada por ele. Decidi começar a fumar e escolhi Capri porque o maço era vermelho como o América. O Brasil crescia e me explodia nos olhos e ouvidos com o estrondo da barreira do som sendo rompida. Na cama, Olguinha me ensinava coisas que nem nos meus sonhos mais desvairados de punheteiro eu podia ter concebido, eu que julgava ter feito de tudo com minha prima Do Carmo, sobrinha pobre de minha mãe que, tendo perdido os pais num desastre de carro, passara a morar com a gente. Doce Do Carmo, pivô até agora não mencionado do surto de ira que fez meu pai me expulsar de casa. Mas nenhuma memória de Merequendu podia resistir a cinco minutos de Olguinha Pif-Paf, puta velha corrompida até o caroço, devassa graduada nos jogos da submissão, da humilhação e da perversidade. Foi assim que, vinte e cinco anos depois do parto, eu nasci.

Não havia mais Merequendu. Os interurbanos para minha mãe, que nunca parava de chorar no telefone, foram se tornando mais e mais espaçados até desaparecerem por completo da minha vida. Quem nasce não fica olhando para trás, para o útero de onde saiu, olha para o mundo em volta e vai em frente, certo? Quando chegou à redação do *JS* a notícia de que vinha juntando cada vez mais gente para assistir aos treinos do América em Campos Sales, tudo por causa de um garoto sarará saído dos cafundós que jogava feito um anjo ou um capeta, coisa jamais vista, Peralvo era o nome dele, quando ouvi aquilo eu senti um vento gelado soprando no fundo d'alma e vi com clareza esta imagem macabra: lá das lonjuras de tempo e espaço que eu, ingênuo, tinha julgado definitivamente superadas, Merequendu esticava os dedinhos viscosos para me agarrar pelo pé e me arrastar de volta para dentro da sua barriga.

O time do América no qual Peralvo desembarcou em 1962 era uma sombra daquele que tinha sido campeão carioca dois anos antes, quebrando um jejum de quase três décadas. Da equipe treinada pelo estreante Jorge Vieira, espantosamente jovem em seus vinte e quatro anos, e que tinha Pompeia no gol, Djalma Dias na zaga e Quarentinha na artilharia, sobrava só o Djalma.

O Jorge havia sido dispensado estupidamente depois do título, do Quarenta só restava o xará do Botafogo e o Pompeia, goleiro de saltos incríveis que o locutor Waldir Amaral chamava de Constellation, nome de avião, passava a maior parte do tempo no hangar. Apesar disso, os imbecis que mandavam no clube não queriam lançar o Peralvo no time. Diziam que estava verde, que era irresponsável, individualista, jogador de circo. Até com as mesmas palavras, era exatamente o discurso que os papalvos tinham repetido durante anos sobre o Garrincha, que naquele momento, Pelé contundido, acabava de liderar sozinho a campanha do bicampeonato mundial no Chile. É impressionante a mediocridade desses paredros, eu pensava. Paredro era o jeito antigo de chamar cartola. Foi no dia em que fiz o que toda a imprensa esportiva da cidade estava fazendo e fui a Campos Sales para ver meu conterrâneo treinar no time reserva, e fiquei atônito ao me inteirar da má vontade dos engravatados com um talento tão acachapante, foi nessa hora que nasceu a ideia de me meter na política do clube.

Depois do treino fui ao vestiário para me apresentar a Peralvo. Não deu tempo.

— Murilo — ele estendeu a mão, a boca flácida e as pálpebras caídas sobre os olhos transparentes desenhando aquele sorriso sonolento que, como eu não ia demorar a descobrir, era sua marca registrada. — Você está diferente.

Fiquei surpreso de que soubesse quem eu era: nunca tínhamos trocado nem duas palavras em Merequendu. O Rolinha não estava muito diferente do garoto que eu recordava das peladas atrás da igreja, ao lado do bar do Zé. Havia encorpado um pouco e mantinha agora a carapinha ruça raspada com máquina dos lados, só um topete furta-cor no alto da testa. Expliquei que queria escrever sobre ele no *Jornal dos Sports* e fui esperar do lado de fora do vestiário enquanto ele tomava banho. Um colega da *Noite* que eu conhecia de vista, o Osni, passou por mim e disse:

— Se não emplacar como jogador, esse moleque tem o maior futuro como espantalho.

Num botequim perto da sede do América, Peralvo tomando média e eu, cerveja, nos entendemos de saída. Talvez a minha transformação de caipira em cidadão do mundo tivesse alterado também a tonalidade da aura que me cercava e que em Merequendu havia levado o Rolinha a me evitar, mas dessas coisas sobrenaturais eu nada sabia. Não ainda. Seja como for, começou a nascer naquele fim de tarde tijucano uma amizade que, num primeiro momento, seria lucrativa para nós dois. Peralvo fez de mim pela primeira vez o dono de uma pauta jornalística quente e me franqueou os camarins políticos do América. Eu retribuí abrindo alas para seu breve mas ardente caso de amor com a imprensa carioca e, como se isso fosse pouco, fiz jorrar generosamente sobre sua cabeça a ducha de delícias mundanas que a então melhor cidade do mundo tinha para oferecer.

Minha primeira matéria sobre ele ocupou um quarto de página. Falava de Merequendu, do bar do Zé, do Carilla, do Doutor, esticava em detalhes escabrosos a história do jogo encerrado a bala pelos irmãos pistoleiros em Laje do Merequendu, que ele tinha me contado no botequim baixando a voz e os olhos como se aquilo fosse motivo de vergonha. Mario Filho ficou maluco.

— Que matéria, seu Murilo! Que personagem!

Não dava meia hora e ele vinha de novo:

— Que história! Mas vem cá: é batata mesmo?

Eu confirmava e ele saía em êxtase pela redação, braços erguidos como se comemorasse um gol:

— Que história! Que história!

Os republicanos do Peru adotaram Peralvo como talismã. Éramos existencialistas e ainda por cima beatniks, não éramos? Pegava bem desfilar com aquele mulato feio a tiracolo pela noite do Rio, as pessoas a princípio olhando torto, puxando um de nós de lado para perguntar:

— Quem é o sarará?

— É o Peralvo do América. O novo Pelé.

Aquele negócio de novo Pelé tinha sido ideia minha, mas Sílvio e Alírio adotaram a provocação com gosto. Por enquanto não passava de uma brincadeira que fazíamos para ver a cara de incredulidade ofendida das pessoas. Não tinha chegado a hora de levantar a bandeira a sério, fazê-la tremular entre as nuvens, arrogante, para que o desafio fosse visto lá de Santos.

O pop não tem história, só revival

Os Kopos foram o ponto alto da vida de Neto. Em retrospecto isso era óbvio, mas mesmo na época, quando o passado ainda era presente e o futuro parecia existir, a sensação já boiava no ar salgado da cidade. Um cruzamento feliz de fios pessoais, sociais e temporais tinha operado o milagre.

A onda mercadológica do rock brasileiro começou a ganhar corpo em 1984, mais ou menos na época em que ele saía do Parque Guinle para morar sozinho no apartamento de dois quartos da praça Santos Dumont. Como se previsse a relação abominável que o filho estava destinado a ter com Murilo, Elvira tinha registrado em cartório um mês antes de morrer um documento de doação determinando que ele entrasse na posse de uma série de bens ao completar dezoito anos. O apartamento da Gávea era a propriedade mais valiosa. Havia também uma sala comercial alugada no Centro, uma linha telefônica — que ainda era mercadoria àquela altura do século XX — e uma pequena carteira de ações do Banco do Brasil, da Vale do Rio Doce e da Belgo-Mineira. Tudo sob a administração do escritório de advocacia Neumani, Assis & Schiffer até a maioridade de Neto, em arranjo concebido para contornar a menor interferência do pai. Não somava uma fortuna, mas transformaria qualquer pobre em remediado. Para um universitário que almoçava no bandejão, era de dar vertigem. Neto saiu de casa assim que conseguiu se livrar das inquilinas de muitos anos, duas mulheres gordalhufas de cabelo curto que usavam roupas masculinas e se diziam primas. Como forma de reduzir as despesas e ampliar a diversão, convidou para morar com ele o colega mais popular da turma que tinha ingressado no primeiro semestre de 1983 na ECO, a Escola de Comunicação da UFRJ.

Franco trouxe para a praça Santos Dumont uma alegria e um desregramento que Neto só conhecia dos filmes do John Hughes. Foi o tempo das drogas e do sexo fácil, sem a culpa e o medo dos anos que vinham dobrando a esquina. Maconha era o mato de sempre e a cocaína estava no auge da fartura, mais barata que uísque no mercado carioca. A aids mal passava de um boato de mau gosto. O argumento politicamente correto de que consumir drogas é financiar o crime organizado dormia no limbo das ideias futuras. Somava-se a isso um sentimento coletivo de liberdade, subproduto eufórico e meio apatetado do fim da ditadura, ainda não contaminado pela desilusão que logo ia se revelar a fibra mais resistente do tecido democrático. Foi nesse cenário que Franco, que era analfabeto musical mas não era bobo, concebeu um plano ambicioso. Queria transformar o razoável violão clássico de Neto num par de tíquetes para a maior de todas as festas do Zeitgeist.

Não repare no focinho
Nem nas patas nem no pelo.

Quando eu te der o meu carinho
Nós vamos quebrar o gelo.

Você nua e eu na sua
Amando à luz da lua.

Pão é carne, sangue é vinho
Não repare no focinho.

Sou um lobisomem punk
Que ataca na Zona Sul.

Nas noites de lua cheia
Com meu topete sioux.

Auuuuhhh, auuuuhhh
Auuuuhhh, auuuuhhh.

A demo de "Lobisomem punk" — letra de Franco, música de Neto, produção, arranjo e maior parte dos instrumentos a cargo de um punk de verdade chamado Toupeira, também aluno da ECO — foi gravada em uma tarde num estúdio de aluguel da Barra da Tijuca, tudo bancado pelo dinheiro de Elvira. Estreou na Fluminense FM, rádio que apregoava com êxito o apelido de Maldita, na noite de 15 de março de 1985, quando mal tinha secado nos tênis de centenas de milhares de jovens cariocas a lama do primeiro Rock in Rio. No dia seguinte foi ao ar mais três vezes. No outro, cinco. Os ouvintes começaram a ligar para pedir o "Lobisomem". Locutores mais engraçadinhos anunciavam a música uivando no microfone. O nome daquilo era sucesso. Algumas dezenas de execuções depois, a EMI — a mesma gravadora que havia acabado de lançar o primeiro disco de uma banda de Brasília chamada Legião Urbana, que pelos meses seguintes as rádios não se cansariam de tocar uma faixa após a outra, como se fosse concebível um álbum composto só de hits — assinou contrato com os Kopos para um LP a ser lançado antes do Natal, com "Lobisomem punk" de carro-chefe.

No verão de 1986 o disco estava longe de começar a tomar forma. Tinha empacado no estado de alucinação permanente em que Franco vagava e na incapacidade de Neto, a metade sensata da dupla, de gerar sozinho qualquer coisa que tivesse o mais leve sopro roqueiro. Depois do "Lobisomem", a produção dos Kopos se restringia a duas ou três canções de qualidade dúbia e à gravação de uma segunda fita demo com a anfetamínica "Coração paterno", releitura do "Coração materno" de Vicente Celestino que Neto achava superior a "Lobisomem", mas que acabou não decolando. Claro que as festinhas frequentes com tietes não foram interrompidas. Também faziam shows ocasionais, encorpados por covers de sucessos alheios.

Por razões político-culturais, aquela no largo de São Francisco tinha tudo para ser uma apresentação histórica na carreira da dupla caipira-hardcore, mas o maluco do Franco estava atrasado. Havia uma eletricidade no ar porque era a primeira vez que punks e pós-punks iam tocar ali, um ambiente mais identificado com a MPB e o esquerdismo tradicional do movimento estudantil. Para aquela gente, bandas como Kopos, Camisa de Vênus, Plebe Rude e Ultraje a Rigor eram veículos despolitizados de uma revolta pequeno-burguesa desfocada, coisa de filhinhos de papai que revolucionários autênticos só podiam encarar com pena ou repulsa. Pelo menos tinha sido assim até então. Acontecia que aquele show era bancado pelo próprio centro acadêmico da escola de filosofia cuja sede, compartilhada com a escola de ciências sociais, dominava o largo — o movimento estudantil e o rock se estudando, tentando descobrir se eram mais aliados ou mais inimigos, já que as duas coisas sabiam ser em alguma medida. Isso contribuía para a tensão a zumbir sobre a praça onde quase mil pessoas respiravam em uníssono diante do palanque de madeira no qual, por enquanto, nada acontecia. E o puto do Franco não chegava.

Era uma sexta-feira mormacenta, início de março de 1986. O sol tinha se posto havia mais de duas horas, estavam naquele momento mágico das noites do verão carioca em que o calor começa a emitir sinais de que poderá, quem sabe, considerar a possibilidade de dar um alívio. O presidente do centro acadêmico, um barbudo de colar de osso e camisa social desabotoada até o umbigo, aproximou-se do microfone no centro do palco. Era Sansão, personagem manjado na área. Representava uma tendência de corte trotsko-stalinista chamada Convergência Dissidente ou outra coisa igualmente autoanulatória — Neto sempre se atrapalhava com os meandros da política estudantil. No cenário neoclássico do largo, um dos recantos mais belos do centro do Rio, a plateia em que se acotovelavam marxistas-leninistas, punks, trotskistas, um gótico ou outro, petistas, prestistas, ripongas e caretas já dava sinais de impaciência com a falta de música. Sansão soprou no microfone, *prróóóff*, e o estouro fez estalar uma multidão de tímpanos. Voz malhada em incontáveis assembleias, começou então um discurso exaltado. Baixou a lenha no governo do abominável José Sarney e na sua tentativa, lançada fazia poucos dias, de conter com um absurdo congelamento de preços e salários a inflação que no ano anterior tinha chegado a mais de duzentos por cento.

"Esse Plano Cruzado aí", bradou, "é um cruzado no queixo da classe trabalhadora! Mas a gente não foi à lona, não! A gente vai revidar! *Vive la révolution!*"

"Viva! Viva!"

A malta entrou em ebulição. Aproveitando o embalo, o orador esgoelou seu poliglotismo de araque:

"*Viva la revoluzione!*"

"Viva! Fora! Palhaço!"

“Long live the revolution!”

“Fiu-fiu!”

“Viva a re-vo-lu-ção!”

“Bota pra foder!”

Em sincronia perfeita, inédita nos shows organizados pelo CA de filosofia do largo de São Francisco, a luz da plateia se apagou, a do palco começou a piscar no ritmo da bombada e “London calling” entrou nas caixas gigantes em volume demencial. Deve ter sido bonito, mas a aflição de Neto não o deixou apreciar o momento. Num canto do palco, angústia querendo virar náusea, ele sondava a multidão agora às escuras em busca do seu parceiro débil mental. Sansão se aproximou.

“Gosto muito de ‘Lobisomem punk’”, disse, sorriso de político profissional afivelado na cara barbuda. Seu aperto de mão era exibicionista, mais forte do que seria razoável.

“Obrigado.”

“É verdade que você é filho do Murilo Filho?”

Opa — a pergunta pôs Neto em alerta. Aquela não era uma informação que gostasse de espalhar. Tinha ido parar na faculdade de comunicação por influência do pai — o tal sonho adolescente de dinastia, tão embaraçoso —, mas chegando lá não demorou a descobrir que ter o mesmo sangue do Leão da Crônica Esportiva, com sua reputação vaga mas indelével de aliado do regime militar que na época agonizava, não faria nada por sua vida social num meio em que quase todo mundo achava que era ou gostava de fingir ser um revolucionário pronto para se enfurnar em Sierra Maestra. Seria só um pouco melhor do que se orgulhar de ser neto de Emílio Garrastazu Médici. O mesmo que dizer que Nelson Rodrigues era seu padrinho. Apagar completamente o pai era impossível porque seu nome inspirava piadinhas, muitas vezes de gente que acreditava estar diante de uma coincidência e ficava incrédula ou espantada quando ele dizia: "Sim, sou filho dele". Mesmo a contragosto, confirmava sempre. Seria indigno mentir.

"Sou. Conhece o Murilo?"

O líder estudantil da Convergência Dissidente fez uma careta e desviou os olhos para o centro do palco, onde os quatro sujeitos da primeira banda da noite, chamada Coxas em Lata, tomavam suas posições.

"Só de fama. Você sabe que o seu pai é dedo-duro, né?"

Neto achou que tinha levado um tapa na cara. A vista escureceu e ele já não via Sansão, palco, nada. A bateria de Nicky Topper Headon era seu coração. Uma zoeira alojada no ouvido interno distorcia a voz de ogro de Joe Strummer: "*And you know what they said? Well, some of it was true*".

"Não sei que porra você está falando."

"Seu pai entregou gente, tipo Simonal."

"Entregou quem, caralho?"

"Calma, companheiro. Não tenho nada contra você. Ninguém tem culpa de ter o pai que tem. Mas tem culpa de não abrir o olho."

Pronto, pensou, é agora que eu me atraco com um Sansão que não chega a ser um sansão mas é bem mais forte do que eu e tomo porrada na frente de uma plateia que grita: "Bota pra foder!". Mas o barbudo já tinha saído de perto e nessa hora o Franco chegou acompanhado de uma mulher alta. Foi a primeira coisa que Neto registrou: a altura.

"Essa é a Lúdi."

Puxou o parceiro de lado e lhe deu o maior esporro da história de Kopo Deleche & Kopo Derrum. Sobrou para Franco o que devia ser de Sansão.

"Seu filho da puta, quer acabar com a gente?!"

"Fica frio, mané", o outro não perdeu a calma insolente que era o traço principal de seu festejado estilo. "E vai tomar no cu antes que eu me esqueça. Não vê que eu estava ocupado?"

Pulso começando a desacelerar, só então Neto viu. Lúdi era uma falsa magra com pernas de sete palmos metidas em meias com estampa de oncinha e uma minissaia rendada de brechó. Pálida, cabelos negros pouco abaixo das orelhas, traços finos de cortar os pulsos. "*And after all this, won't you give me a smile?*" Ela deu e ficou mais bonita ainda. Meu Deus.

"Tá certo, seu puto. Vamos em frente."

O Coxas em Lata já tinha começado a tocar. Os Kopos viriam em seguida e estava combinado que iam filar seu excelente baterista, um certo Macarrão. Nos bastidores, como era chamado com boa vontade o espaço exíguo atrás de uma lona ensebada no fundo do palanque, o gordinho Márcio, ainda à espera do apelido que iria imortalizá-lo, ajudou Neto, Franco e Toupeira com o figurino e os instrumentos. Lúdi ficou no palco. Do seu pescoço de modelo de Modigliani pendia a Nikon que faria naquela mesma noite a melhor foto da história de KD & KD — uma história que não estava longe de chegar ao fim.

"Fica."

"Hoje não."

"Dorme comigo! Odeio dormir sozinha."

"Hoje não."

"Boiola."

"Pois é, sou."

"Que vontade de socar você, Neto!"

"Hoje não."

Depois do show tinha saído para beber com Formiga, que como sempre estava na plateia dos Kopos. Beberam, beberam. Mais tarde, diante da portaria do prédio dela em Laranjeiras, os dois enrolando a língua, permitiu à amiga um amasso mas decidiu num impulso de recato e nojo que não passaria daquilo.

Claro que Formiga esperava arrematar a noite na cama. Tanto Neto quanto Franco já haviam conferido várias vezes o nível de entrega a que a menina, mechas platinadas no cabelo ressecado de tintura, estava disposta a levar sua tietagem. Não que achasse ruins as oferendas de Formiga. Houve noites em que pensou que poderia se deixar ficar para sempre no colchão molengo dela enquanto Formiga Mãe, divorciada e alcoólatra, dormia no quarto ao lado em perfeita indiferença às aventuras da adolescente. Franco, como sempre, tinha chegado primeiro àquele colchão, mas Neto não ligava. Era o segundo, sentia-se bem sendo o segundo. Ser o segundo representava um progresso e tanto para quem tinha sido tão bem adestrado pelo pai a se ver como o último. Mas naquela noite se sentia estranho. Não lhe saíam da cabeça a cara peluda de Sansão e o fato vergonhoso de não ter feito ao menos uma tentativa de quebrá-la quando a chance se ofereceu. Terminada a apresentação, não vira mais o sujeito.

"Nunca mais me procura, tá?"

Tá. Como se a tivesse procurado. Duas e tanto da manhã, pegou o ônibus vazio. Encostou a testa no vidro fresco e fez o percurso até a Gávea abrindo e fechando os olhos. Quando abria via lixo, orelhões depredados, crateras lunares no asfalto, magotes de mendigos, alarmantes vultos solitários se esgueirando nas trevas dos postes queimados — a paisagem carioca habitual. Quando fechava via Sansão, Murilo, Simonal, milicos de carantonha animalesca e uma gente sem nome e sem rosto que levava choque no pau de arara. Sabia melhor do que ninguém que o pai era um filho da puta, mas não *tão* filho da puta. O problema era que, mesmo sendo mentirosa, a acusação que o militante estudantil tinha feito ao velho Dickens de Campos Sales — apelido ridículo e felizmente esquecido — desonrava toda uma dinastia. Saltou na praça Santos Dumont. O movimento do Baixo Gávea era residual, embora ainda fosse levar algum tempo para morrer de vez. Passou pela numerosa família de mendigos que morava em frente ao seu prédio, quase todo mundo dormindo, um deles sentado, varapau caolho, de vigia. O elevador rangeu.

Foi abrir a porta do apartamento e se arrepender de não ter ficado com Formiga. Os gemidos eram escandalosos: berros, uivos. Pensou em dar meia-volta, não deu. Permaneceu paralisado na sala por um longo tempo, com medo até de respirar enquanto a gritaria atingia o clímax e finalmente começava a decair. Langorosas, esticadas como notas de guitarra, as vogais de uma trepada que soava épica foram se quebrar feito espuma na barra de um silêncio arfante. Quando o tique-taque do relógio da cozinha encheu a noite, despertou do transe e acabou de entrar em casa, pisando com cuidado para não fazer barulho. Que tremendo vacilo não ter aceitado o convite de Formiga, pensava. Em seu quarto ficou só de cueca e vestiu uma camiseta velha, mas não houve jeito de dormir. Mais um pouco e estava sovando a cama. Já não se ouvia barulho algum, parecia ter se esgotado a munição de Franco, o que era normal depois de tão pesado bombardeio. O problema eram as emanações vindas do outro lado da parede, através da qual ele acreditava ouvir, sentir, farejar muito de leve, na fronteira do audível, sensível, farejável, uma respiração de mulher.

Pulou da cama. Deu um suspiro, coçou a barriga sob a camiseta. Depois de hesitar um pouco pegou a caixa de charuto na gaveta da mesinha de cabeceira e foi para a sala. Acendeu o miniabajur laranja do canto, ligou o três-em-um da Gradiente, encontrou em dois segundos o LP que buscava. Agulha largada com perícia, devagar e baixinho a música de Brian Eno encheu a noite. Nem música era, mas o que estava na moda dizer então: atmosfera. *Apollo: atmospheres & soundtracks.* No silêncio de três da manhã na Gávea, cortado ao longe por buzinas, ônibus roncando, palavrões soltos, caía bem o volume discreto dos pulsos de Eno, ondas cerebrais a hipnotizá-lo na luz baixa. E se além de escrever livrinhos patrióticos para o MEC o escroto do Murilo tivesse dedurado gente na ditadura, isso era problema dele? Fazia quase quatro meses que não via o pai. Achava que não ia se incomodar se nunca mais o visse. Esparramado no sofá, tirou da caixa um baganão, riscou o fósforo, acendeu-o. Deu um longo trago e jogou a cabeça para trás.

"Posso dar dois?"

O sussurro soou junto do seu ouvido. Foi um vexame. No susto, engasgou com a fumaça e teve um acesso de tosse. A mulher muito alta recuou dois passos. Ele prestou atenção primeiro nos pés meio afundados no carpete, que entre lágrimas de tosse viu ossudos, unhas curtas sem esmalte. Começou a subir — tornozelos finos, canelas lisinhas, joelhos meio gauches — bem devagar. No ritmo de Eno. *Tlmmm. Brmmm.* Se fosse definir a brancura daquela pele, pensaria em leite com umas poucas gotas de groselha. Só lá em cima, num ponto escandaloso das coxas, a alvura era fraturada pela cortininha roxa na qual não demorou a reconhecer a velha camiseta dos Ramones que era um dos itens mais surrados da coleção do Franco. Um dos mais queridos também: seu parceiro de Kopos devia gostar muito de Lúdi para deixá-la usar aquilo. Ou o Franco já estaria dormindo quando ela abriu a gaveta e simplesmente pegou a camiseta? Possibilidades.

A cena seguinte que Neto viu naquela escalada fez seu coração bater mais forte: na altura das cabeleiras ramônicas, a malha puída da camiseta era tensionada num par de montanhas um pouco estrábicas, cada uma com seu pico arfante. Teve então um vislumbre do que estava para acontecer, os Kopos se espatifando, e não ligou. Embora o adorável acidente geográfico intimasse seu olhar a parar, tomar fôlego, esticar as pernas como num belvedere, achou que seria embaraçoso permanecer por tempo demais ali. Subindo mais um pouco viu um pescoço longo que dava continuidade à brancura lá de baixo e no topo do mundo, encerrando a viagem, aquele rosto numa moldura de Louise Brooks que mordia uma das mãos com expressão de constrangimento cômico enquanto a outra se atarefava no ar feito borboleta.

"Ai, desculpa. Você me desculpa?"

Sorriu, estendeu o baseado.

"Senta aí, Lúdi."

A concentração de groselha crescia vertiginosamente nos lábios: fenda de vermelho na planície conduzindo a túneis subterrâneos que prometiam perfumes trufados, coroas e dobrões enterrados por piratas há quatro séculos e de onde um vento quente vinha assobiar em harmonia com o teclado new age aquelas palavras doces:

"Valeu, Neto."

Lúdi flexionou as pernas infinitas em metades ainda infinitas e sentou-se em posição de lótus no sofá, a poucos palmos de distância. A fenda groselha fechou-se no baseado úmido da saliva dele, chupou com destreza. Neto desviou os olhos. Estava a ponto de fazer a bobagem de sempre, falar qualquer coisa só para encher o ar e não permitir que algo, aquilo, se instalasse. Sempre tivera medo do silêncio.

"Você gosta do Brian Eno?"

Lúdi era uma dessas raras criaturas insones mas felizes para quem bastam três ou quatro horas de inconsciência por dia. Franco era um dorminhoco de anedota. Desde que se livrara dos pesadelos com Elvira, Neto estava mais para dorminhoco do que para insone, mas alterou seus hábitos com prazer. Toda noite tomava duas canecas de café forte depois do jantar a fim de fazer companhia à namorada do amigo em vigílias de música e conversa que entravam pela madrugada da praça Santos Dumont — o mais perto que ele chegaria em sua vida de roçar com a ponta dos dedos a ideia de eternidade. Compensava dormindo na sala de aula na manhã seguinte, atividade extracurricular em que os alunos da ECO tinham longa tradição de excelência. Estudante não menos relapsa de psicologia na Praia Vermelha, Lúdi morava no Rio Comprido com os pais, mas passou a só dar as caras em casa para desovar a roupa suja e encher a mochila com a limpa, como se visitasse uma lavanderia. Tinha praticamente se mudado para a Gávea.

Sob sua influência Franco ficou menos maluco, os Kopos iam entrando nos trilhos e a esperança de terem em breve material para um LP se reacendeu. A Agente 99 negociava shows e escrevia releases e tirava fotos e agendava estúdios — havia nascido sabendo tudo. Era como se tivesse sido *flapper* no tempo do Grande Gatsby, a melhor amiga de Pagu, namorada de Mick Jagger na Swinging London, modelo da Factory de Andy Warhol, macaca de auditório de James Brown no Olympia, parceira de Arnaldo Baptista e Laurie Anderson. Quase toda madrugada a voz de Cazuza aparecia na Fluminense FM ciciando uma das canções mais bonitas do Barão Vermelho: "Ser teu pão, ser tua comida/ Todo amor que houver nessa vida". Os programadores da rádio de Niterói adoravam embalar as horas mortas da noite naquele blues. E toda vez Neto pensava: é isso. É exatamente isso.

Durou menos de três meses o interlúdio. Num daqueles serões, passava de quatro da manhã e *Hatful of hollow*, dos Smiths, tinha chegado ao fim fazia uns dez minutos. O braço da vitrola voltara automaticamente para o lugar e nenhum dos dois se animava a levantar para renovar a trilha sonora. O silêncio era um fluido grosso a se expandir lentamente pela noite. De calção e camiseta, Neto estava sentado numa das extremidades do sofá — em seu colo uma pequena almofada onde Ludmila Godoy, deitada de comprido, apoiava a cabeça — quando sentiu que o peso daquele apoio ia passando de casual a menos casual. Difícil dizer como começou. Talvez tivesse bastado tomar consciência de uma vizinhança que já existia, que sempre havia existido, mas agora parecia nada menos que espantosa. Como se uma transparência repentina tomasse conta da parede atrás da qual amantes se devoravam.

Lúdi estava de olhos fechados. O pequeno abajur de canto enchia a sala de uma luz suave, meio tom de laranja acima da penumbra. Ouviram uma sirene ao longe. Sob a almofada, Neto começou a latejar.

A primeira massagem ela fez com o côncavo da nuca em movimentos circulares. Ele se inclinou para beijá-la.

"Você é a mulher mais linda que eu já vi na minha..."

"*Shhh*", boca de groselha chiando. "Não fala."

Alisou os seios dela sobre a camiseta.

"Tem uma coisa, querido: não posso dar pra você."

"Por quê?"

"Porque não posso."

"Me diz por quê", ele estava quase guinchando de frustração. A Agente 99 suspirou.

"Porque eu transei mais cedo com o Franco e para dois na mesma noite eu não dou. É contra os meus princípios."

"Porra."

"*Shhh*", soprou Lúdi outra vez. "Tá tudo bem." Virando de bruços, livrou-se da almofada e o engoliu.

Neto teve a impressão de que ela gostaria de experimentar um triângulo como o de *Jules et Jim*, o filme do Truffaut que os três tinham visto poucas semanas antes numa das sessões nostálgicas do Paissandu. Seria tão descolado. Habituado a ser o segundão, talvez estivesse disposto a concordar com o arranjo, mas a chance não se ofereceu. Nada teve de descolada a reação de Franco quando em tom franco, carinhoso, civilizado a namorada o inteirou da novidade no dia seguinte. A porta nem chegou a se abrir para a sugestão de algo tão ultrajante quanto um triângulo desencanado. Bem menos moderno do que parecia, ainda emaranhado nos cipós patriarcais suburbanos de Marechal Hermes, o cara reagiu com violência, cuspiu meia dúzia de frases desclassificantes e trocou uns sopapos com Neto — nada grave. Kopos devidamente estilhaçados, o ex-Kopo Derrum fez a mala e deixou o apartamento no mesmo dia. Lúdi ficou.

Maxwell Smart chorou quando soube do fim passional de sua banda preferida, mas foi o único. Adeus, KD & KD. Adeus, EMI. Adeus, futuro brilhante na música. O ex-Kopo Deleche não precisou fazer contas para saber que tinha saído no lucro. A mulher da sua vida era sua: vitória por aclamação. Teria filhos com ela. Seria seu pão, sua comida, todo amor que houvesse nessa vida. Envelheceriam juntos, levariam os netos para passear no zoológico.

Se reparasse melhor veria que atrás de um móvel no fundo do quadro, à espreita, denunciado pelo rabo frondoso, escondia-se o Esquilo Louco.

Lúdi acabou com ele. Fez pão da sua carne, vinho do seu sangue: o Lobisomem Punk era ela.

"Quer ouvir uma história de pai?", disse Neto com a boca cheia de salmão com torrada.

"Quero."

"É das boas. Esse meu amigo, vamos dizer que o nome dele era Antônio."

Gleyce Kelly se recostava na cabeceira contra os travesseiros empilhados, migalhas de torrada nos seios nus. Sentado no meio da cama, de frente para ela e com as pernas dobradas em posição de meditação, Neto parecia tudo menos relaxado. Os espelhos do Shalimar multiplicavam seus braços cortando o ar em todas as direções.

"O Antônio tinha vinte e um anos quando disse a si mesmo, pela primeira vez na vida, que estava amando. Ela era a mulher mais linda que o Antônio já tinha visto. Todo mundo sabe que não dá para confiar no senso estético dos apaixonados, chamam dragão de princesa, mas no caso era verdade. A menina era um espetáculo. Modernésima com seus anéis do tamanho de globos oculares e sapatos de bico-agulha, pode acreditar que era um estouro a amada do nosso Antônio. O figurino é de época porque essa é uma história do meio dos anos 80, você nem era nascida, princesa."

A loura de farmácia tomou um gole de champanhe, pousou a taça na mesinha de cabeceira e cruzou os braços.

"Entendi", disse. "A princesa se vestia de um jeito esquisito, mas o seu amigo estava, tipo, de quatro."

"De quatro e lambendo o chão que ela pisava. Feito um asno, um paquiderme. Não demorou estavam casados, não no papel mas na prática. O Antônio era órfão de mãe e a relação dele com o pai nunca tinha sido boa. O velho era um cara egocêntrico que tratava ele feito cachorro. Mas era o pai dele, né? Pai é pai. Era natural o Antônio dar valor ao que ele pensava, e achou que aquela era a sua grande chance de fazer o cara sentir orgulho dele uma vez na vida. Além do mais era natural que um acontecimento decisivo como aquele, a descoberta do grande amor, fosse comunicado à família, esfregado na cara do pai, ainda por cima uma mulher daquela qualidade. Olha aí, velho, tá vendo? Você não gosta de mim mas esse mulherão gosta. Como naquela música do Julinho da Adelaide, que aliás é o Chico, não sei se você conhece."

"Não."

"Não tem importância", disse Neto triturando mais uma torrada. "Num belo domingo de sol, o Antônio levou a amada para almoçar no Palácio de Versalhes, que era como ele chamava de gozação o apartamento bacanão do pai, com direito a porcelana inglesa, talheres de prata e o escambau. Ah, princesa, tinha que ver que sucesso! Os olhinhos do velho brilhavam. Os olhos do Antônio brilhavam de volta em resposta ao brilho nos olhinhos do pai. Os olhões da amada do Antônio também deviam estar brilhando mais do que já brilhavam normalmente. Uma cena familiar danada de bonita. O pai foi um anfitrião perfeito, charmoso como sabia ser quando queria. Como costumava ser com o mundo inteiro, aliás, menos com o próprio Antônio, mas naquele dia foi diferente. Ficou o almoço todo contando piadas, até se exibindo um pouco mas tudo encantador, o maior clima bom. Quando se despediram o Antônio estava feliz da vida e meio bêbado e pensou que a vida adulta dele começava naquele dia. E que ia ser uma vida maravilhosa."

Neto deixou a última frase suspensa no ar do quarto de motel enquanto enchia as duas taças, sustentando a garrafa de cabeça para baixo até descerem as últimas gotas.

"E foi maravilhosa? A vida dele?"

O sorriso já estava pronto, à espera da deixa para entrar em cena com um repuxão sarcástico do lado esquerdo. A voz saiu mais trêmula do que ele tinha planejado.

"Maravilhosa? Bom, a amada do Antônio e o pai dele começaram a se comer loucamente no dia seguinte. Ela confessou o caso para ele duas semanas depois. Disse que estava sofrendo muito, partida ao meio, coitadinha. Que não conseguia mais viver daquele jeito, que precisava escolher um dos dois e escolhia o pai."

Os olhos espaçados de Gleyce estavam do tamanho de moedas de um real.

“Nossa”, ela murmurou, “que filho da puta!”

“Não é sensacional essa história? Um brinde aos pais!”

Virou o champanhe com sofreguidão, um pouco de bebida lhe escorreu pelo queixo. Depois engrolou na garganta um barulho esquisito que era ao mesmo tempo riso, tosse, soluço, suspiro, olhos ficando molhados. Fungou. Por dois ou três minutos nada aconteceu. Os dois respiravam num quarto de motel no meio da madrugada, olhares desencontrados ricocheteando nos espelhos. Até que Gleyce disse:

“Mas, tipo assim, você enfiou a mão na cara dele, né?”

O soco no nariz de Murilo tinha sido imaginário. Bem no meio da cara, o murro de um jovem ultrajado no centro da lata de um homem de meia-idade. Que nunca aconteceu. O que tinha acontecido era borrado, tingido de cores alucinatórias por vinte e seis anos de esquecimento forçado. Um jorro de insultos lançado feito vômito na cara do pai assim que a porta se abriu. O cafajeste erguendo a mão para esbofetear o insolente e detendo o gesto no meio. Um nó de energia que pulsava distorcendo tudo — a mão parada no ar. O filho descobrindo atônito o quanto desejava que aquela mão descesse na sua cara com uma violência de coice, sangue, dentes quebrados, mas isso também não aconteceu. A tensão crescendo até vergar o filho de joelhos como se o acometesse uma cólica aguda, posição lamentável em que ele finalmente se desmanchou num choro de criança.

“Eu amo a Lúdi”, ainda ouvia Murilo dizer por cima dos seus soluços, embora às vezes desconfiasse que a clareza prodigiosa daquelas palavras pudesse ser também uma alucinação. “Amor de verdade, você consegue entender? Não tem nada mais importante no mundo. Não tem nada que eu possa fazer. Você é homem para aceitar isso? Se quiser me odiar, tem todo o direito. A escolha é sua, não minha. Agora vá embora da minha casa.”

Gleyce puxou seu rosto para aninhá-lo entre os nanopeitos graciosos, bicos chocolate.

"Ah, querido, meu querido", disse em seu ouvido. "Filhos da puta se merecem. Você não tem nada de filho da puta, só é filho de um filho da puta, e, tipo assim, depois dessa história bizarra eu amo você mais ainda."

Ela nem precisaria ter conjugado o verbo proibido pelo Método. Neto já tinha decidido que estava vendo Gleyce Kelly pela última vez antes mesmo de começar a contar a história do amor de Murilo Filho e Ludmila Godoy — "amor de verdade" que, com menos de dois meses de duração, tinha sido mais efêmero que o seu rolo com a caixa da farmácia Belacap. A história que ela tanto insistira para ouvir era o presente gentil que Will Robinson, suave no pouso e na decolagem, deixava ao dizer adeus.

Os rumores de que Murilo Filho tinha sido informante dos serviços de inteligência da ditadura militar nunca chegaram a ganhar a consistência de uma prova, embora tampouco tenham deixado de rondar a reputação do pai como mosquitos que se esquivam de todos os tapas mas não param de zumbir e incomodar. Nesse ponto era diferente da história de Wilson Simonal, seu grande amigo de juventude. Em 1971, o superastro da canção se viu mal de finanças e cismou que seu ex contador havia lhe aplicado um desfalque. Concebeu então um plano que deve ter parecido genial: aproveitar a truculência daqueles tempos, os mais brutais da história do regime, e borrar um pouco mais as fronteiras que já não eram claras — no Brasil nunca são — entre esfera pública e esfera privada, violência institucionalizada e violência bandida. Chamou uns amigos barra-pesada para que torturassem o contador até ele confessar o crime. Os seguranças de Simonal, que eram militares, levaram o homem para as dependências do Departamento de Ordem Política e Social, no Rio, onde se interrogavam presos políticos. Não extraíram dele confissão alguma, mas arranjaram para o patrão um processo por sequestro e extorsão que em pouco tempo o transformaria em pária, leproso, saco de pancadas de um país inteiro. Do ápice do sucesso de massa, o dono da voz mais negra e suingada da música brasileira despencou de cabeça, reto como um martelo, até se esborrachar no fundo do abismo. Transformado em sinônimo popular de dedo-duro, nunca se reabilitou. Morreria de cirrose, esquecido, pobre como tinha nascido sessenta e dois anos antes, no dia 25 de junho de 2000.

Depois que o ódio entre pai e filho ganhou o selo Lúdi de qualidade e eles deixaram oficialmente de se falar, Neto começou a torcer para que Murilo tivesse o mesmo destino de Simonal. Chegou a acreditar que seria inevitável. A fama de reacionário estava consolidada. Fazia anos que o *Pasquim* só o chamava de Murinho Falho, apelido inventado, parece, pelo Ivan Lessa, e comentava-se que João Saldanha, comunista e colega de *JB*, virava a cara e cuspia de lado toda vez que cruzava com o ex-Dickens de Campos Sales na redação da avenida Brasil. Contudo, reações desse tipo eram casos isolados, passavam longe de condenar o pai ao ostracismo. Murilo Filho continuou a escrever três vezes por semana sua coluna no jornal, nome importante na equipe, praticamente uma vaca sagrada. O auge de seu sucesso tinha ficado para trás, mas que castigo mais chinfrim era aquele, amargurava-se Neto, se o auge do sucesso do futebol brasileiro sobre o qual ele escrevia também tinha ficado para trás e o do próprio *JB* ia no mesmo caminho?

Por alguns anos após a hecatombe familiar de 1986, as únicas notícias que teve de Murilo lhe chegavam através de Conceição, para quem telefonava duas vezes por mês em horários escolhidos de forma a eliminar o risco de que o pai atendesse.

"Não vem contar nada do Murilo, Conceição, não me interessa. Você está bem?"

Ela nunca obedecia. Incapaz de ser rude com sua mãe preta e mandá-la calar a boca ou bater o telefone, Neto soube que o pai tinha feito uma operação para extrair o apêndice inflamado. Que tinha parado de fumar do dia para a noite sem a ajuda de remédios ou adesivos, tremenda força de vontade. Que andava triste, cabisbaixo, saindo menos à noite. Sentia falta de Neto, ela não tinha dúvida.

"Perdoa ele, meu filho. Seu pai está ficando velho. É um homem tão bom. Meio difícil, mas bom", um dia Conceição achou de reeditar o velho mantra. Neto despejou em seu ouvido uma gargalhada tão feroz e doentia que aquelas palavras nunca mais foram pronunciadas.

"Me fala de você, Conceição", insistia. "Deixa o canalha do Murilo, eu quero saber de você. Está bem de saúde?"

O máximo que conseguiu arrancar da mulher foi a informação de que, depois de todos aqueles anos, estava quase juntando o bastante para comprar em Merequendu uma casinha onde cair morta: também estava ficando velha, mais de sessenta, tinha que pensar no futuro.

A saudade que sentia da mãe adotiva não era suficiente para convencer Neto a pisar de novo no apartamento do Parque Guinle, mesmo sabendo que seria moleza agendar uma visita na ausência do pai. Conceição morava no palco de todas as suas desgraças: as humilhações da infância, o almoço maldito com Lúdi, o chororô aos pés de Murilo. Prometia vagamente ir lá uma hora, mas nunca ia. Nunca foi. Um dia a voz de mulher que atendeu o telefone não era a de Conceição.

"Quem está falando?"

"Deseja falar com quem?", um sotaque nordestino.

"A Conceição está?"

Silêncio do outro lado.

"Alô!"

"Quem fala?", a voz agora parecia mais distante. "É parente dela?"

"Quem fala aqui é Murilo Neto. A Conceição me conhece. É só pôr ela na linha."

"Olha, é que, ai, meu Deus. A Conceição faleceu."

O coração deu uma pancada forte. Uma só.

"Não, não", foi sua primeira reação. "Aí é do Parque Guinle? Casa do Murilo Filho?"

A mulher explicou que se chamava Cassandra, era a nova empregada. Não havia chegado a conhecer Conceição. Sabia, porque o patrão abriu o jogo quando a contratou, que sua antecessora tinha morrido dormindo na cama do quartinho de serviço que agora era seu. Coração, parecia. Acharam ela durinha agarrada em seu crucifixo, o dr. Murilo disse que o confisco da poupança do Plano Collor matou ela, tinha acabado de dar entrada numa casa, estava agora ao lado de Deus e dos anjos do Senhor.

"Não", repetia Neto, soluçando, "não, não", mas já não duvidava do que dizia Cassandra. "E o filho da puta nem me avisou, né? Por que o filho da puta do seu patrão não me avisou?"

"Desculpa, tenho que desligar."

Declarou-se triplamente órfão: de mãe, de pai, de mãe outra vez. Em plena vigência do luto por Conceição, começou as sessões com Ludwig duas vezes por semana. Aquilo custava uma fortuna, e após umas poucas tentativas frustradas de trabalhar como jornalista seus proventos de revisor mal cobriam as despesas básicas, mas achou que as circunstâncias justificavam o emprego de parte da herança da mãe numa terapia consistente, sóbria, freudiana. Imaginou que Elvira aprovaria.

"O que acontece com o Édipo na cabeça de um menino quando a mãe morre? Vira necrofilia?", perguntou um dia ao analista. Julgava a dúvida pertinente, mas Ludwig era incapaz de responder qualquer coisa de forma direta.

“Parece que você não consegue perdoar a sua mãe por ter te largado. Por ter decidido que a morte era melhor do que a vida ao seu lado. E não consegue se perdoar por não perdoar ela.”

Ludwig durou menos do que o Santo Daime em sua vida. Largou a terapia depois de sete semanas e empatou o dinheiro no Maverick, a princípio como forma de impressionar a Luciana — velhos tempos —, atendente num café do Shopping da Gávea que lembrava a Grace Jones e tinha o sonho de virar aeromoça. O que se estendia à sua frente era uma vida de merda, via com clareza agora, mas tudo bem, que fosse. Uma vida de merda. Teria a companhia das multidões.

Quando acordou, todas as moléculas do quarto zumbiam, e na luz que vazava da janela havia uma faixa nítida de infravermelho ou ultravioleta, como uma TV com fantasma. Acabava de sair de um sonho, nos últimos tempos não parava mais de sonhar. Normalmente eram pesadelos confusos, pegajosos, mas não esse. Esse sonho se passava no Rocio e era agradável. Estava ao lado de Murilo à beira da represa num dia azul e dourado. Os dois sorriam cúmplices. De repente empurrou o corpo do pai, tão leve quanto o do Manteiga, juntou um maço de cabelos ralos e segurou sua cabeça embaixo d’água. Tudo fácil, suave. Murilo morreu sem se debater. No corredor levou um susto com a mancha na parede ao lado da porta do banheiro, núcleo cinza-esverdeado do tamanho de um LP e contornos irregulares que lembravam o mapa de Minas Gerais. A infiltração não era nova, mas seu crescimento parecia ter se acelerado nos últimos dias. Precisava ligar para o pedreiro recomendado pelo síndico. Ficou um tempão estudando a intrincada nódoa de umidade, seus veios de bolor, o gosto do sono ainda na boca.

Nas horas mortas que lhe restavam à beira da represa — e

também nas outras, infinitas, que aguardavam estocadas no futuro — ia se lembrar muitas vezes daquele momento. O instante em que compreendeu que alguma coisa além da sua compreensão estava em curso. A infiltração no corredor era mais que um símbolo: era a própria rachadura no dique.

Fez um café com leite e sentou-se à escrivaninha para começar a revisão de um livro chamado A *magia do pensamento positivo: Lições de quem fez fama e fortuna em menos de três semanas*, de J. J. Frampton, ph.D.

> *Uma pessoa que se auto-conhece verdadeiramente, deveria conhecer tudo o que está lá para ser conhecido: pontos positivos, qualidades, bravura, generozidade, liderança, espírito artístico lado a lado com os pontos menos positivos e defeitos, também, cujos ninguém está livre de ter como eventualmente seja o caso.*

Meu Deus.

> *O erro de pensar que esse auto-conhecimento, pode atrapalhar o desempenho, abandonando a pessoa desmotivada pela revelação de seus tantos lados menos elogiozos da personalidade é um erro, que a maioria das pessoas incorre em. Atualmente, a auto-ilusão não pode ser a base para a vida: pensamento positivo não é decepção.*

Bastou. Revisor de textos, revisor de costumes, Neto embarcou numa longa sessão de xingamento em voz alta. Ofendeu o autor. A tradutora. Os analfabetos funcionais que devoravam aquele tipo de cocô. As editoras que empacotavam e distribuíam o cocô por uma rede sanitária de milhares de livrarias. As livrarias. Os revisores mercenários como ele próprio que pingavam no cocô suas gotinhas de flavorizante em troca de um pagamento pífio que jamais lhe permitiria morar na Gávea e paparicar um Maverick 77 se não fosse a herança de Elvira. Em meio ao surto xingatório, não percebia ou percebia num plano situado milímetros abaixo da consciência que sua irritação era dirigida aos endereços errados e tinha tudo para ser devolvida pelo correio com o carimbo "destinatário inexistente".

Tomou um Rivotril e se deitou no estofamento zebrado do sofá da sala para ouvir o vinil de *Atom heart mother*. "Summer '68", a melhor faixa do álbum do Pink Floyd conhecido como Disco da Vaca, o levou às lágrimas. Na parede acima do sofá dois pôsteres gigantes faziam comentários desencontrados sobre a cena. Havia sarcasmo na imagem em preto e branco do Dr. Smith ladeado pelo robô B9, o benigno — "*Never fear, Smith is here*" —, enquanto Tony e Doug, evidentemente solidários a ele, rolavam coloridos e perdidos para sempre no hiperespaço do Túnel do Tempo.

Ouviu a canção por duas horas seguidas, levantando-se a cada audição para reposicionar o braço da eletrola GE modelo bufê. Um trecho do arranjo vocal tinha sido por anos o tema do *Jornal Nacional* apresentado por Cid Moreira e Sérgio Chapellin, quando talvez ainda não fosse tarde demais. Não ainda, não totalmente, nem para Neto nem para o mundo. Era impreciso o momento em que tinha caído fora de sincronia com o universo e tudo se tornara tão estúpido. Ou a culpa era só dele, um caso de desilusão de ótica? Quem é você? O que faz aqui? Cala a boca, Esquilo Louco. Pensou em dar outra chance a Gleyce, que aquela manhã havia deixado um recado fofo na caixa postal de seu celular, marcar para mais tarde uma sessão de *sexual healing*, como cantava o grande Marvin Gaye — seu último sucesso antes de ser assassinado pelo próprio pai. Não se mexeu. A música do Floyd era linda, mas guardava ecos dos corretivos que Murilo tinha o hábito de lhe aplicar na época por qualquer bobagem, palavrão à mesa, xixi na cama, conversas com o espelho, a ninguém ocorrendo chamar aquilo de crime. *Paaá, pa-paaá, pa-paaá* — mão aberta estalando na sua cara —, *pa-pa-pá, parararapa-paaá!*

Depois que Smart fechou a loja, fizeram como de costume a caminhada de cinco minutos até o apartamento que ele dividia com a mãe semi-inválida na rua Santa Clara. Neto não gostava de pisar ali. Ficava deprimido com a superlotação de bibelôs sobre os móveis pesados de jacarandá e com a penumbra do ambiente que as cortinas de veludo roxo ajudavam a manter enfumaçado dos cigarros de d. Virgínia, Miss Piraquê 1962. A mãe do amigo acendia um na guimba do outro, encalhada feito uma baleia em frente à televisão ligada o dia inteiro na Globo. Para Smart, era inconcebível encerrar o expediente e sair para derrubar meia dúzia de cervejas sem antes passar em casa, onde tinha duas medidas a tomar. A primeira era preparar um balde de mingau de aveia e uma travessa de biscoitos recheados de morango e chocolate para d. Virgínia fagocitar entre tragadas de Hollywood. A segunda era se fechar em seu quarto para dar três ou quatro tapas num baseado que nunca deixava de insistir para que o amigo compartilhasse. Neto sempre recusava a oferta. Fazia anos que tinha admitido, após uma vida de negação, não haver nada para ele ali além de um coquetel de autossabotagem feito de paranoia, leseira e descoordenação motora.

Em seu quarto estranhamente infantil, cama de solteiro e tudo, Smart acendeu como sempre o incenso destinado a despistar d. Virgínia. A precaução era excessiva, baseada no pressuposto de que a mulher fumegante conservava o sentido do olfato. Sentado na cama, levou a chama do isqueiro Bic a uma bagana de bom tamanho enquanto Neto se remexia pouco à vontade numa cadeira de lona modelo cineasta. O amigo logo estava com os olhos pequenininhos, falando floreado:

"Censurar, quem há de? Fumo porque tenho vontade."

"Sei", disse Neto. "E a vida amorosa, como vai?"

"Um dia uma messalina, no outro uma rameira. Não sou doido de me queixar. Lugares de comovente grau de civilização, as termas do Rio são. Já comentei com você a conclusão a que cheguei depois de longos anos de estudo?"

Tinha comentado algumas vezes, mas Neto entendeu que a pergunta era retórica e ficou calado.

"Cheguei à conclusão que as termas cariocas rivalizam na qualidade do material, digamos, 'ginético' com qualquer prostíbulo da história. Qualquer um, inclusive aqueles das épocas mais opulentas e libertinas da humanidade. Com a vantagem de superar a maioria nos quesitos segurança e higiene. Semana passada na Centaurus peguei uma menina *barely legal* que minha Nossa Senhora dos Puteiros, amigo! *Holy fucking fuck*. Sabe a Megan Fox?"

"Você é um cara de sorte."

"Sou um infeliz que pesa cento e trinta quilos e cuida da mãe maluca, mas não me afogo em lamúrias. E quanto a você, meu caro Odair da Gávea? Só passando a régua nas empregadinhas?"

"Não saio com empregadas domésticas."

"Ué, não? *Whatever*."

Retrocederam no caminho que tinham acabado de fazer e foram à Adega Pérola, com seu ambiente atulhado, sujinho e supervalorizado de boteco carioca tradicional que até aquele momento Neto não tinha consciência de detestar com tamanha intensidade. Noite mal começando, havia uma ou outra mesa vazia, mas em breve o lugar estaria vazando gente na calçada.

Smart tinha tanta intimidade com a casa que os garçons já nem lhe faziam festa, limitavam-se a balançar a cabeça e grunhir, como relógios de ponto registrando uma presença diária. Pediram uma cerveja e uma porção de bolinhos de bacalhau.

"Estou fodido, meu amigo", disse Neto.

"E quando é que não esteve?"

"Sério, Smart. O Rivotril não faz efeito mais."

"E quer que eu te receite o quê? Morfina?"

"Estou indo visitar o meu pai todo domingo. Não falha um."

"*Whoa*", disse o gordo. Neto tinha finalmente capturado sua atenção. "E posso perguntar por que você está fazendo isso?"

"Sei lá. O cara está morrendo, me chamou. Diz que quer amarrar as pontas da vida. Fica falando de futebol."

"Entendo. Isso é ele. Mas por que você está fazendo isso?"

"Acho que no fundo o Murilo não se conforma de morrer sem ter entendido alguma coisa profunda sobre o Brasil, uma maluquice assim. Fica contando histórias dos craques do passado e procurando no futebol uma imagem de corpo inteiro da nacionalidade, sabe esse papo? Uma contribuição qualquer à marcha da civilização, mestiçagem, tolerância, jogo de corpo, antropofagia, besteiras do gênero. Não entende ou não quer entender que já era, estilhaçou tudo, fodeu tudo. Não tem mais Brasil, se é que um dia teve. Não tem um país só."

"Presta atenção que eu vou repetir a pergunta: por que *você* está nessa?"

"Não sei, Smart. Por piedade, eu acho. Porque estou tentando ser um cara bom", e nesse ponto, temendo soar piegas, deu às palavras uma entonação de itálico que no fundo nada alterava, a não ser por enfatizar sua covardia.

"E o que é a piedade para você, Eutifro?"

"Hein?"

"A piedade é amada pelos deuses porque é piedosa ou é piedosa porque é amada pelos deuses?"

"Efeito Tostines para cima de mim, Smart? Não estou brincando, cara."

"Brincando tampouco estava o Sócrates, meu caro, quando propôs a questão num diálogo platônico. E olha que eu não estou falando do jogador de futebol. Fico pensando aqui na sua ideia de bondade. Seu pai é um filho da puta, certo? Isso é um absoluto filosófico. Parece que o do Eutifro também era. O diálogo com o Sócrates acontece na porta do tribunal, eles se encontram por acaso quando o cara, muito seguro de estar do lado do bem, vai denunciar o próprio pai por um assassinato culposo. Sabe o que o Espinosa dizia? Que nós não desejamos uma coisa porque consideramos ela boa, nós consideramos ela boa porque a desejamos. Acho que o Eutifro queria se livrar do velho. Você deseja visitar o seu pai todo domingo. Encare os fatos."

"Tá legal. Como filósofo, você é um grande antiquário."

Smart puxou o elástico de seu rabo de cavalo, agarrou com as duas mãos a cabeleira vermelha, como se ela pudesse sair correndo, e voltou a prendê-la com perícia.

"Sabe o que me preocupa em você, *old friend*?"

"O que te preocupa em mim, Maxwell Smart?"

"Para um sujeito de temperamento reflexivo, você é singularmente incapaz de reflexão. No seu lugar eu tomaria muito cuidado com o Murilo Filho."

"Pode deixar. O pior você não sabe. Contei a história sórdida do Murilo com a Lúdi para a menina que eu estou saindo. Que eu estava saindo. É a primeira vez na vida que faço isso."

"Ah, mas que ótimo! *Awesome*. Estou falando sério, muito bom mesmo. E com o seu pai, esse singelo tópico já veio à baila?"

Neto hesitou. Por algum tempo tinha sido incapaz de decidir se agira com virilidade ou covardia ao mandar o velho calar a boca no único domingo em que Lúdi ameaçou pôr a cabeça para fora da represa como o monstro do lago Ness. Especulava se era possível ser valente e pusilânime ao mesmo tempo, no mesmo ato, uma quimera com corpo de Major West e cabeça de Dr. Smith. Em *Perdidos no espaço* nada semelhante jamais havia acontecido, embora acontecessem coisas bem esquisitas: tudo era moralmente claro. Também demorou a decidir se tinha feito bem ao refrear naquele momento o impulso de abandonar no meio a pescaria e nunca mais pisar no Rocio, deixando em vez disso que a pantomima ganhasse mais um ato em que pai e filho mastigavam peixe assado na varanda como se fossem grandes amigos, Murilo ligando na potência máxima sua capacidade de mudar de assunto a cada dois minutos. Agora, sentado na Adega Pérola diante de Smart, chegava enfim a um veredito: tinha sido um bundão. Mentiu para o amigo.

"Não deu tempo. O cara está completamente gagá e não para de falar de futebol um segundo. Às vezes o discurso dele me lembra a Toca do Smart, entulhado de bugigangas até o teto."

"*Only natural.* O futebol é um grande produtor de lixo pop."

"Mas ele não acha que é lixo, aí que está. Fica tentando encontrar um sentido profundo naquilo."

"Exatamente como você."

"Eu?"

"Você faz a mesma coisa, Neto. Vai dizer que não acha que nós somos especiais porque estivemos entre os primeiros a ser expostos à televisão desde o berço? A primeira mamadeira coincidindo com o primeiro episódio do *National Kid*? O primeiro prato de farinha láctea sorvido ao som do tema de O *vigilante rodoviário*?"

"E seu cachorro Lobo! Como era mesmo a musiquinha?"

Smart pareceu meio contrariado.

"Não interessa. Vamos pedir outra porção?"

Já estava fazendo sinal para o garçom.

"Aproveita e pede mais uma cerveja."

"Essa é a diferença entre nós, Neto. Você acha essas bobagens muito importantes."

"São importantes para mim."

"Como o futebol é importante para o seu pai. Vocês dois tentam ver história onde só tem lixo. O pop não tem história. Lamento ser eu a te dar a notícia. Para existir história é preciso existir algum interesse das gerações seguintes em contar essa história, aprender com ela, tirar lições. Fora o maluco do Iúri, que frequenta a Toca do Smart porque não tem vida, o interesse das novas gerações pelo que estava acontecendo nas nossas alminhas verdejantes entre os anos 60 e 70 é zero."

"Não é zero."

"É zero. Tem os hipsters, mas isso é outra coisa. O pop tem revival, mas não tem história."

"Você está sofismando, Smart. Qual é a diferença?"

O outro fez sinal para que esperasse. Mal o prato chegou à mesa, enfiou um bolinho de bacalhau inteiro na boca e mastigou depressa. Virou um copo de cerveja para fazer aquilo descer. Respirou fundo.

"Vamos lá, então. Lições do professor Smart. O revival é ao mesmo tempo mais acrítico e mais seletivo do que a história. Não quer saber do quadro, da moldura. Só se interessa pelo detalhe fetichista fora de contexto. É tão kitsch quanto uma miniatura do Capitólio numa praça de Caruaru. Lógico que o detalhe que escolhe não é qualquer um, é o que a moda investe de valor naquele momento. O revival é um canhão de luz de foco estreito vasculhando um lixão. Imagine uma Toca do Smart em escala planetária. Cordilheiras de brinquedos quebrados em caixas de papelão atacadas por fungos. Esse é o lixão que o pop vai deixando pelo caminho e que o canhãozinho de luz da contemporaneidade varre. Varre e de repente se fixa num brinquedo qualquer. Oba, viva o Velvet Underground! Todo mundo correndo em círculos histéricos. Eba! Viva! Mas amanhã o foco se desloca e... opa! O que temos aqui? Kopo Deleche & Kopo Derrum!"

"Vai tomar no cu."

"E assim por diante. O facho de luz tem o poder de valorizar o lixo mas é volúvel, arisco, e tudo o que deixa de fora é só lixo mesmo. Esse é o revival. E a história? Outro papo. Para ela tudo tem valor, mesmo que careça de um valor individual que seja grande coisa. Tudo faz parte de um quadro enigmático que ficou no passado e que para ser decifrado tem que ser levado em conta na sua inteireza. Pelo que entendi, é o que o seu pai está tentando fazer. Só que ninguém está interessado na inteireza de uma montanha de lixo, confere?"

"Mas o que você está dizendo, cara? É evidente que o pop tem história. Seu trabalho é uma prova disso."

"Tem nada. O que tem história é a arte. O pop é aquilo que vem depois da arte, o tanque de ácido em que a arte se dissolve. Vê as borbulhinhas? Adeusinho, querida arte! Não esquece de levar a história com você! O pop está condenado, *my good old* Kopo Deleche, a ser um fluxo contínuo. Só existe no presente. Alguns cadáveres do pop podem ser tirados da cova de vez em quando, vagar uns tempos por aí como zumbis, mas são zumbis. Mortos-vivos mantidos de pé pelo fetichismo. Só a história poderia salvá-los, mas ela é a sua primeira vítima. A verdade é que Maxwell Smart vive de lixo, meu amigo. A começar por esse nome ridículo que decidi adotar. É como disse o Kafka: sou feito de lixo, não sou nada além disso e não posso ambicionar ser nada além disso."

"Você está doidão."

"Claro que estou. Isso não muda uma única roldana quebrada, uma única carcaça enferrujada de Matchbox no fato incontestável da montanha de lixo em que eu chafurdo. Sou um *scavenger* doidão."

"Que tal calar a boca um minuto?"

"Aposto que você ficava de pau duro com a Jeannie, não ficava?"

"Ô. E como."

"Come nada. Mesmo porque a Barbara Eden hoje é uma perua pelancuda."

"Mais respeito com as deusas, seu puto."

"Mas queria. Já a Samantha era diferente, não era? Com ela você tinha planos de casamento."

"Tinha. Eu teria poupado a Elizabeth Montgomery de todos aqueles maridos e da vida infeliz que ela levou."

Smart riu baixinho sua risada de Papai Noel ruivo.

"E nada disso tem a menor importância, *you silly douche-bag.*"

O consultório do dr. Deusimar Floriano, cardiologista, ficava num prediozinho de cinco andares no centro de Petrópolis. Na recepção modelo de bolso, uma pessoa acomodada no pequeno sofá de dois lugares ao lado do porta-revistas transbordante de edições arqueológicas de *Caras* só precisaria esticar o braço para cutucar o ombro da recepcionista sentada atrás de um modesto balcão de compensado. De frente para o sofá, um quadro a óleo gigantesco que talvez começasse a se sentir confortável numa parede dez vezes maior esgoelava sua proposta estética: fundir as silhuetas de uma mulher e um tigre sob a lua cheia que na verdade era uma pérola em sua concha negro-azulada que na verdade era a própria abóbada da noite infinita. Neto não se lembrava de jamais ter visto nada tão brega.

De improviso, ao se ver no telefone com a recepcionista de voz rouca — provavelmente a mesma coroa com focinho de bóxer que agora dividia com ele o cubículo da mulher-tigre — tinha preferido agendar uma consulta como se fosse ele o paciente, sem mencionar Murilo Filho. Não sabia por que tinha feito isso. A consulta foi marcada para uma tarde de quarta-feira e ia lhe custar trezentos e cinquenta reais.

Com um atraso de quarenta minutos, que nos padrões da medicina privada brasileira passava por pontualidade, a mulher-bóxer segurou a porta para que ele entrasse num consultório confortável que a exiguidade da sala de espera fazia parecer maior. Atrás de uma mesa de tampo de vidro organizada com capricho neurótico, um homem baixinho e careca de cerca de quarenta anos exalando forte perfume cítrico se pôs de pé e lhe estendeu uma fria mão de réptil. Seu sorriso protocolar, tenso e curto, detinha-se a meio centímetro do esgar de desprezo. Fez sinal para Neto sentar numa das duas cadeiras de couro de frente para a mesa, ambas mais baixas que a sua, que era de espaldar alto. Observou-o com olhos claros sem expressão enquanto ele explicava o que o levava ali.

"Então você é filho do Murilo? Ele nunca me disse que tinha um filho."

"Andávamos meio brigados."

"Não me leve a mal, mas vou precisar de uma prova."

Neto tirou a carteira do bolso traseiro e pinçou nela sua identidade. O médico lançou um rápido olhar para o documento antes de descartá-lo sobre a mesa de vidro com um movimento casual de jogador de buraco.

"É por isso que genética era a minha pior matéria na faculdade. Você não tem absolutamente nada do seu pai. O que quer saber?"

"Quero saber tudo", pegou-se rangendo os dentes, impressionado com a intensidade do desejo de esmurrar o dr. Deusimar Floriano.

O sujeito fechou os olhos enquanto durou seu suspiro de

saco cheio ostensivo. Uniu as pontas dos dedos diante do rosto e o encarou.

"Seu pai está morrendo. Uma cirurgia de revascularização miocárdica com substituição da válvula aórtica poderia lhe dar mais algum tempo de vida, mas o quadro clínico geral me levou a descartar essa conduta. As chances dele não resistir a um procedimento invasivo com circulação extracorpórea seriam de nove em dez. Talvez um pouco mais. O problema de Murilo é aquele orgulho gigante dele. Demorou demais a procurar ajuda, tem sorte de ainda estar vivo. Estamos controlando com medicação, é o que resta fazer. Posso recitar toda a farmacopeia se você quiser: anti-hipertensivos, betabloqueadores, anticoagulantes, dinitrato de isossorbida para as crises de angina, ansiolíticos, mas acho que para você estou falando grego. Mais alguma coisa?"

"Quanto tempo ele tem?"

"Difícil dizer. Um dia? Um mês? De seis meses é difícil que passe. Tudo depende de como ele se comportar, do repouso, da alimentação, da ausência de estresse. E da sorte, claro. Agora é aquilo que o pessoal gosta de dizer: está nas mãos de Deus. Se é que você acredita em Deus."

"A fé", cuspiu Neto, "é o último refúgio dos charlatões."

O homúnculo pareceu surpreso. Após alguns segundos de pasmo, o sorriso que crispou seu rosto era sinceramente divertido.

"Fé é de cada um, claro. Mas entendo sua revolta. Se quer mesmo ser útil, faça o seu pai parar de tomar Viagra."

"O quê?"

"Viagra. Citrato de sildenafila. Droga contra disfunção erétil."

"Eu sei o que é Viagra. Mas..."

"Faça ele parar de tomar. Viagra na condição dele é suicídio."

"Não estou entendendo. Por que o meu pai ia tomar Viagra?"

"Me diga você."

"Ele contou isso? Contou que está tomando?"

"Não contou. Pode chamar de palpite. Charlatões têm dessas coisas."

Nos domingos seguintes — todos iguais ou quase iguais com seus cineminhas, croquetes, pescarias, peixes na brasa com salada orgânica, horas mortas à espera de um raio que alterasse a paisagem para sempre — Neto fez algumas tentativas de falar de Lúdi, mas os dribles do velho iam ganhando diversidade e colorido à medida que o outono envelhecia e despencava a temperatura do Rocio. O filho lhe perguntava se ele vinha tomando Viagra para comer a Uiara e também o que o Maguila achava disso. O pai recitava os versos neoclássicos que uma certa Ana Amélia tinha feito para seu marido, o lendário Marcos Carneiro de Mendonça, goleiro do Fluminense na belle époque do futebol:

Ao ver-te hoje saltar para um torneio atlético,
Sereno, forte, audaz como um vulto da Ilíada
Todo meu ser vibrou num ímpeto frenético
Como diante de um grego, herói de uma Olimpíada.

Estremeci fitando esse teu porte estético
Como diante de Apolo estremecera a dríada.
Era um conjunto de arte esplendoroso e poético,
Enredo e inspiração para uma heliconíada.

Às vezes a resposta demente de Murilo se ligava por um fio à pergunta. Neto queria saber se era verdade o que diziam, que ele tinha dedurado gente na ditadura, e o velho contava a história do dia de 1970 em que seu amigo Wilson Simonal — que estava na concentração para tirar uma onda e entreter os futuros tricampeões com sua voz maviosa de astro da canção —, o Simonal caiu no trote dos jogadores e realmente acreditou, o pavão, que tinha sido convocado pela comissão técnica para jogar a Copa.

A maior parte das vezes a resposta era puro disparate. Neto não demorou a descobrir que a caduquice do pai, mais grave a cada semana, tinha um lado confortável. Voltou a pensar naquela mistura de coragem e covardia quando se viu à beira da represa enunciando de forma cada vez mais abusada tudo o que tinha ficado preso em sua garganta a vida inteira.

"Elvira se matou por sua causa, seu mulherengo escroto."

Murilo ponderava que Nelinho tinha uma patada tão violenta que arrebentou as veias do peito do pé direito e teve que fazer uma angioplastia. Jair Rosa Pinto tinha um canhão no pé, Rivelino e Roberto Carlos também, mas outro igual àquele Manuel Resende de Mattos Cabral nunca houve, nunca mais ia haver.

"Você ainda não me pediu perdão por roubar a mulher da minha vida, seu filho da puta."

O velho reagia contando às gargalhadas a história de Robson, precursor de Michael Jackson, um jogador negro do Fluminense que ao ser entrevistado por Mario Filho sobre a existência de preconceito racial no futebol confirmou tudo dizendo: "Olha, seu Mario, eu já fui preto e sei o que é isso".

"Se você soubesse quantas vezes eu planejei te matar", dizia Neto, casual, como se comentasse que ia chover. "Desde garoto. Se eu fosse você abria o olho."

E Murilo nem piscava, já estava embarcando num relato sobre a vida e a morte de Almir, o Pernambuquinho, bom de bola mas o jogador mais indisciplinado da história do futebol mundial, machão que teve a glória de morrer num tiroteio na Galeria Alaska ao defender das provocações de três portugueses homofóbicos uma mesa de bailarinos do Dzi Croquettes que nem seus amigos eram.

"O pior foi quando a Conceição morreu e você nem me avisou. Na boa, difícil imaginar coisa mais nojenta, mais desumana."

O velho dava um sorriso beatífico.

"Sabia que na terra do Maradona muita gente ainda chama ponta de *güin*? Aquele Calomino deles era um *güin*, o nosso Garrincha para eles era um *güin*. Sabe de onde vem isso? Do inglês *wing*. Trocaram o gê de lugar. Não é engraçado?"

Às vezes Neto tinha certeza que o pai sabia o que estava fazendo e o papo detraquê era encenação. Uiara, que devia ter menos de trinta anos, não podia recorrer ao mesmo álibi. Um dia a pegou sozinha lavando a louça do jantar.

"O que você está fazendo com o meu pai, mulher?"

O corpo da caseira se retesou contra a pia. Ao fechar a torneira e se virar com o vestido grudado no ventre e nas coxas, enxugando as mãos no pano de prato, seu rosto era afogueado, queixo alto, cabelos escorridos balançando de leve na frente do busto. O pai devia olhar para Uiara e ver Iracema. Ele via Pocahontas.

"Tudo o que ele me pede, doutor."

"Tudo mesmo, né?"

"Só isso."

"Então me diz uma coisa, seu marido sabe que é corno?"

A boca rasgada se entreabriu meio centímetro, as narinas se dilataram.

"O senhor me desculpe falar assim, mas não é da sua conta."

"O Murilo é um velho, Uiara! E está gagá."

"O seu pai é o homem mais maravilhoso que eu já conheci. E quando eu falo homem, quero dizer homem."

Balançou a cabeça, incrédulo. Ela deve ter interpretado aquilo como um sinal de que o perigo havia passado. Abriu o sorriso que Neto apreciava desde o primeiro dia e que agora parecia diferente.

"O senhor está com ciúme."

A desconexão do pai com a realidade não era permanente. Ele continuava capaz de surtos logorreicos em que enfileirava pensamentos com lógica, ainda que uma lógica maníaca, mas apenas quando detinha o leme da conversa e a encaminhava para o mar alto da nostalgia futebolística. Os momentos de loucura, por sua vez, tinham mão dupla. Era mais raro, mas também acontecia: Neto soltava um comentário inócuo sobre, digamos, um beija-flor que adejasse às margens da represa e recebia de volta um olhar transtornado, Murilo dizendo com as veias saltadas no pescoço que pelo amor de uma mulher sempre tinha sido capaz de tudo e graças a Deus e à Pfizer continuava a ser capaz de tudo — nada de força de expressão aqui, tudo mesmo, matar, até morrer, porque de outro modo a vida não teria propósito e ele morreria de tédio se fosse mosca-morta como um certo Tiziu. Ou então Neto apontava uma nuvem em forma de bicho e ele tinha um acesso de riso.

"Do que você está rindo?"

"De você."

"Qual é a graça?"

"Você pensa que a sua mãe era santa, eu era o diabo e Elvira a santa. Não é isso que você pensa? Você não sabe nada, nada de nada de nada."

Nesses momentos não adiantava perseguir o assunto.

"Por que você está dizendo isso? Tem alguma coisa para me contar, conta de uma vez."

"Sabia que o Gérson fumava até no intervalo dos jogos?"

"Eu acho que você é um velho caquético que não sabe o que fala."

"Você nunca foi bom de achar, Tiziu. Só de perder."

Como um time que só soubesse jogar no contra-ataque, Murilo recompunha depressa o ferrolho do seu atordoamento senil após cada estocada de surpresa. Lá vinham em seu socorro Canhoteiro, Ademir da Guia, Gentil Cardoso, Neném Prancha, arrepios de outros tempos, guerreiros mortos, e Neto tinha que dar um jeito de processar sozinho o veneno da raiva correndo veloz em suas veias. Xingar era inútil, os palavrões resvalavam no velho — por pouco, pouco, muito pouco, pouco mesmo — e iam se perder na Mata Atlântica. Era como se o pai tivesse à sua volta um daqueles campos de blindagem magnética dos seriados de ficção científica.

Num desses domingos, voltava para o Rio no início da noite quando decidiu parar na vendinha à beira da estrada. O movimento estava no auge. Os peões — entre os quais podia jurar que estavam os três de sempre, aqueles da primeira visita, testemunhas do marco fundador do ritual — interromperam o que estavam fazendo, beber, jogar sinuca, discutir aos berros sobre futebol, pararam tudo para receber o Maverick com olhares abestalhados. No silêncio subitamente cheio de grilos, Neto saltou do carro e deu uma palmada no balcão:

"Cachaça pra todo mundo!"

Foi a senha para que os homens retomassem as conversas e as bolas de sinuca voltassem a estalar umas contra as outras. Daquele bolo de corpos rudes cheirando a suor começaram a vir os primeiros tapinhas nas costas, do burburinho de vozes cruzadas as perguntas sobre o carro e finalmente, gradação alcoólica subindo, sobre o que comemoravam.

"Quero fazer um brinde", disse Neto erguendo o copo. Ia virar a terceira cachaça e sentiu que sua língua tentava adquirir movimentos próprios de lesma. Saboreou o suspense por um ou dois compassos além da conta e completou: "Um brinde ao meu falecido pai!".

Isso teve o poder de restaurar o silêncio na maioria das bocas. Umas poucas murmuraram: "É o filho do dr. Murilo", "O dr. Murilo morreu?". Neto virou a cachaça e riu.

"Não morreu, mas vai."

"Vamos todos, amigo", atalhou o dono do bar, um sujeito de expressão inteligente e modos pacatos que os clientes chamavam de Jotinha.

"Verdade. Mas aquele filho da puta vai primeiro."

Jotinha lhe deu as costas e foi providenciar alguma coisa lá dentro. Por um tempo só tosses curtas e o entrechoque de bolas de sinuca se fizeram ouvir. Quebrada a magia da camaradagem alcoólica, revogados os tapinhas nas costas, os olhos dos capiaus fugiam dos seus. Aquela gente tosca gostaria tanto assim de Murilo Filho? Ele se deu conta de que bastaria ficar ali mais dez minutos para arranjar uma briga feia, quem sabe de faca, podia ser interessante. Cotovelos no balcão de madeira, namorou em silêncio no fundo do copo vazio o apelo dessa morte máscula até que num impulso, sem pedir para fechar a conta e calculando que aquilo pagaria a orgia, largou uma nota de cinquenta no balcão e saiu cantando pneu.

Tinha a sensação vaga de ter feito besteira. Tudo bem: não pretendia voltar a pôr os pés no Rocio. Na descida da serra, perto do mirante, a neblina na estrada se misturou com a de dentro da sua cabeça e as duas o levaram a frear tarde demais para evitar a colisão com o carro da frente. A batida foi leve. O outro carro era uma picape alta e nada sofreu, mas o Batmóvel ficou de focinho amarrotado, lanterna direita em cacos. Com os olhos cheios de lágrimas, os faróis que passavam na estrada explodindo nelas em arco-íris de escárnio, Neto teve a ideia de correr até a beira do precipício e se jogar. Acabar com aquela palhaçada de uma vez.

Um coro anterior à tragédia grega: indiferenciado, mítico, aquém da poesia e mesmo da linguagem, engendrando no caldo pré-histórico o espantoso fiat lux proteico que traz a eternidade embutida e com ela também a mortalidade, encapsuladas as duas na mesma fita de Moebius — o interfone o arrancou de um sonho estranho, textual, puras palavras em desfile. O porteiro disse que a srta. Gleyce Kelly desejava vê-lo. Só teve tempo de escovar os dentes e vestir uma bermuda.

"Não viu os meus recados?"

"Entra, Gleyce. Como descobriu o endereço?"

"Seu bobo. Quantas vezes você já não pediu entrega na farmácia?"

Sentaram-se no sofá de zebra. Ela não olhou duas vezes para a decoração, como se fosse banal encontrar por aí cadeiras de acrílico, televisores redondos de astronauta e eletrolas de pés-palitos. Neto também não olhou duas vezes para ela, mal registrou que vestia um top da cor de seus cabelos, minissaia jeans, sandálias vermelhas de salto alto. No sonho, eternidade e mortalidade estavam encapsuladas na mesma fita de Moebius em que a narrativa podia decidir num milionésimo de segundo se ia se projetar rumo ao fim do mundo ou recuar ao instante em que nada ainda era —

"Ei, você está ouvindo? Eu estou grávida!"

— quando tudo não passava de uma corrida desenfreada de milhões de pontas-esquerdas de antigamente, rebolativos e desembestados com milhões de línguas de fora para ver quem seria o primeiro a tocar a superfície lunar e então, zapapof! —

"Grávida?"

"Estou."

"Caralho."

"Isso mesmo, culpa dele."

"Tem certeza?"

— zapapof! fiat lux!, o que às vezes ocorria mesmo no banco traseiro de um Fiat, o automóvel, mas não é o caso agora e, ainda que fosse, tal detalhe mundano escaparia ao repertório do coro porque tudo se passa aqui num mundo pré-mercadorias, pré-marcas, pré-linguagem, pré-tempo, ainda não há corpo nem consciência e muito menos uma ideia de mundo —

"Que merda, Gleyce."

"Escroto."

"Desculpa, vou dizer o quê? Que merda."

Sua cabeça estava nublada, mas ele conseguia entender que tinha havido um aborrecimento, um estorvo. Mais um, como se não bastassem a infiltração que lhe corroía a parede e o Maverick ainda amassado na garagem, lanterna direita quebrada, o receio de levar uma multa toda vez que o punha na rua tentando sem sucesso vencer a estranha apatia de quem até outro dia cuidava daquele carro melhor que da própria saúde. O que Gleyce estava dizendo empalidecia diante disso. A voz dela parecia vir de longe e se afogar, já sem fôlego, no palavreado do sonho.

— ainda não há corpo nem consciência e muito menos uma ideia de mundo: só, por ora, faísca, comichão, corpos que se embolam para traçar a escassa geometria de uma inquietação sem sujeito boiando na latência —

"Como você é escroto."

De repente viu a cena com clareza: o que aquela pessoa fazia ali? Já tinha abandonado o planeta Gleyce Kelly. Além do mais, pensou com um princípio de indignação, fazia vinte e seis anos que ninguém pisava em seu apartamento a não ser Neucy, a diarista.

"Espera. Você não estava imaginando..."

"Acho que estava."

"Pirou, né?"

"Pois é, tipo assim, bizarro. Eu achando que você ia ficar feliz. Por que você começou a fugir de mim, Neto? O que foi que eu fiz?"

Lágrimas desciam pelo rosto bochechudo da loura de farmácia. A boca levemente dentucinha tremia. O sorriso do Bob Esponja em seu ombro ficou mais incongruente do que nunca e ela virou a cara para a parede. Não, aquilo não era só um aborrecimento, um estorvo. Era um enorme aborrecimento, um baita estorvo. As vozes do coro anterior à tragédia grega diminuíram de volume.

"Gleyce, escuta aqui. Eu entendo que... Escuta."

"Tô escutando."

"Eu nunca vou ser pai. Não é só de um filho seu. Você é uma menina bacana, eu é que nunca vou ser pai. Você sabe como é essa coisa minha com o meu pai, não quero saber mais, nunca mais. Nunca vou reproduzir isso, tá entendendo?"

Disse aquilo a contragosto, acabrunhado pela injustiça de se ver obrigado a explicar o óbvio, e mal acabou de falar soube que tinha feito um movimento errado. A esperança da moça se reacendeu.

"Mas que babaquice, Neto. Bizarro isso. O seu pai é o seu pai, você é você."

"Eu ia ser pior do que ele."

"Não fala assim, querido. Você é, tipo, um homem incrível, bom. Um coração grande. Vem cá, olha pra mim. Eu entendo o seu choque, você está assustado."

"Não estou assustado."

"Vamos deixar esfriar?"

"Não estou assustado, só não vou ser pai."

"Esfriar. Tipo assim, pensar melhor."

"Não vou ser pai. Ponto."

Muito menos, pensou, do filho de uma caixa de farmácia que mora na Rocinha.

"A gente não precisa decidir nada agora."

"Não tem o que pensar, Gleyce."

"Me dá uma chance!"

Quando ele se deu conta, já estava aos berros.

"Mané chance, menina! Está pensando que é assim? A gente sai um tempo aí, beleza, um dia você me aparece na porta sem ter sido convidada e diz que vai ter um filho meu? Moleza, né?"

"Não, querido."

"Tipo a outra lá com o filho do Mick Jagger?"

— boiando na latência, na latejância — ou nem isso porque esta palavra inexiste até mais do que as outras e a verdade é que não chega sequer a latejar esse algo, apenas algo que ainda quase não é. Mas é.

"Querido..."

"Querido, o caralho! Você é só uma caixa de farmácia que mora na Rocinha, porra! Como eu vou saber se esse filho é meu?"

Aquilo a paralisou. Ela ia dizer alguma coisa, travou. Neto teve a impressão de que seus olhos negros ficavam ocos de repente, não vidrados mas vazios, como se o espírito tivesse escapado feito gás por um buraco abaixo da linha da visão. Ou da cintura. A consciência de ter acabado de desferir um golpe de violência ultrajante o desequilibrou. Baixou a voz:

"Na boa, como eu vou saber?"

Era a mesma sensação que tivera na infância ao matar a porretadas, indignado por ter sido arranhado de leve no braço, o filhotinho de gato amarelo encontrado atrás de uma moita do Parque Guinle. A vertigem de ter ido longe demais, de ter agido de forma atroz e já não poder recuar. A náusea de saber que viveria para sempre com a lembrança da carinha assustada do bicho. A consciência de ser um monstro.

"Tudo bem, Gleyce, eu pago o aborto. Você vai na melhor clínica do Rio."

Algo que ainda quase não é. Mas é. Mas pode deixar de ser. A lourinha jambo de cara redonda, Goldie Hawn esquecida no forno, pareceu voltar a si aos poucos. Olhou para ele piscando, depois para cada canto da sala. Deteve-se por mais tempo no cartaz de *O túnel do tempo* antes de encará-lo de novo. As lágrimas começavam a secar em seu rosto.

"Cara, como você é escroto. Como a gente se engana."

"Eu pago", ele repetiu. "Aborto bem-feito é caro, eu pago."

Ela pegou a bolsa de camelô que descansava ao seu lado no sofá e se levantou. Caminhou até a porta, abriu-a. Antes de sair virou-se e cuspiu no chão.

"Enfia o seu dinheiro no cu."

"Gleyce."

"Filho de uma puta."

Bateu a porta com força. Ele chegou a dar dois passos para ir atrás dela, mas pensou melhor e não deu o terceiro.

"Por que Peralvo, Neto? Isso você vai ver, não quero estragar o prazer da sua leitura."

Ele e o pai estavam sentados à mesa de sempre, ao lado da churrasqueira. Entre os dois, cercado de pratos onde só restavam espinhas e da travessa quase vazia de salada, repousava um envelope pardo tamanho ofício que Murilo tinha mandado Uiara trazer lá de dentro. Depois de cumprir a missão a caseira não fora embora, estava plantada atrás do velho com as mãos em seus ombros. Maguila não devia andar longe, Neto o tinha visto mais cedo cortando lenha perto do caminho da represa, mas não parecia ser um empecilho à intimidade daqueles dois.

No envelope estava escrito à mão com esferográfica azul, em letras de fôrma caprichadas: POR QUE PERALVO NÃO JOGOU A COPA.

"Só adianto", prosseguiu Murilo, "que a Copa da Inglaterra teria sido diferente se ele estivesse naquela seleção, como era natural que estivesse, tinha que ter estado. Disso eu tenho certeza porque não há notícia de outro jogador que tenha usado seus poderes paranormais e mediúnicos em benefício de um tão grande futebol. Até o advento de Peralvo, a umbanda, o candomblé, a macumba e esses cultos afro-brasileiros todos tinham na rotina do jogo uma presença que era só folclore, só bizarria: rezas, defumadores fedorentos, sapos enterrados no campo por massagistas que também eram pais de santo. Tudo bobagem. Ou então superstição pura, aquele bobalhão do Carlito Rocha fazendo do Botafogo uma tenda dos milagres, amarrando as cortinas em dia de jogo como se assim amarrasse as pernas dos adversários, transformando um cachorro sarnento em talismã. Você nunca ouviu falar do Biriba, imagino."

"Não."

"Está vendo o Manteiga?"

O vira-lata estava deitado ali perto, de olhos fechados, aproveitando o calor das brasas que morriam devagarinho na churrasqueira. Já era noite fechada e a temperatura devia andar abaixo de dez graus.

"O Biriba era uma espécie de Manteiga, só que não era preto, era malhado. Como inventaram que dava sorte, virou um animal mais sagrado em General Severiano do que uma vaca na Índia. A diferença entre vitória e derrota sempre teve muito de fortuito no futebol, isso explica as crendices no oculto. Aquela coisa dos tempos mortos, Tiziu, dos espaços vazios que eu falei outro dia. A medida de caos que nunca deixa de reinar em campo mesmo quando os times são talentosos e organizados. O Nelson Rodrigues satirizou isso com o personagem do Sobrenatural de Almeida. O Zagallo, até onde eu sei, é o último remanescente dessa, hã, escola filosófica. Só que era tudo besteira, ou se não besteira, vá lá, mitologia, linguagem. Como um radialista chamando de proeza um lance banal: linguagem pura. O sobrenatural era um véu que o pessoal aplicava sobre a realidade, não a própria realidade. Foi Peralvo quem abriu uma nova dimensão de pacto entre esses dois mundos, o da magia da bola, que não passava de metáfora, e o da magia propriamente dita. Isso faz dele a consequência última e lógica dos processos de fusão cultural que transformaram o futebol brasileiro no futebol brasileiro. Aproveita e faz uma boa revisão, ando desatualizado com a ortografia. Domingo que vem aguardo sua crítica. E suas salsichas."

Murilo deu seu melhor sorriso de caveira, empurrou o envelope na direção do filho e despachou Uiara para a cozinha com um tabefe na bunda. O estalo ecoou escandalosamente pelo quintal e fez Manteiga erguer a cabeça alarmado, enquanto a índia caía na risada. Neto torceu para que Josué tivesse visto a cena, mas não havia sinal do Maguila.

Saiu do Rocio levando o manuscrito de um autor gagá, datilografado com fita roxa em velhas laudas amareladas de um jornal defunto chamado *do Brasil*.

Por que Peralvo não jogou a Copa (II)

A sorte de Peralvo no América começou a virar quando Martim Francisco assumiu o comando técnico do time em agosto, com o Campeonato Carioca já iniciado, depois que os vermelhos levaram uma sapatada de cinco a dois do Flamengo no Maracanã. O treinador mineiro não era o maior fã de jogadores individualistas, mas também não era besta. Deve ter calculado que pior do que estava não podia ficar, o que tornava a escalação de Peralvo um caso clássico de muito a ganhar e nada a perder. A maior promessa de craque da história de Campos Sales estreou entre os titulares na partida em que o América bateu por dois a um o Bonsucesso no estádio deste, em Teixeira de Castro: 15 de agosto de 1962. Peralvo não marcou, mas os dois gols saíram de jogadas suas. Tomou conta da posição.

Sempre achei que tinha mudado seu estilo de forma consciente, uma resposta aos que o chamavam de fominha, embora ele desconversasse quando eu lhe perguntava sobre isso. O fato é que ao cruzar os portais do futebol profissional o firuleiro irresistível que tinha enfileirado dez gols em quarenta e cinco minutos no Palmeiras de Laje do Merequendu havia se transformado num tipo quase aflitivo de jogador solidário. Driblava a defesa adversária inteira, às vezes até o goleiro, e em vez de fazer o gol optava por rolar a bola para um companheiro encaçapá-la. Sandro Moreyra começou a chamá-lo de Peralvo, o Puro. Nelson Rodrigues ganhou a disputa retórica quando escreveu que, "perto desse menino, são Francisco de Assis é um canalha de Shakespeare". Havia quem o criticasse por isso, dizendo que lhe faltava apetite, que era um jogador frio. Mas a torcida o adorava, via que os gols saíam da sua paleta ainda que coubesse a outros, Nilo ou Gilbert, assinar os quadros. Quando em outubro o América se vingou do Flamengo, derrotando-o por dois a um no Maracanã, Peralvo foi eleito o melhor em campo.

As pessoas já não olhavam de lado ao aparecermos com ele no Sacha's ou no Bottle's Bar. Pelo contrário, vinham cavar um lugar na mesa, puxar saco. Tímido, talvez aturdido pelo sucesso, a nova sensação do futebol carioca colava na cara aquele sorriso preguiçoso de boca entreaberta e não falava quase nada. Um ou dois que se sentiram esnobados começaram a espalhar que tinha o rei na barriga.

— Mas pode, né? Se eu jogasse o que ele joga, também teria.

— Mulatinho pernóstico. E ainda pinta o cabelo.

— Ué, pinta? Eu podia jurar...

No pequeno e fervilhante Bottle's, certa noite em que se apresentava um jovem chamado Jorge Ben com seu violão estranhamente percussivo, pulou em cima do Peralvo uma mulher de saia curta, cabelos castanhos presos num coque e sombra azul se destacando na maquiagem pesada. Quando Sílvio viu aquilo, os dois se esfregando num canto, ficou alarmado.

— Temos que tirar o nosso amigo dessa.

— Por quê? A mulher é gostosa.

— Aquela é Evangelina Batista, a Vange. Maior chave de cadeia da cidade. O pai dela é um coronel reformado maluco, já mandou matar um que comeu a filha.

Aquilo não me convenceu. Olhei para o canto onde a tal Vange, pernas sensacionais, estava no colo de Peralvo e chupava sua beiçorra de um jeito que me pareceu escandaloso até para os padrões do Beco das Garrafas.

— Que é isso, Sílvio. Deve ser lenda.

— Lenda? Pergunta pra qualquer um. O coronel Eucaristo não manda matar todo mundo que come a Vange, senão metade do bar não estava aqui hoje, até o Alírio já tinha partido para os campos elísios. Manda matar só os crioulos.

Contou então que Eucaristo Batista, o Rio inteiro sabia, tinha sido o mandante do assassinato de Ed Nelson, crooner nascido em Bento Ribeiro que imitava o Nat King Cole e chegou a fazer um moderado sucesso na noite. Certa madrugada de 1959, a Vange pulou em cima dele como fazia agora com o Peralvo e não quis largar mais. Diziam que ao saber do namoro o coronel tinha começado a espumar feito maria-farinha. Ex-DIP, getulista roxo que virara casaca e estava entre os lacerdistas que haviam tentado impedir a posse de Juscelino Kubitschek, o calhordão do milico desceu a porrada na filha sem dó. Sem dó, mas também sem proveito. Dias depois a Vange era vista mais uma vez, olho roxo e tudo, nos braços negros do Ed Nelson.

— E aí — Sílvio baixou a voz tanto quanto possível no alarido do bar, atingindo aquele tom solene exigido pelas desgraças — o Ed sumiu. Acharam o corpo dele uma semana depois numa ravina da Floresta da Tijuca. Todo queimado de cigarro, pau cortado, a coisa mais pavorosa que você possa imaginar. Temos que tirar o Peralvo de lá.

Agora o Sílvio tinha me convencido. Aproveitei uma ida de Vange ao banheiro para contar afobadamente a Peralvo um resumo da tragédia daquele Ed Nelson. Vi seus olhos transparentes se arregalarem, mas, para minha surpresa, não parecia que fosse de medo.

— Não precisa se preocupar, amigo.

Três e meia da manhã, Peralvo e Vange saíram abraçados pela noite de Copacabana. Da porta do Bottle's Bar, Sílvio e eu observamos o casal dobrar a esquina da Duvivier e nos entreolhamos, bêbados, compartilhando a certeza medonha de termos visto o amigo pela última vez.

— O futebol brasileiro — disse Sílvio, pondo na voz trêmula um pesar infinito — acaba de perder um craque.

Peralvo morava num minúsculo apartamento de quarto e sala no cabeça de porco mais infecto da Mem de Sá, alugado com a grana magra que lhe rendia seu primeiro contrato. Não era longe da redação do *JS*. Pouco depois das onze da manhã seguinte, a caminho do trabalho, bati lá e ninguém atendeu. Bati de novo, desesperado, insisti tanto que a porta ao lado foi aberta por um travesti alto e musculoso de barba por fazer.

— Por que você não vai acordar a puta que o pariu?

— Preciso achar o Peralvo, caso de vida ou morte. Você viu ele?

O sujeito baixou até meus pés os olhos onde se via um resto de maquiagem e foi subindo devagar. Era evidente que começava a ter ideias. Amoleceu a voz.

— Não dormiu em casa, querido. A parede é fininha, a gente ouve tudo. Desde ontem nem barata se mexe aí. Quer entrar e esperar? Eu faço um café.

— Hoje não vai dar.

Passei correndo pelo jornal só para avisar que estava no meio de uma apuração dramática, o que não era mentira, e fui para Campos Sales.

— Não vi ele ainda — me disse o roupeiro Maciste —, mas pode estar almoçando na pensão do Juca.

Eu conhecia a pensão do Juca, na praça da Bandeira, que dava desconto nas refeições aos jogadores do América. Segui até lá a pé sob o sol forte. Cheguei todo suado e acabei de derreter, agora de alívio, quando vi Peralvo sozinho numa mesa de canto diante de um prato fundo de feijão-preto com linguiça, sobre o qual tratava de despejar um Pão de Açúcar de farinha de mandioca.

Puxei a cadeira à sua frente e me sentei.

— Parece que viu fantasma, Murilo.

— Quem sabe não estou vendo mesmo. Tem certeza que não morreu?

Aquele sorriso sonolento.

— Obrigado por se preocupar. A mulher é o demo, olha isso — e apontou umas manchas roxas em seu pescoço.

— Demo é o pai dela, Peralvo. Tem cerveja nesta biboca?

Acabei pedindo um prato de feijão igual ao dele para acompanhar a cerveja.

— O coronel é um demo inválido — ele disse. — Teve um derrame, não fala, não anda, não mexe um dedo. Só fica lá numa cama enorme, olhando pra gente.

Agora que eu sabia que meu amigo estava vivo, a ressaca do Bottle's Bar dava seu bote de cascavel do fundo da cena onde andava enroscada, só balançando o chocalhinho, desde o café da manhã. De mau humor e nem um pouco disposto a trabalhar, demorei a entender o alcance daquelas palavras.

— Espera aí: não vai me dizer que você viu o homem.

— A Vange fez questão de me mostrar. Mostrar, não. Só faltou me esfregar na cara do infeliz. Trepamos na cama dele, o sujeito de botuca arregalada vendo tudo.

— Ah, não vem, Peralvo. Pensa que eu engulo uma história dessas?

— Ué, é verdade.

— Deixa de ser sacana. Você está dizendo que o coronel assistiu você papar a filha bem debaixo do nariz dele? — comecei a rir da perversidade daquilo, mas ainda estava indeciso.

— Ele não podia fazer nada. Quer dizer, acho que podia fechar os olhos, mas não fechou. Ficou lá de botucão e de vez em quando soltava uns roncos estranhos no peito. Uma hora começou a babar.

— Urgh.

Ficamos um tempo mastigando feijão, eu tentando não engasgar com a vontade de rir da cena: o coronel Eucaristo Batista, racista juramentado e assassino do crooner Ed Nelson, obrigado a ver a filhinha se lambuzando em sua própria cama com aquele cruzamento de Grande Otelo com Wilson Grey. Bem feito, bem feito. Quando a graça foi refluindo, porém, senti um arrepio.

— Rapaz, isso é de uma crueldade diabólica.

— Pois eu achei pouco — disse Peralvo, sério. — Detesto milico.

Na hora não dei importância àquela frase.

— E essa Vange, hein? Sim senhor!

— Aquilo é o demo, Murilo. Aura vermelhinha, vermelhinha.

— Aura? Você quer dizer aréola, o bico do peito.

— Não, quero dizer aura mesmo. A luz em volta dela.

Foi assim, puxada da forma mais improvável por Evangelina Batista, que a história começou a se revelar para mim: a incrível história de Peralvo, o craque paranormal que sabia um segundo antes de todo mundo o que ia acontecer num campo de futebol e decifrava as almas que o cercavam a partir de um cardápio de cores mais variado que o catálogo das tintas Suvinil. Ataquei meu feijão com fúria enquanto o ouvia falar de Mãe Mãezinha, Oxóssi, Joana d'Arc, Dircinha Queiroz e sua luz negra, Demázio e Damázio com aquelas balas que já tinham traçado definido antes de saírem do cano da espingarda. Eu a princípio só me divertindo, curioso para ver até onde iria sua imaginação. Mandei vir outra cerveja. Depois de algum tempo a impressão de que o sujeito estava de chacota começou a ceder a um sentimento de alarme: Peralvo parecia acreditar mesmo no que me contava, seria completamente pancada? De repente ele disse:

— Olha a faca.

Na mesma hora a faca escorregou da minha mão e caiu com estardalhaço no piso de cerâmica, estilhaçando em mil pedaços meu ceticismo.

Aquela tarde Peralvo me fez jurar que seus poderes mágicos seriam um segredo nosso. Jurei. Disse que depois da morte da mãe não havia ninguém no mundo que suspeitasse do seu dom, nem entendia direito por que tinha me contado aquilo, era como se eu fosse o seu irmão mais velho. Eu me declarei devidamente honrado. O segredo ia cimentar ainda mais nossa amizade, profetizei pomposo, já no estágio inicial do pileque, tomando a quarta cerveja na pensão do Juca enquanto o filho abstêmio de Mãe Mãezinha entretinha a mesma garrafa de Coca-Cola morna. Não apareci para trabalhar, Peralvo não deu as caras no treino, e quando a noite baixou sobre a praça da Bandeira eu estava lhe perguntando a cor da minha aura: azul-turquesa. A de Sílvio Brandão: laranja. A de Alírio Atala: verde-limão. E o que significava aquilo tudo? Ele fazia uma careta com o olhar perdido e projetava um pouco mais seu já projetado lábio inferior, não creio que por má vontade, mas por se descobrir incapaz de traduzir em palavras a complexidade de uma tabela de correspondências cromático-psíquicas que tinha passado a vida elaborando empiricamente em profundo silêncio. Depois, explicou, as auras oscilavam de maneira sutil ou nem tão sutil, cada hora de um jeito, e essas ondulações da cor eram tão importantes quanto a própria cor. Eu estava achando divertido aquele negócio de magia.

— Vai bater — dizia Peralvo, e um segundo depois vinha da rua o estrondo fofo de lata oca dos acidentes automobilísticos sem gravidade. Ou então: — Cala a boca, totó — e um cachorro desandava a latir nas imediações.

Era estranho também. A inversão da ordem dos fatores, primeiro o comentário, depois o fato, me obrigava a fazer um razoável esforço mental para afastar a impressão intuitiva de que em vez de apenas prever aqueles acontecimentos, queda de faca, acidente automobilístico, latidos, Peralvo na verdade os provocava.

Nos primeiros tempos pareceu que minha profecia de amizade estava certa. Não comentei a extraordinária descoberta com os outros republicanos e muito menos na redação, embora não fosse leve o fardo de me saber o único detentor de conhecimento tão relevante para os destinos do futebol brasileiro e quiçá mundial.

Estávamos sentados na areia de Ipanema um sábado, os três republicanos e nosso agregado sarará, numa rodinha que ouvia o grande Millôr Fernandes contar como ele e seus amigos tinham inventado o frescobol. Era meados de dezembro e o América jogara na véspera sua última partida pelo Campeonato Carioca de 1962, metendo dois a zero no São Cristóvão para garantir o sétimo lugar da competição. Isso mesmo: o sétimo lugar, atrás dos quatro grandes, do Bangu e do Olaria. Nem a mágica de Peralvo, eleito por unanimidade a revelação do ano, conseguia dar jeito naquele time. Flamengo e Botafogo iam decidir o título no Maracanã dali a poucas horas e eu começava a pensar em ir embora da praia, preocupado com o trabalho que me aguardava, quando veio se juntar ao grupo uma menina de biquíni amarelo com arabescos pretos que era a cara da Audrey Hepburn. Sério: achei a semelhança tão impressionante que cheguei a cogitar se não seria a própria atriz, àquela altura no auge do sucesso com *Bonequinha de luxo*. Decidi ficar mais um pouco.

Millôr cumprimentou Audrey com intimidade e por causa dela voltou ao início da sua história.

— No começo era só peteca e mar. No mar, jacaré. No Arpoador começavam a chegar as primeiras pranchas. Um dia apareceu alguém com uma caixa de madeira que tinha dentro duas raquetes pesadas e uma bola presa num elástico grosso. A gente batia e a bola voltava, acho que era para ver quem jogava mais longe, uma espécie de bumerangue. Chamava-se *La pelote basque sans fronton*.

— A pelota basca sem paredão — alguém traduziu, exibido.

— Bom, perdeu a graça logo — prosseguia o famoso Vão Gogo do Cruzeiro. — Mas aí as raquetes estavam ali, a gente trocou a bola por uma de tênis careca, esfregávamos com querosene para tirar os pelinhos. Nunca mais parei de jogar. Alguém encara?

Millôr já estava de pé com um salto atlético, pernas curtas e fortes, raquete numa das mãos e bola na outra. Um gordinho branquelo que eu não conhecia resolveu encarar. Os dois saíram caminhando na direção da água.

Eu não despregava os olhos da Audrey. Alguém se dirigiu a ela, chamando-a de Elvira, perguntou como estava Pierre Verger. Bem, ela respondeu. No quebra-cabeça das conversas cruzadas fui montando aos poucos um quadro surpreendente: aquela menina com sotaque carioca e cara de bibelô acabava de voltar da Bahia, onde havia trabalhado como colaboradora e aprendiz de Verger, o fotógrafo e etnólogo francês apaixonado pela cultura negra e pelo candomblé. Um sujeito que, eu sabia por alto, tinha fama de doido. Então a minha Audrey se chamava Elvira e era uma aventureira! Cada vez mais fascinado, cutuquei Peralvo e perguntei em voz baixa qual era a cor da aura do broto de amarelo.

A reação dele foi estranha. Ficou desconcertado, desviou depressa os olhos para algum ponto além das Cagarras.

— Qual é o problema?

Achei que tivesse se chateado por me ver falando do nosso segredo em público, alguém na turma da praia podendo ouvir, fazer perguntas.

— Nada.

— Abre o jogo, irmão.

— Não é nada. Não vejo nada, lembra que eu te falei que tem gente que eu não consigo ver nada? Mais ou menos um quinto das pessoas — disse, e se levantou para dar um mergulho.

A República do Peru foi a sede do réveillon de 1963. A ideia era ficar por lá até perto da meia-noite e depois levar duas ou três garrafas de champanhe para estourar na areia de Copacabana, onde todo ano pessoas vestidas de branco largavam no mar oferendas para Iemanjá e sempre havia meia dúzia de fogueteiros animados. O apartamento, quase na esquina da Barata Ribeiro, se encheu de repente de homens e mulheres, todos com roupas leves para combinar com a tépida brisa marinha que vinha entrar pelas janelas depois de percorrer um desfiladeiro de duas quadras de extensão, uma longa e uma curta, entre edifícios colados um no outro.

Bosquinho, o crítico teatral, se levantou do sofá para ligar para casa. Sua mulher não estava.

— Atum no armário? O que mais ela falou? Sei, sei. Me diz uma coisa, esse atum é em lata?

O Torres, superintendente do Flamengo, tomava uísque.

— Hoje estou feliz — anunciou.

Mas todos sabiam que era mentira.

— Você está com ar misterioso, Sílvio.

— Tomei uma decisão.

— O quê? — alvoroçou-se Helena.

— Não posso falar. Uma decisão íntima.

Chet Baker cantava na vitrola com aquele filamento de voz dele. Em pé junto à janela, eu fumava e vasculhava a rua lá embaixo. O sobrenome dela era Lobo. Engraçado, com aquela cara de Chapeuzinho. Será que ia aparecer? Claro que ia, claro que não ia. Estava ficando tarde. Não, não estava. Era cedo: nem dez ainda.

— Ah, esqueci de dizer que a Ana Elisa ligou mais cedo — disse Alírio, olhando para o Torres. Todos sabiam que a Ana Elisa e o Torres estavam se separando.

— Deixou recado?

— Não.

— Disse que ligava de novo?

— Não.

— Falou se estava em casa?

— Larga de ser chato, Torres! Foi assim: ele tá, não tá, obrigada.

O Torres fez cara de quem, forçado a aceitar aquela resposta, aceitava-a, mas só por ora. Voltou a beber uísque em silêncio e a olhar de esguelha, evidentemente incomodado em seu notório antijanguismo, para o canto da sala onde o artista plástico Nelson Tuckerman engrenava o segundo ato de um monólogo político. Alto e ruivo, o pintor comunista discursava em defesa de João Goulart e da restauração do regime presidencialista para uma rodinha aprovadora de quatro ou cinco convivas, entre eles Peralvo e sua nova namorada, que tinha substituído Vange com ampla vantagem. Dulce era uma linda aspirante a cantora de bossa nova que dizia ter dezoito anos, um a mais que o jogador do América, mas aparentava no máximo quinze. Tuckerman estava trabalhando numa série de quadros engajados que, comentava-se, eram maravilhosos. Quem comentava? Todo mundo. Ninguém além do Tuckerman tinha visto os quadros, mas por alguma razão dava-se como certo que fossem maravilhosos.

— Sabia que quando era garoto — eu me intrometi na conversa — o Jango jogava o fino na lateral direita do infantojuvenil do Internacional?

O pintor não teve tempo de responder se sabia.

— Ô Tuckerman, aposto que os seus quadros são uma bosta — disse o Bosquinho.

— Vai à merda.

Lá embaixo, entre as copas das árvores, nem sinal de Elvira Lobo. Será que o Chapeuzinho era eu? Será que eu estava apaixonado? Estava. Não estava.

Estava.

— Mignone! — bradou o Rui, capturando a atenção de todo mundo. Rui era meu colega no conselho consultivo do América, um sujeito tímido e franzino para quem a bebida subia depressa. Era a primeira vez que ouvíamos sua voz aquela noite.

— O quê? — disse o Sílvio.

— Victor Mignone, não ouviu falar? Goleiraço, um metro e noventa de goleiro.

— E o que tem o Mignone?

— O América precisa é disso. Para o lugar do Pompeia.

— Desde quando você entende de artes plásticas, Bosquinho?

— Um colombiano?

— Eu entendo de tudo, Tuckerman. Cultura enciclopédica, já ouviu falar?

— Colombiano? Não, esse é o Noriega. O Mignone é italiano de Araraquara, um narigudo. Passou pelo Guarani, teve um bom momento no Atlético Mineiro.

Alírio veio da cozinha com uma bandeja de minissanduíches. Foi cercado. Quando a malta se dispersou, a bandeja estava limpa.

— De nada, de nada.

— Qual é o seu interesse nisso, Rui? — Sílvio não queria deixar o assunto morrer. — Ninguém sabe qual vai ser a posição do Tibiriçá nessa questão dos goleiros.

Turíbio Tibiriçá, tenente do Exército, era o diretor de futebol do América.

— Ninguém sabe qual vai ser a posição do Tibiriçá em porra nenhuma! — vociferou o Rui.

Cinco minutos depois o Tibiriçá apareceu. Alguém lhe contou o que Rui tinha dito.

— Rui, vem cá.

Rui chegou devagar, receoso.

— Sabe qual é a minha posição, Rui? Atrás de você, com o pau enfiado lá no fundo do seu cuzinho, tá certo? A hora que eu quiser, vai ser essa a minha posição e você não pode fazer nada para impedir porque você é um bosta, tá certo?

Rui ria lívido, revirando os olhos. Havia um traço de insanidade na sua humilhação. Seguiu-se um silêncio tenso em que só se ouvia Chet Baker ronronar. A voz de Peralvo o quebrou.

— Por que você não implica com alguém do seu tamanho?

Ele ia me contar depois que nesse momento viu a aura de Turíbio Tibiriçá mudar bruscamente. De um tom esmaecido de púrpura meio puxado para o rosa-caralho, expressão poética cunhada certo fim de tarde por Vinicius de Moraes ao descrever o espetáculo do pôr do sol visto do Arpoador, a luminosidade que banhava o diretor de futebol do América se converteu num vermelho-bombeiro mais vivo que o de Vange ao ser enrabada na cama do pai. Nas suas bordas trêmulas, porém, raiava um incerto amarelo, e esse amarelo indicava medo.

— Como é que é, moleque?

— Você ouviu, Tibiriçá. Quer posar de machão, escolhe alguém do seu tamanho.

— Crioulo veado, te quebro a cara!

Talvez tivesse quebrado mesmo, se não o contivessem. Tibiriçá era um sujeito de altura mediana, mas um touro formado em educação física. Peralvo, impassível, não tirou dele em momento algum os olhos cor de garrafa de água mineral, no rosto aquele meio sorriso indolente de boca aberta e pálpebras a meio mastro.

— Que é isso, Tibira. Não esquenta, rapaz, hoje é festa. Vamos dar uma volta — o Sílvio foi arrastando o Tibiriçá para a porta.

Antes de sair o tenente apontou um dedo em riste para Peralvo.

— Aqui, ô filhote de Deus-me-livre, você acaba de se foder! Não pisa no América nunca mais!

Nesse momento Elvira emergiu do elevador, vestido branco acima dos joelhos, olhando meio espantada para o valentão bufante que ia embora. Pronto, pensei: 1963 já pode começar.

Começou maravilhoso. Assim:

Eu e Elvira Lobo nos beijamos pela primeira vez na areia da praia quando os fogos anunciaram a meia-noite.

Dias depois, Mario Filho me ofereceu uma coluna diária assinada no *Jornal dos Sports*, claro que devidamente acompanhada de um aumento de salário, e para aturdimento de noventa e oito por cento dos leitores decidiu batizá-la Dickensianas.

Peralvo foi escorraçado do América por Tibiriçá sob uma alegação escrota de quebra de contrato que a Justiça do Trabalho acabou por referendar, mas a essa altura o craque-revelação da temporada anterior já era disputado por Flamengo e Vasco. No fim foi para o clube de São Januário, onde ganharia o dobro do que lhe pagavam em Campos Sales.

O plebiscito convocado por Jango restaurou o presidencialismo.

Prometia, aquele 1963.

Na minha euforia, demorei um pouco a me dar conta de que o ano tinha trazido também uma novidade menos festiva: uma distância maior, uma quase frieza, entre mim e Peralvo. A princípio atribuí isso à dinâmica natural da vida. Meu amigo agora defendia o Vasco da Gama, pertencia às hostes inimigas, e eu não era mais um boêmio que vivesse pela noite com Sílvio e Alírio atrás de diversão, tinha amadurecido e trocado a esbórnia juvenil dos republicanos do Peru pelo amor de uma única mulher, a única mulher do mundo que importava. Normal: estava me aproximando dos vinte e oito anos, Peralvo só agora ia completar dezoito. Os convites que eu lhe fazia por insistência da própria Elvira para jantar ou ir ao teatro conosco, programa de casais, que levasse Dulce ou qualquer outra namorada, eram recusados com desculpas frouxas que nem se esforçavam para soar convincentes.

— Acho que o seu amigo não gosta de mim — Elvira se entristecia.

— Bobagem. Peralvo é garoto, não quer sair com velhos como nós.

Eu sabia que não era só isso. Parecia haver naquele afastamento questões mais amplas, até de fundo filosófico. Peralvo começou a se meter na organização sindical dos jogadores, liderada então por Nilton Santos, e ignorou meus conselhos quando ponderei que tomasse cuidado para não acabar marcado como encrenqueiro, uma coisa era o consagrado Nilton Santos, outra era ele. Em abril, depois de sofrer num treino uma grave ruptura dos ligamentos do joelho direito e se submeter a uma cirurgia tão delicada que projetava incerteza sobre seu futuro profissional, ele se tornou ainda mais ausente. Vieram me contar que tinha caído em depressão e andava falando em voltar para Merequendu.

Fui procurá-lo em sua nova casa, no Rio Comprido, um apartamento ensolarado num prediozinho da rua do Bispo que nem se comparava ao moquiço da Lapa. Tinha dois intuitos. O primeiro era, com a maior delicadeza possível, fazer Peralvo entender que voltar para Merequendu estava fora de questão, melhor se atirar de cabeça do alto do Corcovado. O segundo era comunicar meu casamento, que acabávamos de marcar para julho.

Sílvio e Alírio, os primeiros a quem dei a notícia, tinham me parabenizado com a devida efusão após uma breve e quase protocolar relutância: será que não era prematuro, por que não prolongar o namoro por mais um ano? Não, não era prematuro. Eu ganhava bem e Elvira ia se virando direitinho com sua confecção de biquínis estampados com padrões que ela mesma desenhava, versões estilizadas dos motivos africanos que coletara em sua temporada na Bahia.

— Parabéns, Murilão — Sílvio tinha me dado um abraço forte, os olhos marejados. — Elvira é uma grande mulher.

Coitado do Sílvio. Eu sabia que ele era meio apaixonado por Elvira, mas dessa vez estava fora de questão a sociedade dos tempos de Olguinha Pif-Paf

A reação de Peralvo foi completamente diferente. Deitado em seu quarto com a perna direita engessada, no começo foi como se eu tivesse dito que estava com câncer: engoliu em seco, desviou os olhos para o chão, vi que tentava dizer alguma coisa sem conseguir. Aquilo me irritou.

— Que merda é essa, Peralvo? Não está vendo que eu estou feliz? Somos irmãos ou não somos?

— A aura — ele balbuciou.

— O quê?

— Eu devia ter te contado antes. A Elvira tem aura de... luz negra.

As duas últimas palavras pingaram quase inaudíveis de sua boca mole. Senti o ar ficando pesado de repente.

— E daí?

— Não sei. Mas é a mesma aura da Dircinha de Merequendu. Eu tenho a obrigação de te avisar.

Nesse momento a irritação que eu sentia virou a fúria dos justos. Nossa amizade era grande, profunda, Peralvo podia fazer qualquer coisa que eu o perdoaria. Qualquer coisa, menos se meter entre Elvira e mim.

— E você acha que eu estou preocupado com isso? — esbravejei. — Não estou nem aí para a sua macumba, rapaz. Teria algum cabimento eu deixar de me casar com a mulher da minha vida porque você enxerga umas luzes que não existem? Procura um oculista, meu amigo!

— Desculpe. Eu tinha obrigação. Quero o seu bem, Murilo.

— Então vê se não me enche o saco. Melhoras aí — eu disse já me levantando. Antes de sair acrescentei, com cafajestice imperdoável. — Quem sabe um dia você até volta a jogar?

Era uma reportagem dominical de página inteira, assinada e com chamada na primeira, sob um título que tinha me custado uma boa meia hora: "O mulato Peralvo volta a encher o futebol de magia branca". Havia uma fotografia dele posando com o uniforme principal do Vasco, branco com faixa preta no peito, bola debaixo do braço. A imagem era noturna e o halo projetado por um refletor de São Januário atrás de sua cabeça rodeava-lhe o crânio como uma lua cheia.

A princípio a reportagem seria só o que previa a pauta: uma celebração do retorno de Peralvo aos gramados, depois de nove meses no estaleiro. No meio daquela semana, em amistoso disputado no Maracanã, o Vasco vencera de quatro a zero o Sporting, de Portugal, com dois gols e duas assistências do jovem sarará que menos de dois anos antes havia conquistado o coração da cidade ao despontar no América. E que os torcedores cariocas teriam o privilégio de ver novamente em ação dali a três semanas, agora enfrentando ninguém menos que Pelé, na partida de abertura do festivo torneio internacional em que se bateriam Vasco, Santos, River Plate e Benfica.

Tudo isso, que já seria muito, na última hora tinha me parecido pouco. O texto começava comparando Peralvo a Pelé. O paralelo P-P, uma promessa de dezenove anos ao lado do gênio consagrado de vinte e três, parecia coisa de quem tinha pouco juízo, mas no segundo parágrafo a ousadia se agravava. O único fundamento que faltava ao completo craque do Santos, sustentava a reportagem, era um fundamento de ineditismo vertiginoso no repertório do futebol, aquilo que fazia de Peralvo o primeiro jogador literalmente mágico da história: a comunicação direta com o mundo dos espíritos.

Despejei tudo, nosso segredo de irmãos, naquela edição de meados de fevereiro de 1964 do *Jornal dos Sports*. O poder de ler nas auras multicoloridas de companheiros e adversários um mapa fluido de pontos fracos e fortes a se mover pelo gramado. A antevisão da jogada por um escasso mas decisivo segundo em que cabia o mundo inteiro. A preocupação da mãe de santo que dera à luz o prodígio ao vislumbrar ainda na infância do filho, numa cidadezinha distante chamada Merequendu, os desafios estocados em seu futuro grandioso. Um futuro que estava escrito nas estrelas e que tudo indicava incluir a Copa do Mundo da Inglaterra, dali a dois anos, na qual o feitiço decente de Peralvo seria uma arma de grosso calibre na terceira conquista consecutiva do caneco. Isso parecia cada vez mais claro e só podia ser contestado, concluía o texto em grande estilo, "por gente de pouca visão, pouca luz e pouca fé".

Sentado à mesa da sala, eu tinha começado a reler a matéria pela quinta vez. A xícara grande à minha frente estava cheia do café nanquim preparado por Conceição, a empregada que eu tinha mandado vir de Merequendu ao me casar. Arabescos de fumaça subiam dançando do cinzeiro e eram crivados de flechas horizontais pela luz solar fatiada nos painéis de sisal de nosso apartamento amplo na Francisco Otaviano, exatamente no meio do caminho entre Copacabana e Ipanema. Eram oito e meia da manhã e Elvira ainda dormia. O telefone tocou.

— Seu sacana, você me traiu.

Eu tinha tentado me preparar para aquele momento. Se já não éramos grudados como antigamente, Peralvo e eu continuávamos sendo bons amigos. No fim das contas ele tinha comparecido ao casamento de muletas e tudo, sorrindo para Elvira, me dando um abraço apertado, nos presenteando com um jogo caro de taças de cristal. Minha primeira sensação foi de alívio. O tom do homem não parecia traduzir a ira que eu havia antecipado.

— Você ainda vai me agradecer, amigão. Lancei sua candidatura para a Copa!

— Confiei em você. Você me deixou pelado no meio da praça.

— Bobagem, Peralvo. Você está voltando de contusão, andava esquecido. Botei o seu nome no mapa de novo e agora de um jeito totalmente inesquecível. Espera só. Vai acabar descobrindo que hoje é o dia mais importante da sua carreira.

Ele disse alguma coisa que não entendi.

— O quê?

— Estou com medo — sussurrou.

Quando Elvira apareceu ainda de camisola e veio me dar um beijo de hortelã, eu atendia a quarta ligação de um domingo de telefonemas incontáveis, a cidade inteira boquiaberta, perplexa, incrédula, revoltada, maravilhada. Desliguei o telefone, puxei-a para o meu colo, acariciei suas pernas nuas.

— Meu amor — disse —, seu marido acaba de soltar uma bomba atômica no Brasil.

O encontro de Peralvo com Pelé teve como palco de apropriada grandeza o Maracanã, num domingo do início de março de 1964. Vasco e Santos iam abrir o Torneio Stanley Rous, batizado em puxa-saquismo explícito ao então presidente da Fifa. Pelé jogou de branco, Peralvo com a segunda camisa do Vasco, preta com faixa branca. Os cronistas do rádio disseram que o templo maior do futebol recebia numa tarde gloriosa o expressivo público de oitenta mil pagantes. Entrevistado antes da partida, reafirmei para as multidões que grudavam os ouvidos em seus radinhos de pilha que íamos presenciar um momento histórico, o encontro de dois gênios do futebol que, rivais agora, logo estariam irmanados sob o manto dourado da seleção para ir buscar na Inglaterra o tricampeonato mundial que era nosso por direito.

Eu não sabia que minha reportagem laudatória do futebol místico de Peralvo tinha plantado uma minhoca gorda na cabeça de Pai da Luz, que acumulava as funções de massagista do Vasco e pai de santo num terreiro em Jacarepaguá. Muito menos que ele havia concebido um plano de ousadia inédita para aquela partida: marcar Pelé espiritualmente. Foi só ao reconstituir mais tarde o ocorrido antes daquele jogo inusitado, um dos mais estranhos da história do futebol, que eu soube do surpreendente apoio dado ao plano do massagista por Gaspar Miranda, gerente de futebol do clube de São Januário. Cético, materialista, debochado, grosso, nunca entendi por que Gaspar acreditou no pai de santo.

Peralvo foi arrancado da concentração no sábado à tarde para uma reunião no escritório do cartola. Pai da Luz e sua careca negra lustrada com óleo de peroba estavam presentes.

— Moleque, precisamos de você para revolucionar o futebol — disse o dirigente com sua voz de trovão.

Gaspar estava reclinado na cadeira, pés gordos descalços em cima da mesa, meias pretas furadas. Pontuou o enunciado com um arroto e duas coçadas de saco. Tinha um halo cinza de céu tempestuoso. Peralvo sentava-se numa cadeira de madeira reta, de frente para a mesa do "dr. Gaspar", como os jogadores o chamavam, embora ele não houvesse ido além do ginásio. Um rádio baixo mas perfeitamente audível estava ligado ao fundo, o repórter dizendo que a fisgada na virilha sentida por Pelé na sexta-feira preocupava o departamento médico da equipe santista, mas que ele intensificara o treinamento depois disso sem nada sentir e estava confirmado para o prélio.

De pé junto à bandeira do Vasco pregada na parede, a careca emoldurada pelos braços da cruz de malta, coube a Pai da Luz entrar em detalhes. Nenhuma marcação era tão eficiente quanto a espiritual, explicou. Se não é possível conter as pernas de um cidadão, que se trave sua alma. Peralvo ouvia mudo. Ectoplasma, obsessão, espíritos brincalhões, palavras pertencentes a um universo que lhe era familiar desde a infância se combinavam ao ar vicioso do gabinete adornado por troféus, flâmulas e cinzeiros hediondos para produzir uma sensação de tontura.

— É diferente de galo preto, sapo enterrado, essas coisas que a gente faz para a imprensa ver — disse a voz aveludada de Pai da Luz. — É diferente porque funciona. Eu tenho uma entidade que, se tiver condições, vai marcar o Pelé espiritualmente e ele não vai acertar um passe.

— Diferente também — atalhou Gaspar Miranda — porque a imprensa não pode nem sonhar que isso está acontecendo, entendeu? Nem sonhar.

— Por que eu? — Peralvo conseguiu falar por fim. — Não sou bom marcador.

Já sabia a resposta. O cartola olhou para o pai de santo, sacou do maço um Continental sem filtro, acendeu-o com o isqueiro em forma de bala de trabuco.

— Porque o Pai da Luz estava me explicando que essas coisas não são fáceis. O espírito que vai marcar o Pelé precisa de uma ajuda, como é que fala... *megiúnica*? Uma ajuda *megiúnica* para baixar no Maracanã. O cara tem que chupar energia de alguém dentro do campo — e Gaspar o encarou com seu focinho autoritário, soprando fumaça em cima dele. — Nós sabemos que você é um *mégium* poderoso.

Peralvo voltou a olhar para Pai da Luz e viu um halo confiável, cor de ouro velho. Gaguejou:

— Não sei se vou conseguir.

— Vai conseguir, sim — disse Gaspar. — Sabe por quê? Porque se não conseguir eu arranco a sua cabeça.

Ficou tão abalado que na volta para a concentração, sozinho no táxi pago pelo clube, pediu ao motorista que parasse num boteco e tomou uma cachaça.

Passou o primeiro tempo jogando duas partidas, uma contra o Santos e a outra, mais difícil, contra alguma coisa aérea e sibilante que o perseguia como um tufão teleguiado. O que era aquilo? Aos dez minutos de jogo já não perdia tempo perguntando o que era aquilo. Tentou inventar o drible psíquico ali na hora, como se fosse possível improvisar o que havia aprendido com sua mãe ser construído com paciência e humildade.

Falhou. E falhou. E falhou de novo. A coisa lhe pregava peças quando ia matar a bola no peito, fintar um adversário, lançar um companheiro, dar um mísero passe de dois metros, sempre no momento decisivo era um ofuscamento, um lapso fatal, a perda do tempo exato da jogada induzindo-o a erros ridículos. Perdeu um gol feito ao subir atrasado para cabecear. A torcida começou a dar sinais de impaciência.

Aos vinte e três minutos, progredindo pela ponta esquerda, sentiu o gramado se aprumar em súbita ladeira como uma ponte elevadiça. Vozes imateriais irromperam numa matraca infernal em seus ouvidos. Achou que ia cair, reequilibrou-se, buscou com as mãos um apoio que não havia. Aquilo vindo da geral era o quê? Pareciam risadas de deboche, mas o alarido dentro de sua cabeça confundia tudo. Respirou fundo, pôs o pé direito sobre a bola e, levando as mãos à cintura, tentou afetar pelo menos na casca o domínio displicente dos craques. Sentiu que pisava numa esfera de duas toneladas presa a seu tornozelo por um grilhão.

Perdeu a noção do tempo, dos séculos. Era um de seus ancestrais maternos. Era um escravo. Fingia controlar a bola, mas era controlado por ela. O lateral do Santos cresceu à sua frente e de repente Peralvo se viu sentado na grama, pernas abertas, o inimigo indo embora todo alegre com a bola que lhe tinha roubado, grilhão partido com facilidade cômica. Então, recuperando a audição, ouviu a vaia com clareza sobrenatural. Era como se cada voz na multidão lhe chegasse isoladamente ao mesmo tempo que engrossava a avalanche acústica que o soterrava: uma vaia do tamanho do Maracanã.

Enquanto isso, o Rei do Futebol jogava feito um. Marcou o primeiro gol e Coutinho, um sopro de barriga, o segundo, ambos saídos de graciosas tabelinhas entre eles. O primeiro tempo terminou com o Santos vencendo de dois a zero.

Devastado pelo cansaço, escorreu feito um líquido viscoso pela escada de acesso ao vestiário. Sua exaustão física e mental era a de quem tinha disputado uma partida épica inteira, com prorrogação e série interminável de pênaltis, e não apenas o primeiro tempo. O túnel lhe pareceu mais longo e opressivo do que o normal.

— O que é que está havendo, cambada? — o roupeiro Elias batia palmas na porta do vestiário, distribuindo toalhas.

Peralvo recusou a toalha e entrou. Seu corpo de músculos bem definidos parecia molengo. Revestido de uma camada de suor frio, lembrava massinha de modelar envolta em papel celofane. Os ruídos de conversa entre os companheiros vinham de outra dimensão.

Gaspar Miranda arrastou-o pelo pescoço até um canto do vestiário que sua percepção alterada distorcia, encompridava, num truque ótico barato de filme de terror. Pai da Luz já estava lá, impresso em piche nos azulejos.

— Qual é o problema, seu filho da puta? Quer liquidar a sua carreira? Quer que eu te arranque o fígado? — Com um toco de cigarro apagado no canto da boca, Gaspar jorrou perdigotos em sua cara enquanto babava na gola da camisa social.

Pai da Luz pediu calma ao cartola com um gesto de mão. Estendeu um banquinho a Peralvo, que se sentou.

— Filho, para de resistir. A entidade está revoltada porque nós não estamos cumprindo a nossa parte do trato. Se entrega, Peralvo. Se entrega ou vai ser pior.

— Ah, vai! Ah, vai! — cuspiu Gaspar. — Onde eu estava com a cabeça, meu Deus? Confiar num sarará de merda!

Peralvo não teve força para falar. O pai de santo acendeu uma vela vermelha no chão de ladrilhos, pousou a mão direita em sua cabeça e orou. Olhos fechados, preces incompreensíveis.

Já começou o segundo tempo rendido. Talvez tivesse acatado as ordens dos superiores, ou então era sua resistência que tinha chegado ao fim. O fato é que se entregou à coisa uivante e se sentiu melhor. Sabia que estava sendo sugado, possuído, mas agora que jogavam os dois no mesmo time era possível ter algum prazer naquilo. Sua capacidade de enxergar o que ninguém enxergava voltou, ainda que atenuada. Sentia-se fisicamente fraco e limitava-se a andar em campo, mas era novamente um jogador lúcido. Notou que, quanto mais próximo se mantinha de Pelé, menos se desgastava. O craque do Santos começou a errar jogadas fáceis. A certa altura foi dominar uma bola, ela lhe fugiu depois de rebotear de forma bisonha na canela. Vendo a jogada antes dos outros, Peralvo estava lá para pegar a sobra. Do lançamento perfeito que fez então para Saulzinho nasceu o primeiro gol do Vasco. O de empate foi dele mesmo, com um chute colocado de fora da área, aos trinta e um minutos. Passando perto do banco viu o sorriso canalha de Gaspar Miranda, com aquela aura cinza-chumbo, e o polegar erguido de Pai da Luz em sua bolha dourada cintilante.

Restavam pouco mais de cinco minutos de partida. A noite ia caindo sobre o Maracanã e a torcida do Vasco tentava pôr abaixo as arquibancadas. Tinha bons motivos para estar confiante na vitória. Pelé, para espanto geral, havia voltado do intervalo trazendo do vestiário um futebol de cabeça de bagre. Depois da atuação empolgante do primeiro tempo, o 10 do Santos vagava pelo gramado irreconhecível, atarantado, parecendo grogue.

— Coisas do futebol — disse um comentarista de rádio, como se isso explicasse tudo. — O Pelé sumiu e o que está jogando esse garoto Peralvo é uma barbaridade. Começou meio mal, mas agora desliza no tapete verde com uma autoridade de dono das quatro linhas, abastece o ataque cruz-maltino com um leque inesgotável de passes açucarados. Meu amigo Murilo Filho tem razão, gente: baita promessa de craque!

As galés trovejavam: “Vaaas-cooo! Vaaas-cooo!”. E tome bola na trave, defesas impossíveis do Gilmar: o gol da vitória parecia questão de tempo.

Peralvo já não sentia o cansaço de alimentar a entidade que, fosse quem fosse, tinha conseguido transformar Pelé num jogador de várzea, como prometera a Pai da Luz. Ouviu a risada doentia em sua cabeça quando o gênio do Santos matou outra bola na canela e foi cumulado de vaias, mas lhe dava menos gosto o fracasso alheio do que seu próprio triunfo. Teria preferido que o duelo com o Rei se travasse em condições normais, terrenas, mas, contagiado ao ouvir o estádio gritar seu nome em coro, esqueceu o golpe baixo. Pareceu-lhe que o futebol era assim mesmo. O Maracanã consagrava um novo rei e esse rei se chamava Peralvo. Só isso.

Flutuava a três metros do chão, pisando gramados em terceira, quarta e quinta dimensões onde tabelavam com ele os maiores jogadores do passado e do presente, Friedenreich, Leônidas, Zizinho, Puskas, Didi, Di Stéfano, Garrincha, e também os que ainda estavam por vir: Tostão, Rivelino, Cruyff, Zico, Falcão, Maradona, Romário, Ronaldo. Estava no nirvana do futebol. Pensou em Mãe Mãezinha.

Então, aos quarenta e cinco minutos do segundo tempo, o espírito brincalhão de Pai da Luz mostrou que não estava para brincadeira. Peralvo sentiu primeiro que ele abandonava os ombros de Pelé. Achou que, dando sua missão por cumprida, a marmota tivesse retornado às profundezas tormentosas de onde saíra. Estava próximo à jogada quando o craque santista, subitamente desperto da sonolência, driblou dois marcadores e meteu um passe letal para Coutinho nas costas da zaga. Antevendo o lance, que não era fácil de antever, deu um carrinho e interceptou a bola. Ouviu os aplausos da torcida e ao mesmo tempo um resfolegar junto às orelhas, seguidos de um zumbido que o fez perder a noção de quem era e onde estava. Orgulhoso de tabelar com o Rei numa das múltiplas dimensões da eternidade, deu seguimento à jogada do adversário e disparou contra a meta de Ita, sua própria meta, entrando com elegância na área e deslocando o goleiro do Vasco com um toquinho no canto direito. Caiu desmaiado.

Na tribuna da imprensa, tive um acesso de tremedeira. As pessoas se entreolhavam. A primeira reação do Maracanã foi de estupor: depois é que viria a tempestade. Todo mundo sabia que tinha acabado de presenciar um evento disparatado, doente, repulsivo. Nunca tinha havido um gol contra como aquele, nunca mais haveria outro.

Acordado no vestiário com tabefes mais fortes que o necessário, Peralvo se viu cercado por um pelotão de linchamento. Alguns companheiros o olhavam furiosos, outros se recusavam a olhá-lo. Gaspar Miranda o teria esganado ali mesmo, diante de dezenas de testemunhas, se não fosse contido.

— Sua carreira acabou, estrupício! Você não joga mais em time nenhum do mundo!

Pai da Luz aproveitou o atordoamento geral para tirá-lo de lá antes que fosse tarde. Ainda de uniforme e chuteiras, Peralvo se deixou escoltar pelo massagista através da barreira de repórteres do lado de fora. Uns gargalhavam feito maníacos, outros queriam agredi-lo também.

— O que deu em você, Peralvo?

— Quanto você levou?

— Valeu a pena?

— Crioulo desgraçado!

O pai de santo lhe deu uma carona em seu fusquinha. Abaixado no banco traseiro, só ergueu a cabeça quando tinham deixado para trás o engarrafamento de sempre na saída do estádio, já quase na esquina da São Francisco Xavier com a Conde de

Bonfim. Cumpriram em lúgubre silêncio o trajeto curto até o Rio Comprido. Estavam na rua do Bispo, perto de chegar, quando o homem pareceu ter encontrado finalmente a resposta que procurava.

— Você não devia ter resistido a ele no começo, filho. Ele se vingou, é muito orgulhoso. Foi vingança.

Despediu-se dizendo que o Vasco era coisa do passado, nada poderia redimi-lo mais, mas que não desesperasse, ia superar a provação porque era jovem e talentoso. Ele, Pai da Luz, tinha bons contatos Brasil afora.

O fusquinha sumiu na noite. Uns dez ou doze rapazes com camisas do Vasco saíram de trás de uma banca de jornal. Alguns brandiam barras de ferro.

— Chegou o traidor!

Enquanto lhe esmigalhavam as duas pernas, ficaram repetindo que eram da Vascalhoada, a famosa torcida organizada. Foi assim que, aos dezenove anos, Peralvo acabou para o futebol.

Nunca duvidei que, caso a vida seguisse seu curso normal, Peralvo teria sido maior que Pelé. Continuo a não duvidar. Isso significa dizer que ele foi mesmo, e é, como potência, maior que Pelé. Significa também que o fim prematuro da sua carreira não representou só mais uma promessa não cumprida entre tantas que adubam o solo do Brasil, mais um feto abortado que se possa lançar no livro-caixa da cultura como valor negativo e esquecer. Não vai ser tão fácil. Um evento dessa magnitude impacta mundos, como uma estrela que morre.

Gostaria de poder encerrar aqui, com essa imagem cósmica, a história triste do meu conterrâneo. Morreu a estrela, acabou-se o livro: vamos todos cuidar da vida? Adoraria dizer que sim, vamos, e fim. Infelizmente não posso, não posso encerrar aqui. A vida que sobra sempre guarda ecos de um evento dessa magnitude, que, como foi dito, impacta mundos. Você fecha o livro para cuidar da vida e às vezes demora a se dar conta de que estará preso por um longo tempo, talvez para sempre, em sua malha de aniquilação.

Peralvo passou por uma série de cirurgias. Ao deixar o hospital, dois meses depois, tinha mais metal do que osso dentro das pernas. Os médicos diziam que levaria um tempo indeterminado até poder se levantar da cama e caminhar, tudo dependeria da capacidade de regeneração de seu organismo e do afinco com que se dedicasse à fisioterapia. Existia mesmo a possibilidade de não andar nunca mais, mas o mais provável era que, com o auxílio de muletas, quem sabe até de uma simples e otimista bengala, fosse capaz de se locomover com relativa desenvoltura dali a alguns meses, quando enfim poderia ser devolvido ao mundo para tratar da própria vida. Por enquanto, exigia cuidados permanentes. Abri minha casa para recebê-lo.

O quarto de hóspedes virou uma enfermaria. Médicos, enfermeiros e fisioterapeutas viviam entrando e saindo do apartamento da Francisco Otaviano, revezando-se em três turnos diários. Se eu parasse para somar a remuneração desses profissionais aos gastos com remédios e aluguel de equipamentos hospitalares, em vez de ir assinando cheques à medida que as despesas se impunham, chegaria a uma cifra devastadora para minhas finanças da época, que estavam longe da bonança dos tempos futuros de best-seller. Mas àquela altura a confecção de biquínis de Elvira começava a crescer, engordando nossa renda familiar. Como não tínhamos filhos, até sobrava um pouco.

Fiquei feliz ao constatar que minha mulher compreendia, sem necessidade de explicação, que eu simplesmente tinha que ajudar o infeliz ex-craque. Elvira não me fez perguntas, nunca conversamos sobre a culpa que me consumia por ter revelado ao mundo de forma egoísta, interessado só no brilho da minha assinatura sob a manchete inusitada, aquilo que Peralvo, alertado por Mãe Mãezinha, guardava em segredo na esperança de driblar o castigo armazenado na face escura do mundo.

Mais do que compreensão, Elvira manifestou um desvelo insuspeitado ao nosso hóspede. Se havia um lado bom no massacre de Peralvo, pensei, ali estava ele. Aquela capacidade de doação me mostrou uma face até então desconhecida da minha mulher e teve o poder de despertar instintos merequenduanos ancestrais, acendendo em mim o desejo de levar enfim ao estágio seguinte nosso pacto nupcial. Que idiota eu era de ainda não ter constituído uma família de verdade com aquela mulher. Auxiliada por Conceição, minha querida Elvira foi a Florence Nightingale de Peralvo, dia e noite ao seu lado, e eu decidi que quando a provação chegasse ao fim deixaria de resistir aos seus apelos maternais. Tinha chegado a hora de encomendar o primeiro de nossos muitos filhos.

Um dia, quase quatro meses depois de começar, a provação chegou mesmo ao fim. Peralvo descobriu então que eu não era o único a me sentir culpado por seu infortúnio. Pai da Luz, arrependido do plano insensato de marcar Pelé espiritualmente, ofereceu-lhe abrigo no sítio que tinha em Jacarepaguá, onde operava um terreiro de umbanda de clientela pequena mas fiel, chamado Cantinho do Preto Velho. Foi para lá que seguiu o ex-jogador assim que se pôs de pé. Saiu do apartamento da Francisco Otaviano caminhando de modo obstinado com suas muletas, sob as lágrimas de Elvira e Conceição. Me disse que ainda não tinha ideia do que ia fazer, talvez voltasse para Merequendu.

Não me lembro de ouvir dele uma única palavra de agradecimento naquele breve diálogo de despedida. Impressionou-me como estava magro, envelhecido, mudado. Depois desse dia não tivemos mais contato. Alguma coisa havia se partido além de seus fêmures, tíbias e fíbulas, que na época ainda se chamavam perônios.

Soube depois por terceiros que ele não tinha voltado para Merequendu afinal. Estava instalado como pai de santo auxiliar no terreiro de Pai da Luz e conquistara em pouco tempo, com seus poderes divinatórios, uma reputação que superava a do anfitrião. Pelo menos era o que se dizia. A verdade é que eu já não me interessava pelo que Peralvo fazia ou deixava de fazer com o resíduo disforme de sua existência no mundo. Minha dívida estava paga. Morreu a estrela, acabou-se o livro, vamos todos cuidar da vida. E no meu caso, como eu tinha planejado, isso começava com um filho. Elvira estava grávida.

É tentador pensar na trajetória de Peralvo como uma metáfora da situação política do país naquele ponto da história. Logo após o tenebroso Vasco × Santos de 1964, traçar paralelos desse tipo foi um passatempo para um bom número de jornalistas esportivos cariocas. O futebol paranormal do merequenduano parecia prenunciar algo maior, um salto de qualidade que enfim transformaria o país naquilo que ele tinha o potencial para ser, porém acabou não sendo. Afigurava-se como um corolário não apenas lógico, mas inevitável, do processo de pretificação que havia transformado o futebol brasileiro no que ele era, conforme documentado por Mario Filho e comemorado por Gilberto Freyre. Uma carreira esportiva cheia de vagas mas excitantes promessas revolucionárias foi abreviada em março de 1964 pela força bruta da Vascalhoada. Poucas semanas depois, o golpe militar abortou também brutalmente as vagas mas excitantes promessas revolucionárias do governo João Goulart. O fato do próprio Peralvo ser um simpatizante da esquerda contribuía para a imagem do ex-craque como símbolo de um país que de repente, quando tudo parecia mais risonho e solar e bacana, degringolou, subjugado por forças noturnas que representavam o que nele havia de pior. Era uma visão romântica e até cândida, claro, mas por isso mesmo seu apelo para jornalistas esportivos era irresistível. Nosso trabalho sempre tinha sido esse mesmo: encher de sentidos figurados as lacunas deixadas por um jogo que, ao pé da letra, não era capaz de criar nada além de um esqueleto em que se penduravam pobres esboços de sentido. Éramos os reis da metáfora, os sultões da alegoria, os imperadores da hipérbole, os soberanos da construção e da destruição de mitos.

A leitura política do drama de Peralvo se infiltrou em mais de um devaneio cronístico da época, sempre de forma sutil para não irritar o governo. Até eu contribuí para isso. O assunto era tratado com mais liberdade nas rodas de conversa em bares e redações, quando imaginávamos estar em segurança, cercados de interlocutores que pensavam como nós. Por alguns anos aquilo foi um hobby relativamente inócuo, forra simbólica contra o movimento militar carrancudo que tinha posto um marechal viúvo de porte simiesco, nanico, sem pescoço, cara de cangaceiro, no comando de um país que até então se orgulhava de ter em d. Maria Teresa Goulart uma primeira-dama mais bela que a própria Jacqueline Kennedy. A questão era mais do que política, ou talvez menos: era estética. Depois de Brasília e de Maria Teresa, do sucesso da bossa nova no Carnegie Hall e do bicampeonato mundial no Chile, começávamos a acreditar que podíamos mesmo ser um país cosmopolita, elegante, maneiro. Humberto Castelo Branco representava o lado mais feio e canhestro do Brasil.

Quando em 1968 veio o golpe dentro do golpe e a ditadura endureceu de vez, a brincadeira perdeu a graça. De um lado porque ficou perigosa demais, do outro porque Peralvo ia caindo no esquecimento como ex-jogador. Tinha virado uma figura folclórica que a imprensa popular consultava a cada dezembro para fazer suas previsões de ano novo. No começo aquelas reportagens esotéricas ainda mencionavam seu passado esportivo, depois nem isso. Peralvo já não precisava de seus velhos feitos futebolísticos, que de todo modo tinham sido inconclusivos, para ser um personagem de relevo na cultura carioca. Era famoso pelo trabalho como pai de santo da moda e por sua clientela de dondocas da Zona Sul, mulheres cheias de joias que se despencavam até as lonjuras de Jacarepaguá e não se importavam de aguardar em filas compridas para se consultar com ele. Corriam até uns rumores de que aquele desgracioso mulato manquitola de carapinha furta-cor oferecia, vê se pode, mais do que consolo espiritual às impressionáveis senhoras da sociedade que batiam à sua porta, possuindo as mais jeitosas numa acepção do verbo que ia além da empregada em sua religião para nomear o que as entidades faziam com os cavalos e os espíritos brincalhões ou malignos, com os médiuns menos desenvolvidos. Eu havia testemunhado desde os tempos de Merequendu demonstrações suficientes do carisma sexual do sujeito, mas não dei muito crédito àqueles boatos. De uma forma ou de outra, ao se afastar do mundo do futebol, era natural que Peralvo se afastasse também do mundo da metáfora. A dimensão política da sua história tinha deixado de fazer sentido.

No dia 11 de junho de 1970, quando, devastado pelo fim recente e turbulento de meu casamento com Elvira, eu estava no México pelo *Jornal do Brasil* tratando de ser profissional e juntar os caquinhos pessoais para cobrir a campanha do tri para meu novo empregador, um consórcio ambicioso de grupos da luta armada sequestrou no Rio o embaixador alemão, Ehrenfried Anton Theodor Ludwig von Holleben.

O Brasil tinha vencido a Romênia na véspera por três a dois, na última partida da fase de grupos. O jogo era quase um amistoso para nós, que já tínhamos a classificação assegurada, mas não para eles, que ainda disputavam a segunda vaga com a Inglaterra. Acabou sendo um pouco mais fácil do que o placar sugere, os romenos marcando o segundo gol só no fim, mas não foi moleza. No dia seguinte, folga dos titulares, só os reservas treinaram. Já era noite e fazia mais de duas horas que eu tinha mandado para o jornal uma matéria meio enchedora de linguiça, claro que tudo num tom de otimismo delirante, quando chegou ao centro de imprensa de Guadalajara a notícia do sequestro de Von Holleben.

O embaixador, um coroa gente boa que depois de solto daria entrevistas simpáticas aos sequestradores, tinha sido capturado numa ação violenta e fulminante. Fecharam o carro oficial do homem perto da casa dele, numa daquelas ruazinhas meândricas de Santa Teresa. Houve rajada de metralhadora à vontade e um dos seguranças foi fuzilado no ato. A notícia logo dominava as conversas na sala de imprensa, abafando momentaneamente a Copa. Os colegas estrangeiros queriam saber se a guerrilha tinha chance de derrubar mesmo a ditadura. Havia um, o Juan Pablo, argentino magrinho e nervoso, que nos dava parabéns pelo sequestro do "*tudesco hijo de puta*" como se aquilo representasse uma vitória para toda a América Latina. Entre risadas histéricas, gritava:

— Beckenbauer se está cagando por la pata abajo!

Não dei trela para essas conversas: estava ensimesmado, pensando em Elvira. Saí dali sozinho e caminhei até um bar próximo. Lembro que tinha uns mariachis enchendo o saco, no México sempre tem, mas não sei quantas tequilas com limão e sal eu virei. Duas ou três a mais do que devia. Voltei com passos incertos para a sala de imprensa, que àquela hora estava deserta, quase fechando. Um funcionário com cara de asteca tentou me barrar, mas botei moral e passei à telefonista um número do Rio. A ligação foi completada com rapidez, coisa rara na época. Depois segui direto para o hotel e não demorei a dormir.

No dia seguinte soubemos da lista de exigências divulgada pelos sequestradores, a libertação de quarenta presos políticos, que o governo tratou de atender prontamente. Foi só uns dias depois, a poucas horas do jogo com o Peru, o único em que Tostão, artilheiro das eliminatórias, marcaria gols na Copa, foi só então que bateu lá no México a informação da morte de Peralvo.

Juro que vi um ou dois colegas vascaínos comemorando, mas em geral os jornalistas brasileiros que cobriam a Copa do Mundo receberam a notícia com consternação e perplexidade. Muitos conheciam Peralvo dos tempos de jogador e guardavam a memória de um jovem tímido, até doce, difícil crer que tivesse se metido naquela embrulhada. Segundo o comunicado oficial, havia se enforcado numa cela do quartel da rua Barão de Mesquita depois de ser interrogado sobre sua participação no sequestro do embaixador alemão. Só que aquela era a versão mais desacreditada de todos os tempos: não houve quem não entendesse que tinham torturado o Peralvo até a morte. Aparentemente, ele não soube ou não quis dar informação alguma sobre a ação contra o Von Holleben, o que atiçou os instintos assassinos da tigrada. Estraçalharam o sujeito. O que ninguém entendeu na hora, nem ia entender jamais, era o que o Peralvo tinha a ver com a luta armada. Acabou prevalecendo a versão informal de que seu envolvimento era inexistente e tudo não havia passado de mal-entendido. Um mal-entendido que, naquele contexto de guerra aberta, fora suficiente para pôr em movimento a máquina de moer carne da repressão. Uma vez acionada, essa máquina era pura irracionalidade, nada podia detê-la.

O fato de restaurar a velha metáfora política de forma tão bárbara tornava a morte do pai de santo das dondocas ainda mais chocante. Mesmo assim, não consta que tenha ocorrido a ninguém além de mim relacioná-la à inimizade nascida no réveillon de 1963 entre Peralvo e o tenente Turíbio Tibiriçá, que em 70 já era major e tinha um cargo graúdo no DOI-Codi, o serviço de inteligência e tortura do Exército. Não é sempre assim, mas às vezes, que me perdoem os amigos marxistas, fatos que parecem ter causas sociais, históricas, coletivas, são mais inteligíveis quando os reduzimos à dimensão da miséria pessoal: amor e ódio, rancor e traição. Mãe Mãezinha devia saber que de matérias desse tipo eram feitas as esferas cósmicas que se moveriam como engrenagens descomunais para esmagar o filho, como ela previu certa tarde debaixo da goiabeira às margens do Merequendu, uma preta velha varada de sabedoria ancestral mas perdida em sua poça de luz roxa, impotente diante do que estava escrito. Oxóssi, Dom Sebastião, o Judeu Errante, Olorum, Seu Sete, o Enforcado, Joana d'Arc e um monte de seres que o menino Peralvo não compreendia foram conjurados naquele momento e talvez estivessem presentes também na hora do fim, mas nada podiam fazer para ajudá-lo. O que o tornava um semideus dos gramados não valia mais. De nada lhe adiantou enxergar um segundo à frente quando as Patamos invadiram o Cantinho do Preto Velho em Jacarepaguá. Decifrar as auras de vermelho homicida dos torturadores era outra habilidade inútil. Acontece que o futebol pode espelhar a vida, mas a recíproca, por razões que ignoramos, não é verdadeira. Há entre os dois uma assimetria, um descompasso no qual não me surpreenderia que coubesse toda a tragédia da existência.

O drible de Pelé em Mazurkiewicz

Peralvo era para ter sido maior que Pelé, diz Murilo, olhos erguidos para uma nuvem negra em forma de foice no céu zangado do Rocio. A foice quer ceifar num só golpe a mata que forra os morros, deixar carecas os cocorutos arredondados, expor suas reais intenções ocultas entre os galhos folhudos de aparência inocente: serpentes, insetos de arquitetura antediluviana, caranguejeiras, teiús, tatus, gambás, porcos-do-mato. Que merda, o velho parece falar sozinho. Que merda de vida.

Você sente seu corpo tremendo inteiro, uma descarga de baixa voltagem que começa na planta dos pés e vai subindo sem pressa até o topo do crânio. A friagem da serra o surpreende pouco agasalhado outra vez. Talvez nunca vá se acostumar com esse enclave gélido tão próximo do verão permanente do Rio. Deixando Murilo na varanda, você volta para o calor da sala e se enrosca num canto do sofá de couro puído, ao lado do fogo e de frente para a TV trambolhuda que exibe a imagem parada de Pelé.

Chupando um cubo de gelo ou coisa parecida, o cara caminha de volta ao centro do campo, olhando de soslaio para a meta uruguaia. É de supor que esteja frustrado pelo gol que não conseguiu fazer, mas parece tranquilo, de uma placidez até arrogante de quem dá a entender que na verdade nunca quis fazer o que parecia ter querido fazer, que tudo saiu conforme o planejado e aquela impressão deixada em todo mundo — de que queria fazer o gol enquanto o tempo inteiro sua intenção era perdê-lo por pouco, gravar no corpo coletivo da espécie a cicatriz desse "por pouco", sabendo que ela queimaria mais que o gozo da realização —, aquilo era o drible definitivo, inconcebível, o drible em cima do drible em cima do pobre Mazurkiewicz.

Ocorre-lhe que o negro de camisa amarela que enche a tela, congelado no ato de chupar gelo e olhar de esguelha, já é um jogador maduro, consagrado, mais do que isso, imortal, mas jovem — nem trinta ainda.

A relatividade do tempo. Rew, play, pause, play.

Mais tarde você vai tentar decidir se realmente existiu o olhar alucinado com que Murilo Filho vem da varanda nessa hora, como se tivesse lido uma mensagem hedionda no céu. Se aquele frêmito demente está agora no rosto do velho ou será acrescentado depois por sua imaginação. Vai ser inútil rebobinar o videoteipe da memória, pois quanto mais revista, mais fantasmagórica a cena se tornará. Talvez a única solução estivesse no caminho oposto, esquecer em vez de lembrar, esquecer tudo por completo e então lembrar de repente, num sobressalto, como quem esbarra no escuro com uma cadeira que julgava estar em outro cômodo. Mas o esquecimento está fora do seu alcance.

Você se preparou para, chegando ao Rocio, ser bombardeado com perguntas sobre o estranho livro de Murilo. Decidiu fazer uns elogios vagos, ah, interessante, o mais insípido dos adjetivos seria preferível à verdade. O homem está morrendo e nunca mais escreverá: o que você teria a ganhar se lhe dissesse que seu derradeiro esforço literário é o produto de uma mente senil, que não acreditou por uma linha sequer na história daquele craque feiticeiro e, mesmo que decidisse, por espírito esportivo, suspender a incredulidade, ainda passaria longe de compreender por que alguém se disporia a contá-la? O pior eram as referências a Elvira, que a princípio fizeram seu coração bater mais forte em dolorosa expectativa e acabaram por se revelar tão escassas, rasas e frustrantes que as lacunas do que não era Elvira engoliram aos poucos a narrativa inteira, bolas brancas que iam inchando na página até não restar nenhum sinal de tinta.

Mas Murilo não perguntou nada. Limitou-se a tomar o pacote de croquetes de sua mão, passá-lo a Uiara e ligar a TV para mais uma sessão de cineminha, a última, embora você ainda não soubesse disso. Agora ele vem da varanda caminhando devagar, com a expressão aloprada que você nunca saberá ao certo se está realmente ali, e desaba na poltrona forrada do mesmo couro cor de rato que cobre o sofá e, como este, uma geografia intrincada de rachaduras, rasgões e esfolados. Vocês dois ficam um tempo olhando para Pelé e ouvindo os ruídos das panelas mexidas por Uiara na cozinha.

O vazio. A hora morta do futebol.

Murilo diz: Você ainda não entendeu nada, não é?

Pelé olha de lado. Nem trinta anos ainda.

O que tem para entender?

O velho ri, uma risada curta mas feroz. O ar de irrealidade que já rondava a sala se adensa feito poeira sobre o sofá, a poltrona, a velha TV de tubo de imagem. Sua cabeça é um bêbado com pressa: você tenta fazê-la trabalhar velozmente e ela fica cambaleando no mesmo lugar, não sabe para que lado correr. O que tem para entender, pai?

Me chame de Murilo, ele diz. O que tem para entender é tudo. A vida inteira. E quase tudo o que tinha para acontecer nesse gramado já aconteceu. Você não vê que o jogo está terminando? Estamos no último minuto da prorrogação. Se não consegue enxergar, podia pelo menos ser um pouco curioso. O que acontece depois que o Pelé dribla o Mazurkiewicz e perde o gol, você sabe? Não, claro que não sabe. Teve curiosidade de descobrir? Claro que não teve. Preferiu ficar olhando para uma imagem parada. Ah, Tiziu. O que eu vou fazer com você?

O velho volta a ficar de pé enquanto fala. Pega o controle remoto no braço do sofá e o larga em seu colo a caminho de deixar a sala na direção dos barulhos da cozinha. Você cogita ir atrás dele e sacudi-lo pelos ombros, ordenar que deixe de brincadeira, acabou sua paciência para charadas caducas. Em vez disso, obediente ou só curioso mesmo, pega o controle remoto e pressiona o botão negro onde se vê uma pequena seta branca. Não percebe que os ruídos cessaram na cozinha.

O que você vê primeiro é a repetição do lance do gol que Pelé não fez: agora sem as interrupções de Murilo, desfilam na tela com rapidez surpreendente o passe de Tostão, o drible de corpo em Mazurkiewicz, o chute para fora. O replay da jogada assombrosa leva o diretor de imagem da TV mexicana a perder a saída de bola do goleiro uruguaio, provavelmente um chutão para a frente. Quando a transmissão volta ao jogo ao vivo a bola já está nos pés do Gérson na zona intermediária do Uruguai. Gérson a passa a Rivelino e este, despudorado, recua a jogada até a defesa do time amarelo, onde Brito recebe a bola e a entrega a Clodoaldo, este a Everaldo, que a devolve a Clodoaldo. Vencendo a semifinal por três a um, é evidente que o Brasil não quer que haja mais jogo.

O juiz concorda, apita, o gramado é invadido por uma multidão. Isso era rotina naquela Copa: repórteres, fotógrafos, cartolas, gandulas, funcionários do estádio, bicões, poetas candidatos ao Nobel, autoridades governamentais, mulheres e filhos de autoridades governamentais, várias gerações de descendentes de Montezuma, Zapata e Cantinflas. Você se espanta porque não sabia que o famoso drible de Pelé em Mazurkiewicz era o último lance da partida. Meio aparvalhado, fica tentando encontrar no bolo humano que toma conta do campo a chave do enigma proposto por Murilo. Chega a acreditar que a encontrou ao ver um caçador de souvenir mais atrevido, rapaz moreno de roupa laranja, tentando arrancar a camisa de Pelé pela cabeça contra a vontade dele. Talvez o sujeito de laranja se pareça um pouco com você. Sim, aquele mexicano se parece à beça com você. E daí?

Num corte brusco, a cara de Murilo Filho enche a tela. Oi, Tiziu, ele diz. Não vou roubar muito do seu tempo. Não por enquanto. Está bom esse foco? Não há resposta, mas a imagem recua em zoom e você vê que seu pai está sentado no mesmo canto do sofá onde você está agora. Isso cria uma ilusão de espelho que o faz sorrir, antecipando mais uma gagazice do velho.

Bom, vamos lá. Onde estávamos mesmo? Murilo olha para um ponto acima da câmera em busca de ajuda. Parece desamparado. Dessa vez obtém resposta, uma resposta que faz você congelar. Elvira, diz a voz de Uiara.

Isso. Elvira. A sua mãe, Tiziu. Mas primeiro eu vou dizer uma coisa, eu estou aqui gravando esse vídeo, não tem nada a ver com o medo de encarar você nessa hora, não. Não tenho medo de você, nem de nada. Estou além do medo porque para todos os efeitos sou um homem morto. Tenho mais é pena. De você, quero dizer. Eu estou aqui gravando esse vídeo porque é assim que precisa ser, você ainda vai entender o que estou dizendo. Você é lento para entender, mas vai. As cartas estão todas na mesa, daqui a pouco o juiz apita o fim da partida. Mas quem sou eu para te criticar, Tiziu? Eu também fui lento para entender.

O Rio de Janeiro inteiro soube antes de mim. Não é fácil falar disso. Vou ler umas coisinhas.

Só então você nota que, no vídeo, há livros empilhados no braço do sofá, e instintivamente olha para o braço do sofá ao seu lado, sobre o qual não há nada. O pai pega o livro de cima, um volume pesado de capa dura verde com letras douradas pequenas que você não consegue ler. Abre na página marcada com fita, pigarreia. Isso aqui é do Nelson, diz, e é bom demais. O cara enganava na crônica esportiva, mas no teatro era monstruoso. Você tem que imaginar que está ouvindo um coro, tá? Começa a ler com uma voz de impostada exaltação: Um menino tão forte e tão lindo! De repente morreu! Moreninho, moreninho! Moreno, não. Não era moreno! Mulatinho disfarçado! Preto! Moreno! Mulato! Meu Deus do Céu, tenho medo de preto! Tenho medo, tenho medo! Menino tão meigo, educado, triste! Sabia que ia morrer, chamou a morte! E se afogou num tanque tão raso! Ninguém viu! Ou quem sabe se foi suicídio? Criança não se mata! Criança não se mata! Mas seria tão bonito que um menino se matasse! O preto desejou a branca! Oh! Deus mata todos os desejos! A branca também desejou o preto! Maldita seja a vida, maldito seja o amor!

Sem esperar que essas palavras absurdas comecem a fazer sentido para você, Murilo fecha o livro e o põe de lado no sofá. Já está alcançando o outro, que também é de capa dura, mas vermelho e mais magro. E bem, lê em tom melancólico, ainda teatral, qualquer que seja a solução, uma cousa fica, e é a suma das sumas, ou o resto dos restos, a saber, que a minha primeira amiga e o meu maior amigo, tão extremosos ambos e tão queridos também, quis o destino que acabassem juntando-se e enganando-me... A terra lhes seja leve! Fechando energicamente o volume, um pequeno ruído de explosão, olha para a câmera e diz: Agora começa a ficar claro, Tiziu? Eu sei que você não conhece Machado, será que conhece Euclides? Você é o pé de café que nasceu no meu milharal, rapaz. Sua mãe era uma vagabunda.

Essa é a deixa para que você dê um salto de desenho animado e se enfie pela casa correndo, pronto para pregar na cara de Murilo o soco adiado há vinte e seis anos. Não encontra ninguém na cozinha. Roda todos os cômodos, procura no quintal, no jardim da frente. Chama o nome do velho, grita também o da caseira e o de Josué. Nada. Até Didi e sua banda guardam silêncio em suas gaiolas enfileiradas como celas num corredor de presídio. Manteiga aparece a certa altura no jardim, vindo do quintal com cara de intrigado e logo começando a latir, histérico, quando você se põe a chutar uma moita de hortênsias ao lado do riacho. O despejo da raiva no reino vegetal lhe dá alívio momentâneo, abrindo espaço para uma sensação mais complicada em que a curiosidade pelo fim daquela comédia se mistura a um sentimento pegajoso que lembra medo. Por uma falha na cerca viva, vê rebrilhar um naco negro do Maverick. O carro está à sua espera na clareira do lado de fora. Basta entrar nele, girar a chave, engatar a ré e depois a primeira, em uma hora estará em casa. Quando volta para o sofá, a tela da TV está negra: o vídeo continuou a rodar na sua ausência e terminou. Falta pouco. Rew, play.

Eu sei que você não conhece Machado, será que conhece Euclides? Você é o pé de café que nasceu no meu milharal, rapaz. Sua mãe era uma vagabunda. Acontece que eu amava demais aquela vagabunda, o velho dá um sorriso patético, incongruente. Já te falei que para mim não existe nada mais forte do que isso no mundo, mas não sei se você levou a sério. Talvez não tenha entendido direito, para variar. Pode me chamar de piegas. Pelo amor de uma mulher eu sou capaz de qualquer coisa, não tem nada mais importante, e nesse ponto faz uma pausa para observar as mãos que repousam em seu colo com as palmas para cima, movimento que expõe o brilho da calva rosada sob os fios ralos. Mexe os dedos lentamente. Ainda de olhos baixos murmura: Até de matar. Morrer, então...

Você ouve latidos vindos da estrada. Um toro de lenha carcomido pelas chamas desaba na lareira, erguendo fagulhas e uma nuvenzinha de cinza. Você repara com um calafrio que o fogo está quase morto. Não faz nada para reavivá-lo. O surto de atividade que o dominou há poucos minutos refluiu, deixando uma lassidão doentia em seus membros, um cansaço de milênios. Já não há medo nem curiosidade. Enquanto o velho espicha na TV um silêncio confuso que parece autêntico, momento raro de espontaneidade naquela encenação farsesca, como se também estivesse cansado, você retarda o mais que pode a montagem do quebra-cabeça embora não consiga impedir que as peças comecem a se atrair umas às outras, imantadas, encaixando-se à sua revelia. Murilo ajeita o corpo no sofá e encara novamente a câmera. Outro dia você me perguntou por que a sua mãe se matou, diz, e eu desconversei. Não era a hora. Agora eu posso te contar que a sua mãe se matou porque mataram o homem dela. Elvira estava louca. Não aguentou a ideia de viver sem o infeliz, a putinha. Foi só isso.

Você dá um soco no sofá e manda Murilo calar a boca, mas não toca no controle remoto e ele vai em frente: Vem cá, Ui. A índia sai de trás da câmera e entra em foco. Está com seu vestido de chita, sim, é sempre o mesmo, e traz a cabeleira presa num rabo de cavalo que você ainda não a viu usando. Murilo dá palmadinhas no estofamento de couro. Assim que ela, obediente, senta-se ao seu lado, ele a puxa pelo ombro e tasca em sua boca um beijo longo e babado. A cena provoca em você uma careta involuntária que dura a extensão do beijo e invade o momento em que o pai volta a olhar para a câmera com ar de desafio, a mulher sorrindo afogueada ao seu lado.

Mas isso tudo é velho, Tiziu. Passou. Só quem não passa nunca é você, peste. Pé de café do caralho. Agora eu tenho uma mulher que me ama e que eu amo, e adivinha? Quero deixar para ela tudo o que conquistei na vida, mas não posso. A lei não deixa. Só posso dispor de metade da herança, a outra metade é sua, não tem conversa. É absurdo ou não é? Você acha isso justo, Josué? Não, doutor, ouve-se a voz do caseiro. Vem cá, Josué, dá um tchauzinho pro Tiziu.

Incrédulo, nauseado, você vê Maguila, o gorila corno, entrar relutante no quadro com seus braços compridos e uma camiseta regata curta que expõe a dobra de sua barriga sobre a bermuda. A mão do velho se desloca do ombro para o vão entre as coxas morenas de Uiara, erguendo um pouco a barra do vestido. Agora até você, que é pouco curioso, ele diz, deve estar com umas perguntas na cabeça. Vem me encontrar na represa que a gente esclarece tudo. Te espero lá, Tiziu. Estou sentindo que hoje você vai pegar um peixe grande. He-he. É isso, então. Essa é a piadinha que eu guardei pro fim. Cai o pano.

Uiara se levanta do sofá e cresce, meneando as cadeiras, na direção da câmera. Seu vestido enche o quadro e a tela se apaga.

Ei, você! Isso, você mesmo. Quem é você? O que faz aqui? A herança absurdamente indelével de uma quinquilharia pop. O Esquilo Louco não podia esbarrar com um espelho sem se empertigar na ponta dos pés com o dedo erguido na cara do reflexo: Quem é você? Você — isso, você mesmo — via aquilo no mundo cinzento e chuviscoso de uma caixa mágica chamada Telefunken, numa das primeiras filas entre os milhões de brasileiros que já nasceram na frente da televisão, e se encolhia de pavor na poltrona. Muitos anos depois, quando compreendesse que na época havia no país uma ditadura obscurantista com seu diligente time de censores, ia ficar pasmo de terem permitido a exibição de um desenho animado de terror para criancinhas indefesas. Em suas pesquisas de adulto nunca seria capaz de descobrir — nem Maxwell Smart sabia — se o bicho com problemas de identidade aparecia num único episódio ou em muitos, se era protagonista ou coadjuvante, sequer que desenho era aquele. Hanna Barbera? Warner Bros? Dificilmente seria Disney. Começou então a suspeitar que o esquilo invocadinho não tivesse passado de uma projeção da sua própria mente, amigo imaginário e pouco amistoso a instruí-lo nos meandros de uma crise tenebrosa: Quem é você? O dedo de um menino de cinco ou seis anos erguido para o espelho no banheiro azul do apartamento do Parque Guinle. O que faz aqui? Nas viagens de ayahuasca em que você mergulhou depois de ser destruído por Lúdi, era comum o Esquilo Louco aparecer transfigurado, gigantesco, com olhos de fogo e pelo duro como o de um jumento. Ei, você! Quem é você? Agora que não lhe falta tempo para o vício do autodiálogo que aprendeu com ele — e ao qual manteve uma fidelidade de mais de quarenta anos —, você repassa a história inteira, pausando, voltando, avançando. Percebe que as respostas podiam não estar lá desde o início, mas as perguntas estavam. Quem é você, Neto? O que faz aqui? Compreende então que sem as agulhadas constantes do animalzinho cartunesco que, real ou imaginário, expunha candidamente ao mundo a condição de ser estrangeiro em seu próprio corpo, sua própria alma, você nem teria aceitado o convite para subir a serra e estaria livre da peçonha de Murilo — maldito Esquilo Louco. Em compensação — grande Esquilo Louco — até hoje não saberia o que dizer ao espelho quando ele erguesse o dedo inquisitivo na sua direção.

Reduzo a velocidade, ligo o pisca-alerta e paro o Maverick na pista da esquerda do elevado do Joá, o de cima, no sentido da Barra da Tijuca. O movimento do meio da tarde de terça-feira tem intensidade moderada, mas o perigo de ficar parado aqui é vertiginoso. Se um problema mecânico o impede de atravessar o túnel para parar com mais segurança do lado de lá, onde há áreas de escape, você deve pelo menos procurar a pista da direita. Só que não há problema mecânico nenhum, e este é o lado do Atlântico. Em sinal de revolta ou alerta, a maioria dos carros buzina longamente ao passar pelo Batmóvel. O esporro é tão grande que mal dá para ouvir o murmúrio do mar lá embaixo.

Saio do carro e sento na amurada de concreto, pés balançando no vazio, de frente para o oceano verde. Reparo que não é um verde uniforme. Há aqui e ali enormes manchas escuras, azuis algumas, outras quase cor de chumbo, como baleias dormindo sob a superfície. A última visão que Elvira levou deste mundo, penso, e me dou conta que nunca soube exatamente de qual ponto do viaduto minha mãe se jogou. Pula logo, maluco, grita um motorista de passagem, alto o bastante para se impor no meio das buzinas. Sorrio. Puxa, sabe que eu não tinha pensado nisso?

O início do júri popular está marcado para amanhã. Serei condenado por unanimidade. Se nem Maxwell Smart foi capaz de acreditar em minha inocência, o que esperar de semianalfabetos cevados em manchetes sensacionalistas? O próprio Rodolfo Brunner, meu advogado-estrela, é cético até a medula, embora finja ter fé para honrar a pequena fortuna em honorários que me arrancou nos últimos três anos e meio entre prisões temporárias, habeas corpus e audiências de instrução, torrando mais da metade dos oitocentos mil reais que rendeu a venda do apartamento da praça Santos Dumont. Até hoje meus breves períodos na cadeia foram passados em celas especiais, privilégio de quem tem curso superior no Brasil. A condenação deverá ser o fim da moleza, embora Brunner garanta que, se for o caso, vai arrancar do juiz o direito ao recurso em liberdade. Só pobre vai para a cadeia neste país, meu amigo, ele diz, cínico e desavisado, sem saber que pobre eu já fiquei. É a minha vez de ser cético. Agora, Neto, falo em voz alta, mirando as pedras lá embaixo, é o inferno. A violação meticulosa e infinitamente reiterada de você. Em pouco tempo você não saberá mais quem é. Pula logo, maluco.

Quando penso num presídio, a primeira imagem que me vem à cabeça é a de uma ilha não muito diferente das que avisto agora do Joá, corcovas negro-acinzentadas quase na linha do horizonte: a Ilha do Diabo onde o governo francês trancafiou o capitão judeu Alfred Dreyfus, vítima de uma conspiração antissemita, e onde os drs. Doug Phillips e Tony Newman foram encontrá-lo por obra daquele puro acaso que ditava o comportamento do Túnel do Tempo. Com todas as suas paredes de computadores piscantes que cuspiam papelotes, a sala de controle da missão Tic-Toc não tinha competência para trazer a dupla de volta ao presente — mesmo porque isso significaria o fim da série —, mas seu sensor de celebridades históricas era infalível.

Sei — não sou doido — que essa imagem de presídio é uma criancice. Demorou mas finalmente, aos cinquenta anos, estou farto de criancice. Aquela Ilha do Diabo parece o Club Med perto da masmorra medieval que me aguarda se eu não conseguir reunir a coragem de Elvira e pular agora. Quando parei o carro, parecia fácil. Não esperava que a vontade compreensível de morrer encontrasse essa resistência a soprar no vento marinho que quase me desequilibra na amurada, vindo quem sabe da África de meus antepassados, invisível mas sólida depois da curva do horizonte: a teima despropositada em viver. Será que foi mais fácil para Murilo, penso, quando deslizou para dentro da água fria, o entorpecimento do sonífero já começando a dominá-lo?

Rew, play. A primeira coisa que vi ao chegar à represa foi a quentinha aberta, revirada. Havia um pedaço de croquete sobre a pedra ao lado das varas de pescar que, largadas em desalinho, desenhavam uma cruz torta. O velho não estava à vista. Onde se meteu aquele — comecei a dizer em voz alta, furioso com o vídeo repugnante que acabava de ver, mas a pergunta não se completou. O corpo boiava de borco a cinco metros da margem. O instante em que o vi ficou congelado por um tempo que eu não saberia medir. Tempo suficiente, talvez, para fazer a diferença entre a vida e a morte e decidir o destino do meu tempo restante neste mundo, mas isso eu só pensaria depois. Por enquanto apenas contemplava com horror e deslumbramento a cena plagiada dos meus devaneios homicidas, paralisado pela coincidência de tanto minha mãe quanto meu pai, ou o homem que eu havia passado a vida acreditando ser meu pai, terem encontrado a morte na água. Água salgada, água doce, sempre com pedras em volta. Devia haver uma mensagem ali.

Finalmente: o autobeliscão, o frenesi, o mergulho na represa gelada. A dificuldade de tirar da água o corpo cheio de braços e pernas, olhos vidrados refletindo as nuvens. Beijo na boca, sabor de croquete. Murros no peito murcho fazendo espirrar água do suéter empapado. Respira, filho da puta! O tempo mais uma vez desmedido, dando um jeito, traiçoeiro, de deixar a eternidade se infiltrar até no domínio de uma agitação frenética, ações repetidas ficando vazias de sentido e cada vez mais anestesiantes, como uma música serial. Beijo na boca. Croquete. Socos. Filho da puta.

Ainda não tinha chorado quando cheguei com o cadáver de Murilo nos braços à casa onde Uiara e seu marido, em pé ao lado da churrasqueira, pareciam estar à minha espera. Os dois me ajudaram a deitar o morto sobre a mesa e só então desabei numa cadeira com a cara enfiada nas mãos. Manteiga começou a ganir baixinho. O casal manteve a calma. Uiara foi buscar um copo d'água enquanto Josué ligava para a polícia. A mulher tinha lágrimas nos olhos, mas sua mão era firme ao me estender o copo. Lá dentro, Maguila ditava pausadamente o endereço e dava instruções, depois da pontezinha vermelha, esquerda, tem uma tabuleta na entrada que diz Recanto dos Curiós.

Fui preso em casa dois dias depois, quando revisava o livro de um pastor protestante chamado *O que significa ser livre*. No começo acreditei que seria fácil provar minha inocência, mas só até ser informado dos croquetes envenenados, do laudo dos legistas e dos depoimentos de Uiara, de Josué e de um monte de peões da venda do Jotinha sobre as ameaças de morte que vivia fazendo ao pai.

A droga havia sido uma excelente escolha. O midazolam, comercializado no Brasil com o nome de Dormonid, é um hipnótico de ação fulminante. Vinte minutos após a administração de meio comprimido, ou quinze miligramas, o sujeito já está flutuando numa treva densa e dela não deve ser despertado por pelo menos quatro horas. Vinte minutos, o tempo que eu perdera com o vídeo. Que vídeo? A polícia não encontrou o vídeo. Encontrou, sim, oito croquetes e meio à beira da represa, dos quais dois e meio tinham, cada um, um comprimido inteiro de Dormonid pulverizado e misturado à massa molenga num eixo cilíndrico engenhoso. Essa engenharia parece difícil mas é simples, explicaram os detetives de Petrópolis aos repórteres de todo o país, e estes às multidões que por semanas não quiseram ler nada além das reportagens sobre o covarde patricídio do Rocio. Basta inserir num dos polos do apreciado acepipe da Pavelka um tubo delgado — um canudo de refrigerante, por exemplo — e através dele rechear com o pó o salgadinho. A plasticidade deste facilita a camuflagem quase perfeita do orifício. Enganado de forma torpe pelo assassino, que passara meses cultivando o hábito de presenteá-lo com croquetes, o grande cronista esportivo havia consumido um e meio, o equivalente ao triplo da dose recomendada de midazolam. Era o suficiente para nocautear um cavalo e quem sabe até para matar um paciente cardíaco como ele — e aqui o dr. Deusimar Floriano dava seu depoimento, o que sempre enriquece coberturas do gênero — sem a necessidade do afogamento que, no caso, tinha sido a causa do óbito. Os legistas confirmaram ter encontrado aproximadamente essa dosagem no organismo da vítima.

No testamento que lavrou em juízo um mês e meio antes de se matar, Murilo alegava ter motivos para suspeitar que Murilo Neto, seu único filho, ainda que não biológico, planejava assassiná-lo, razão por que decidia deixar toda a sua herança — na qual se destacava um apartamento de quatrocentos metros quadrados no Parque Guinle, Zona Sul do Rio de Janeiro, imóvel que a imprensa chamou de "luxuoso" — para a sra. Uiara M. C. P., brasileira, casada, que zelosa e amorosamente, como se à família pertencesse, tinha cuidado dele em seus últimos anos de vida. Tudo em conformidade com o artigo 1814 do Código Civil, segundo o qual "são excluídos da sucessão os herdeiros ou legatários que houverem sido autores, coautores ou partícipes de homicídio doloso, ou tentativa deste, contra a pessoa de cuja sucessão se tratar".

Foi assim que Murilo conseguiu dizer adeus sem deixar nenhuma daquelas pontas soltas que considerava inevitáveis em qualquer vida. Controlou o balanço de seu legado até a última minúcia. Mais que um filho da puta, um péssimo pai movido pelo rancor ou mesmo um dedo-duro enlouquecido de ciúme, despedira-se do mundo como um demônio graduado. Para tirar tudo do bastardinho que fizera seu orgulho sangrar dia a dia por cinco décadas, para dar tudo a uma vadia interesseira encontrada na beira da estrada, tinha arquitetado um arco-íris de luz negra que ia além da vida, de modo que se houvesse alguma realidade fora do mundo físico habitado pelos seres humanos, como parecia crer Peralvo, nós dois, os Murilos, ainda fôssemos inimigos mortais por lá.

É esse pensamento que me faz passar com cuidado primeiro uma perna, depois a outra sobre a amurada do elevado, agora para o lado de dentro, enquanto buzinas e gritos saúdam o desatino do Maverick negro e seu motorista mulato. Não estou preparado para reencontrar Murilo Filho onde quer que seja, no tempo ou na eternidade, dentro ou fora da vida. Não ainda. Meu ódio é descomunal, incomparavelmente maior que eu mesmo, mas ainda está em fase de crescimento.

Na Barra, pego o primeiro retorno e sigo para casa. Uma mulher jovem e seu filho pequeno estão na calçada em frente ao prediozinho da favela Parque da Cidade, satélite da Rocinha, onde alugo um quarto e sala. Assim que o Maverick para numa vaga miraculosa a poucos metros da portaria, ela sorri e vem na minha direção trazendo pela mão o menino, que aparenta ter em torno de três anos. Vim te desejar boa sorte amanhã, diz. Deu um trabalho bizarro te encontrar, viu? Só então reconheço Gleyce Kelly de cabelos escuros, tão dramático é o contraste com o louro químico que tenho na memória. É como se ela tivesse transferido a lourice para a carapinha ruça do filho, um moleque encabulado de lábio inferior caído que não desprega os olhos verdes do chão. Esse é o Cauã, ela diz. Fala oi pro teu pai, Cauã.

Posfácios

O romance do futebol brasileiro

Fábio de Souza Andrade

Originalmente publicado nos estertores de 2013, *O drible*, de Sérgio Rodrigues, carioca de Muriaé (MG), escritor, crítico literário, criador do blog Todoprosa, colunista da *Folha de S.Paulo*, chegou muitíssimo bem recomendado. Foram elogios superlativos de Tostão, Luis Fernando Verissimo e Sergio Augusto, estampados na quarta capa. Disposto a jogar no vazio e ocupar uma lacuna literária, emplacou um romance que capturava o imaginário variado (lúdico, sociopolítico e econômico, estético e dramático) que os anos constelaram ao redor do fascínio brasileiro com o futebol. Contemplado com o Portugal Telecom (atual prêmio Oceanos) daquele ano, o romance chancelava o talento irrequieto do contista de *O homem que matou o escritor* (2000), em que o lugar da literatura aparecia interrogado a partir de múltiplos e surpreendentes pontos de vista (o urbano contemporâneo, o satírico-filosófico, o cotidiano carioca com toques de surrealismo) e o estilista já se afirmava, pessoalíssimo.

Desde então, traduzido e publicado fora do país (Espanha, Portugal, França e Estados Unidos), o autor multiplicou frentes e colheu frutos. Veio sua coluna na *Folha de S.Paulo* que pensa e investiga a última flor do Lácio como coisa viva, nem arvorando-se jardineiro sádico, dita-regras prático-moralista, nem botânico nas nuvens, vítima de tara abstrata e classificatória; desse trabalho resultou um saboroso almanaque, *Viva a língua brasileira* (2016). Na seara ficcional, reuniu os contos de *A visita de João Gilberto aos Novos Baianos* (2019) e dedicou-se mais uma vez ao romance, no recentíssimo *A vida futura* (2022). Em ambos, não faltam nem a interrogação sistemática dos clássicos da nossa literatura, nem o olho vivo para a vida presente que o particularizam. De resto, tampouco a obsessão futebolística fez fumaça, como mostra o folhetim "Jules Rimet, meu amor", uma fantasia policial sobre a taça desaparecida escrita por encomenda do *Le Monde* e publicada em pílulas, no jornal francês, durante a Copa do Mundo do Brasil, de funesta memória.*

Quantos mundos cabem em um lapso de dez anos? Em meio a uma enxurrada de mudanças, na cena do futebol — a perda do protagonismo tupiniquim, o persistente fantasma do 7 a 1, o tecnicismo preciosista e irritante do VAR, a globalização das torcidas, arenas modernas e elitizadas — e no grande mundo — o relógio do apocalipse adiantado, a maré ascendente do populismo de direita, as questões identitárias na ordem do dia —, a nova edição de *O drible*, dez anos depois de sua primeira, não só permanece galhardamente de pé como prosa aguda e inventiva, mas segue provando sobejamente sua tese não enunciada, com pretensão universalizante, mas particularmente feliz em tradução brasileira e local: a de que o esporte bretão e seus entornos funcionam como legítimo *theatrum mundi* e oferecem matéria da melhor qualidade à literatura que pode ser de primeira.

* O folhetim foi depois republicado em *A visita de João Gilberto aos Novos Baianos* (Companhia das Letras, 2016).

Naquele ano do lançamento do livro, às vésperas da invasão de uma Copa controversa, e olho de um furacão político claramente visível apenas em retrospecto, o mundo do futebol e o futebol como mundo ocupavam sem margem de dúvidas o centro da imaginação dos brasileiros. Nenhuma novidade. Em tons de cinza ou em cores vivas, a paixão nacional cruzou o século XX fazendo sonhar ricos, miseráveis e remediados, homens, mulheres e crianças, e, se então atrapalhava o sono de black blocs e geraldinos, desde que aqui aportou, nunca deixou de povoar devaneios e pesadelos da gente brasileira. É um pouco nossa língua franca, matriz de metáforas que atravessa e se deixa atravessar pela diversidade pouco pacificada de classes, valores, preconceitos. Mais que válvula de escape, é tanto um laboratório de conflitos tragicamente adiados como um lugar de reinventar muita vontade e potência represadas.

Que tudo é traduzível nos termos da paixão pela bola é uma certeza que o ensaísmo local cultiva há muito, extrapolando a sociologia do esporte para propor diagnósticos profundos do país a partir do futebol e seus lances. Para ficarmos só em tempos e exemplos relativamente recentes, de pensadores diversos de primeira ordem: Nuno Ramos arrisca uma poética do jogo em "Os suplicantes", seção de seu *Ensaio geral* (Globo, 2007); Tales Ab'Sáber faz uma leitura psicanalítica da derrota da seleção de 1982, lapso ou sintoma de um time talentoso que recusa o pragmatismo globalizado; e José Miguel Wisnik, em seu ambicioso *Veneno remédio: O futebol e o Brasil* (Companhia das Letras, 2006), enxerga dialeticamente na história do futebol brasileiro um espaço de conversão do reino da carência e do improviso em vantagem, de imposição do princípio do prazer à realidade, com os ganhos e impasses que o projeto comporta.

Expressão aguda de uma sociabilidade tensa sob uma mansidão de superfície, linguagem refinada e arte combinatória em si, fonte de expressões linguísticas que transitam livremente das metáforas dos analistas econômicos à filosofia popular, da retórica presidencial às reuniões de condomínio, o futebol é para os brasileiros um fato social total. Não assombra em nada, portanto, a sideração que exerce sobre artistas, críticos de cultura e psicanalistas. Espantoso, na verdade, é o relativo silêncio da ficção brasileira ao redor do tema, hesitante como o batedor inseguro diante do pênalti decisivo. Temos cronistas memoráveis, de Nelson Rodrigues e Plínio Marcos a Tostão, José Trajano e Juca Kfouri, os clássicos pioneiros de Mário Filho, claro, mas ainda nos faltava alguém que conferisse ao futebol brasileiro o estatuto ficcional que Zola, por exemplo, atribuiu à moda francesa em seu *O paraíso das damas* (1883).

Na ficção brasileira recente, são muitas as alusões ao mundo do futebol, mas em nenhuma delas ele cresce para além de pano de fundo. Elemento entre outros, figura ora reduzido à representação mais ou menos criteriosa de uma de suas dimensões (histórico-sociológica, simbólica, ligada ao âmbito da psicologia social), ora focalizado a partir de acontecimentos traumáticos ou trajetórias individuais excêntricas. Assim se passa com o bom romance *O segundo tempo*, de Michel Laub (Companhia das Letras, 2006), em que a memória de um Gre-Nal de 1989 serve de mote ao autor para lidar com o rito de passagem do narrador ao mundo adulto, confrontado com o colapso da vida familiar. É o caso também de *Páginas sem glória*, novela de Sérgio Sant'Anna (Companhia das Letras, 2012), em que se acompanha a ascensão e queda de um jogador atípico e aristocrático, Zé Augusto, o Conde, no futebol carioca dos anos 1950. Mais antigo, "No último minuto" (1973), conto do mesmo Sant'Anna, esmiúça, valendo-se de múltiplos pontos de vista e variações de ritmos narrativos, as consequências funestas de um frango humilhante para um goleiro azarado, enquanto *O paraíso é bem bacana*, romance de André Sant'Anna (Companhia das Letras, 2006), filho de Sérgio, se instaura no mundo da globalização do futebol, do Brasil celeiro exportador de craques, surpreendentemente combinado ao tema do terrorismo fundamentalista contemporâneo.

Nesse quadro, a novidade do romance de Sérgio Rodrigues está não tanto em converter a lógica do jogo em forma — como a poesia de João Cabral logrou recriar em palavras o tempo capturado no estilo de Ademir da Guia —, mas em reconhecer no futebol esse nó, resistente à interpretação e revelador ao extremo, da "alma brasileira" (para falar como Villa-Lobos), e dele fazer seu material romanesco, explorando-o em múltiplas direções. As contradições estruturais que regem a vida brasileira em vários planos, as mesmas que os grandes intérpretes do Brasil, de Machado de Assis a Sérgio Buarque de Holanda, souberam apanhar e formular, podem ser rastreadas, traduzidas e trabalhadas nos termos do mundo da bola. Mais: *O drible* reconhece tanto a pertinência dessa tese (o futebol é a tinta com a qual se escreve e descreve a identidade brasileira) quanto sua natureza problemática.

Ainda que a menção a Zola pareça extemporânea, não é de todo estrambótica. Não se trata de naturalismo, nem Sérgio Rodrigues é um narrador ingênuo. Seu modo hábil de manipular os fios cronológicos, alternando presente e passado na narrativa, e encaminhando o leitor para um desenlace trágico com tintas de melodrama, é claro sinal disso. Nesse aspecto, a finta estrutural aludida no título lembra a solução de outro bom romance contemporâneo de *O drible*, *O sentido de um fim* (Rocco, 2012), de Julian Barnes, título poderoso que o ficcionista surrupiou de um crítico, Frank Kermode. Tampouco seu estilo é árido e seco, à maneira dos neorrealistas: flerta com uma prosa que tende à multiplicação de imagens surpreendentes, ao modo de

Vladimir Nabokov, grande estilista da narrativa, também apaixonado pelo futebol e, em seu tempo, um bom goleiro. É a disposição de esgotar a representação de um fenômeno que lembra o espírito realista do autor de *Germinal*.

Em *O drible*, o aparente núcleo irradiador é um romance familiar, ajuste de contas que um eterno filho — Murilo Neto, revisor de livros de autoajuda, ruim de bola e pobre-diabo assumido, quarentão curtido em ressentimento, frustração e cultura pop — se vê obrigado a levar com o pai, Murilo Filho. O velho é um cronista esportivo dos anos de ouro do *Jornal dos Sports*, celebridade da praia e da noite cariocas, companheiro de redação de Nelson Rodrigues e parceiro de Millôr no frescobol. Reaproximado do velho que não vê há anos e a quem culpa pela morte precoce da mãe, no intervalo espaçado dos domingos, em torno a pescarias tediosas e diálogos de surdos, o filho tenta, sem sucesso, desviar o pai, doente terminal e ao que tudo indica senil, do mar de lembranças futebolísticas, rumo à única memória que para ele conta de verdade.

Aos poucos, os múltiplos planos do romance vão se armando. Os percursos diversos, o bem-sucedido do pai e o abortado do filho, decadente antes de ter atingido o ápice, recobrem e repercutem momentos diversos. Murilo Filho vive o Rio de Janeiro do início dos anos 1960, o otimismo em alta, acolhendo e abrindo perspectivas ao mineiro provinciano; Neto luta para se desvencilhar da sombra do pai, castradora e associada às benesses do regime militar, nos anos da redemocratização do país, aderindo à febre do rock brasileiro e afogado em séries televisivas.

As imagens borradas de videoteipes televisivos de lances míticos do futebol brasileiro — como o gol de Pelé que poderia ter sido e que não foi contra o Uruguai em 1970 — não apenas sintetizam a incapacidade de ver o essencial que corrói a vida do anti-herói protagonista, como disparam outro dos motivos condutores do romance: o fato e as versões, ou a verdade reconfigurada no circuito da comunicação, da sua reinvenção linguística. O drible em xis desconcertante que Pelé e a bola, cúmplices, impuseram a Mazurkiewicz, goleiro da seleção uruguaia no lance em questão, Murilo Filho reescreve pelos olhos de Platão, pura beleza essencial mesmo não tendo redundado em gol.

> Na sua recusa em tocar na bola feito um Bartleby súbito, diz, Pelé refinou o futebol à sua essência mais rarefeita. O futebol virou ideia pura e de repente homens, bola, ninguém mais se comportava como seria de esperar que se comportasse neste mundo vão [...] Pelé desafiou Deus e perdeu, mas que desafio soberbo.

Não é fortuito que o pai do protagonista seja um jornalista com pendor às matérias de interesse humano, cronista do futebol, e que Nelson Rodrigues e Mário Filho façam figuração entre os personagens. Tal qual o imbróglio familiar, a identidade brasileira e a importância do futebol vão se constituindo enquanto enigmas da narrativa, para cujos contornos épicos a fabulação hiperbólica e estilizadora representa papel essencial. Pelos pés de seus personagens, Rodrigues (o Sérgio) passeia pela assunção do futebol a mito no Brasil, ressaltando o papel central que nela joga a inventividade verbal dos locutores de rádio, convertendo peladas sofríveis em eventos memoráveis. A história da transição bem-sucedida do futebol amador ao profissional, o estabelecimento de um *star system* dos boleiros locais, contra as apostas, tão carrancudas quanto furadas, de Lima Barreto ou Graciliano Ramos, coincide com as voltas da comunicação de massa no país, com mão leve e sempre a partir do mote do futebol. O amplo arco histórico coberto pelo romance expande-se até o momento da exploração televisiva das conquistas futebolísticas pela ditadura e as consequências do olhar eletrônico sobre o jogo.

No domingo em que Murilo Filho lhe mostra em sua casa no Rocio o gol que Pelé não fez, você se dá conta pela primeira vez na vida de que aquele era o mesmo dia — 17 de junho de 1970 — em que Elvira driblou a frouxa segurança de um semipronto elevado do Joá para se atirar nas pedras batidas pelo mar lá embaixo. Claramente, como se uma luz de açougue acendesse dentro da sua cabeça, vê-se preso para sempre naquele dia, play, pause, rew, play, enquanto Pelé não fizesse o gol estaria preso dentro daquele dia, sonhando que a vida tinha continuado. Nesse momento você olha para o seu pai e revive pela última vez, com violência assombrosa, o velho sonho de matá-lo.

A associação do desastre familiar insinuado à trajetória trágica de um craque mítico — o amigo da infância mineira de Murilo Filho, *Peralvo*, um trickster genial que resume Macunaíma e Garrincha, filho de mãe de santo — traz ao coração do romance outra ferida fundamental que não se deixa omitir quando se fala em realidade brasileira, a ideia de uma democracia racial que o futebol traduziria em sua melhor forma e que estaria na origem da habilidade desconcertante de qualquer menino nas ruas sem calçamento. Faz parte da intriga que separa pai e filho, além de um histórico de humilhações e uma rivalidade sexual velada, a dessemelhança física de ambos, o pai alourado e o menino apelidado Tiziu, e, para evocar mais uma vez Machado de Assis e Nelson Rodrigues, a desconfiança entre ambos não foge do contexto do ciúme doentio e do fantasma onipresente da traição que assombra os cantos obscuros da mente de Bentinho e os personagens rodrigueanos.

Notável como *O drible* puxa do futebol brasileiro um feixe de motivos tupiniquins que não são evidentemente a ele associados, mas que nele deixam suas marcas, discretas, sob as verdades prontas e o desfile de mitos (o Maracanaço, o tricampeonato, a ginga malemolente, a folha-seca, a improvisação salvadora) com os quais costumamos recobri-lo: o mundo do personalismo e dos favorecimentos, os afetos violentos sobrepostos à razão, o autoritarismo patriarcal, o apreço supersticioso pela magia simpática. Nesses termos, Sérgio Rodrigues é parente do outro Rodrigues, o dramaturgo, na escolha da matéria turva, mescla de passado com peso de natureza e fome de modernidade, que faz a nossa sociabilidade. Se não propriamente experimentais, as soluções narrativas de *O drible* são avisadas e muito eficazes.

Se muitos sentem falta de uma literatura que dê conta da experiência, por mais rala política e intelectualmente que seja, vivida pela classe média urbana nos anos posteriores ao golpe de 1964 (e o protagonista vive sua educação sentimental justamente nesses anos, adolescente nos anos 1980 e parte da geração perdida), Sérgio Rodrigues soma ao panorama do Rio promissor dos anos dourados e da primeira metade dos anos 1960 uma incursão convincente ao cotidiano brasileiro nos grandes centros nos anos da ditadura e da redemocratização, desaguando em um misto de euforia e vazio regado a cultura pop, sepultura das grandes ambições.

A matéria brasileira não é abordada de perspectiva ingênua. O autor conhece bem, de outros carnavais, os encontros entre a pena da galhofa e a tinta da melancolia enfrentando os desastres em série e as esperanças abortadas que pontilham a história brasileira. Um estudioso amoroso da língua e de seus mestres, Sérgio Rodrigues convive com e recorrentemente conjura os fantasmas do exército de escritores cujos dedos, precisos e prestimosos, dedicaram-se a cutucar feridas essenciais que nos definem e seguem abertas e doloridas.

Assim, *A vida futura*, seu mais recente romance, sátira corrosiva e divertida que explora as consequências de um hipotético encontro entre a fantasia crítica machadiana e a guerra cultural no Rio de Janeiro contemporâneo, não é mais que um termo na série. Dessa vez o gatilho, ele mesmo machadiano, é um diálogo filosófico travado no paraíso dos poetas. Com sabor das menipeias do Bruxo do Cosme Velho, ocupando-se dos tempos e impasses presentes, a trama envolve edições facilitadas e politicamente corretas (arte endireitada, no duplo sentido) que arrepiam os defuntos autores, abrindo caminho para uma viagem fantástica em que espectros de outro mundo (o machadiano e o de seu duplo/ antagonista, José de Alencar) tornam a despertar como observadores, nem tão discretos, das disputas pela língua, pelas instituições, pela hegemonia no campo cultural, considerando os lugares de fala, as reivindicações de reparação histórica, a reescrita de um passado de desigualdades, mergulhados em suas contradições.

Na linha de passe do romance brasileiro contemporâneo, Sérgio Rodrigues joga como armador inventivo que pensa o jogo e vislumbra, volta e meia, o lance imprevisto. Não é pouco, nem é trivial, valer o ingresso, e reservar descobertas a cada releitura. Este é o caso e aqui está *O drible*, que não me deixa mentir, como o leitor julgará, com gosto e por si só, muito melhor que eu. Abram-se as cortinas e comece o espetáculo, torcida brasileira.

Aos quarenta do segundo tempo

Sérgio Rodrigues

O drible foi, entre todos os meus livros e de muito longe, o que mais tempo me tomou. Parece certo, aliás, que essa afirmação jamais perderá a validade por mais livros que eu venha a escrever: ando apressado, reconheço que outra empreitada desse tipo fica mais improvável à medida que a parte de cima da ampulheta perde areia. Deve ser o que chamam de "livro da vida": o romance que agora completa dez anos de idade me consumiu nada menos que dezessete.

Essa informação costuma ser recebida com espanto, mas se pensarmos bem não é tão inusitada. Vale esclarecer que não passei dezessete anos arrancando os cabelos (no começo eu os tinha) diante da tela em branco. Pelo contrário, aquele foi um tempo animado em que nasceram meus dois filhos, Daniel e Clarissa, e escrevi e publiquei seis livros. Ocorre que, enquanto se dava tudo isso, uma ideia fixa não parava de me atazanar: uma história de futebol que ia crescendo — do conto para a novela para o romance para a metástase — sem nunca dar certo.

Pode ter sido um encosto do Peralvo. O drama havia começado com um conto de dez páginas que levava o nome dele e que, escrito de 1996 a 97, optei por deixar fora do meu livro de estreia, a coletânea *O homem que matou o escritor*, de 2000. Não que eu desgostasse da história: já estava lá de corpo inteiro um dos personagens centrais de *O drible*, o contemporâneo sarará de Pelé que, filho de uma mãe de santo, tinha certos poderes sobrenaturais que o tornavam melhor que o Rei ao mesmo tempo que o destinavam a um fim trágico. Mas faltava alguma coisa.

O conto "Peralvo" era divertido, pitoresco e descartável. Eu intuía no personagem o potencial para voos mais altos, quem sabe umas ambições mítico-irônicas de emblema da nacionalidade, espécie de Macunaíma da bola. Decidi que seria preciso criar ao redor dele um ambiente realista e o mais historicamente convincente possível, onde a esquisitice do craque mágico reverberasse por contraste e sua sina infeliz conseguisse ferir notas dramáticas mais graves, menos anedóticas e esquecíveis. Ou seja, para que Peralvo fosse um comentário relevante sobre o Brasil, faltava... o Brasil.

O fato é que quando comecei a escrever meu "livro de futebol" (por muito tempo o chamei assim, o título *O drible* só apareceu após o ponto final) a tarefa estava acima da minha capacidade. Precisei crescer bastante como escritor para fazer frente a uma trama que também não parava de crescer. A certa altura, para meu pasmo, ela se armou como um painel não linear de meio século de história do Brasil — história cultural e política, com ênfase no auge da ditadura militar e na redemocratização, além de esportiva. Para complicar um pouco mais as coisas, a narração se dividiu entre três vozes distintas, inclusive uma falsa segunda pessoa (você) um tanto estridente e que só nas páginas finais, consumado o drible, diz a que veio.

É sintomático que, para dar certo, meu malparado "livro de futebol" tenha precisado se contorcer até virar outra coisa: um drama familiar de páthos ancestral — a guerra entre um pai e um filho — para o qual o esporte mais popular do mundo fornece cenário e linguagem. Meu editor espanhol, Jorge Herralde, da Anagrama, torcedor do Barcelona, me provocou dizendo ter sentido falta de mais cenas passadas em gramados, vestiários e arquibancadas, mais descrição de partidas — mais futebol, em suma. O mesmo diagnóstico é feito por outros leitores com aprovação: perdi a conta de quantos se declararam agradavelmente surpresos com o fato de ser desnecessário entender ou mesmo gostar da cultura boleira para embarcar na história.

Hoje não tenho dúvida de que foi esse deslocamento do eixo central do romance, de Peralvo para o conflito dos dois Murilos, Filho e Neto, o que terminou por viabilizá-lo. Quando é abordado de frente, o futebol atropela a ficção. Autossuficiente como universo narrativo, narrado em excesso, nada que inventemos pode competir com suas epopeias, tragédias, dramas e comédias povoadas de gente que vive ou viveu de verdade. Meios de comunicação variados ruminam essas histórias todos os dias. A memória afetiva dos torcedores as reprisa em looping eterno. É preciso pegar o futebol desprevenido — lançar a bola em suas costas, digamos — para que ele se submeta a uma narrativa ficcional.

No entanto, em mais um desdobramento da ideia de drible, ele acaba por ser, sim, o fulcro do romance. Não o esporte em si, irremediavelmente sequestrado pelo jornalismo, mas o futebol como cultura, viveiro de mitos, matéria de sonho, viga mestra do mais bem-sucedido projeto de autoestima e identidade nacional já concebido em nosso país. Tudo aquilo que menos de um ano após a publicação do livro seria feito em sete mil caquinhos pela seleção alemã na semifinal da Copa de 2014.

Entre as consequências da humilhação cósmica do 7 a 1, muitas ainda não assimiladas, está a revelação retrospectiva de que o romance que eu levara dezessete anos para escrever tinha ficado pronto aos quarenta minutos do segundo tempo. Caso me tomasse um ano a mais, dificilmente *O drible* teria visto a luz do dia. O livro é uma linha de passe entre a celebração, a crítica e a desconstrução de um mito — o da grandeza insuperável do futebol brasileiro — que foi achincalhado dos pés à cabeça em Belo Horizonte naquele 8 de julho. Depois daquilo, duvido que eu tivesse a força moral necessária para chegar ao fim da história.

Ainda bem que terminei antes. Uma vez pronto o livro, o que teria me deixado à míngua talvez até o alimente. Com certeza lhe adiciona uma demão extra de nostalgia e umas sombras arroxeadas que não estavam nos planos de Murilo Filho, por mais sinistros que eles fossem.

Março de 2023

Sobre o autor

Sérgio Rodrigues nasceu em 1962 em Muriaé (MG) e vive desde 1980 no Rio de Janeiro. Publicou, entre outros livros de ficção, os romances *A vida futura* (2022), *O drible* (livro do ano de 2013 no prêmio Portugal Telecom, atual Oceanos) e *Elza, a garota* (2009, com segunda edição em 2018), além das coletâneas de contos *O homem que matou o escritor* (2000, com edição de bolso em 2022) e *A visita de João Gilberto aos Novos Baianos* (2019). Na não ficção, lançou o almanaque de divulgação linguística *Viva a língua brasileira!* (2016) e, como organizador, a antologia *Cartas brasileiras* (2017). Todos esses títulos foram editados pela Companhia das Letras.

Tem livros publicados na França, em Portugal, na Espanha e nos Estados Unidos. Recebeu em 2011 o Prêmio Cultura, concedido pelo governo do estado do Rio de Janeiro, pelo conjunto da obra. Jornalista com passagem pelas principais redações do país, do jornalismo esportivo ao cultural, manteve no ar durante dez anos o blog Todoprosa, referência na web literária brasileira, e assina desde 2016 uma coluna semanal sobre língua e linguagem na *Folha de S.Paulo*.

ESTA OBRA FOI COMPOSTA POR BETE MOLINA EM ELECTRA E IMPRESSA EM OFSETE PELA GEOGRÁFICA SOBRE PAPEL PÓLEN NATURAL DA SUZANO S.A. PARA A EDITORA SCHWARCZ EM AGOSTO DE 2023